KB117184

팩트풀니스를 찾아서

How I Learned to Understand the World
by Hans Rosling with Fanny Härgestam

Copyright ⓒ 2017 by Rosling Education AB.
Korean translation copyright ⓒ 2021 by Gimm-Young Publishers, Inc.
All rights reserved.

This Korean edition was published by arrangement with Rosling Education AB,
c/o Brockman, Inc.

팩트풀니스를 찾아서 : 한스 로슬링 자서전

1판 1쇄 인쇄 2021. 12. 1.
1판 1쇄 발행 2021. 12. 8.

지은이 한스 로슬링·파니 헤르게스탐
옮긴이 김명주

발행인 고세규
편집 고정용 디자인 박주희 마케팅 신일희 홍보 박은경
발행처 김영사
등록 1979년 5월 17일(제406-2003-036호)
주소 경기도 파주시 문발로 197(문발동) 우편번호 10881
전화 마케팅부 031)955-3100, 편집부 031)955-3200 | 팩스 031)955-3111

값은 뒤표지에 있습니다.
ISBN 978-89-349-4910-7 03850

홈페이지 www.gimmyoung.com   블로그 blog.naver.com/gybook
인스타그램 instagram.com/gimmyoung 이메일 bestbook@gimmyoung.com

좋은 독자가 좋은 책을 만듭니다.
김영사는 독자 여러분의 의견에 항상 귀 기울이고 있습니다.

팩트풀니스를 찾아서

How I Learned to Understand the World

한스 로슬링 자서전

한스 로슬링 파니 헤르게스탐 | 김명주 옮김

김영사

서문 – 앙네타 로슬링   6
들어가며   9

1 문맹에서 학문으로   11
2 세계를 발견하다   43
3 나칼라로   83
4 의료에서 연구로   157
5 연구에서 강의로   215
6 강의실에서 다보스로   259
7 에볼라   299

후기 – 파니 헤르게스탐   336
부록: 카사바에 대하여   358

서문

50년이 넘는 우정과 결혼 생활, 세 자녀와 여덟 명의 손주를 남기고 한스가 준엄한 침묵 속으로 떠났다. 하지만 이 책을 통해 그의 목소리를 다시 들을 수 있다.

한스는 몇 년 전 자신의 삶에 대해 쓰기 시작했다. 그는 사회 발전에 대한 이야기를 하기 위해 자기 가족사를 빌리고 싶어 했다. 100년도 더 전에 스웨덴에서 태어난 그의 조부모 세대의 삶과, 오늘날 거리로나 생활 조건으로나 현대 스웨덴과는 동떨어진 나라들에 사는 사람들의 삶 사이의 비슷한 점을 지적하고 싶어 했다. 그는 인생에서 중요한 것이 무엇이고, 우리 모두에게 지속 가능한 미래를 안겨주기 위해 이 세계에서 바뀌어야 하는 것이 무엇인지와 관련해, 그의 시각을 바꾸었거나 강화한 이야기를 사람들과 공유하고 싶어 했다.

한스는 분쟁과 전쟁을 피하기 위해 평등이 필요하다는 것을 강조할 때 자신이 이타적인 사람이 아니라 이기적인 사람임을 언제나 강조했다. 그는 자신과 자신의 가족, 그리고 그 밖의 모든 사람을 위해 전쟁 없는 세계를 바랐다. 그는 낙관론자도 아니었는데, 왜냐하면 자신이 말하는 변화들이 쉽게 얻을 수 있는 것이라고는 생각하지 않았기 때문이다. 그는 스스로를 '가능주의자possibilist'라고 불렀고, 합리적 조건으로 인생을 살 공정한 기회가 모든 사람에게 주어지는 세계를 만드는 것이 가능하다는 것을 청중에게 납득시키려고 애썼다.

크로스컨트리 달리기는 그가 가장 좋아한 스포츠였다. 한스는 항상 자신이 어디 있는지 알기 위해 지도를 사용하고, 길을 찾기 위해 나침반을 즐겨 사용했다. 이것은 어떤 상황을 분석하는 그의 방식을 잘 보여준다. 당신이 지금 어디에 있고 당신 주변 상황이 어떤지 알아야 올바른 방향을 찾아 목표에 도달할 수 있다. 비판적으로 생각하는 습관을 기르는 것이 세계의 발전을 이해하는 데 얼마나 중요한지는 한스가 아들 올라 로슬링, 며느리 안나 로슬링 뢴룬드와 함께 쓴 책《팩트풀니스》에 잘 나와 있다.

이 책《팩트풀니스를 찾아서》는 어린 시절부터 어른의 삶과 일까지 한스 자신의 이야기를 들려준다. 한스가 세상을 떠난 해 스웨덴어로 처음 출판되었는데, 이 번역판에서는 스웨덴 문맥에서만 흥미롭다고 생각되거나《팩트풀니스》에서 이미 다룬 내용은 일부 빠져 있다. 나는 더 많은 독자가 이 번역판으로 한스의 회고록을 읽을 수 있게 되어 매우 기쁘다.

한스의 유산을 지키고 발전시키는 일은 갭마인더재단Gapminder Foundation이 맡고 있으며, 스웨덴과 다른 곳의 많은 대학도 다양한 방식으로 그 일을 하고 있다. 올라와 안나는 갭마인더재단을 통해 이해하기 쉬운 사실 기반 세계관을 알리는 창의적 작업을 계속 이어가고 있다. 코로나19 팬데믹으로 많은 저소득 국가에서 빈곤과 기아의 위험이 증가하고 있는 이때, 한스가 살아 있었다면 이 작업에 어느 때보다 헌신했을 것이다. 나는 그의 목소리를 여전히 들을 수 있고, 수많은 사람이 그가 가르치고자 한 교훈을 배우고 그의 경험을 가슴에 새긴 것에 만족한다.

물론 한스는 자신의 지식을 테스트하고 싶어 했을 것이다.

사실에 근거해 세계를 이해하는 것이 그 어느 때보다 중요한 시기다.

앙네타 로슬링
2020년 4월, 웁살라에서

들어가며

2016년 2월 5일, 주치의와 통화를 했다. 그가 한 말은 이 책을 쓰는 일이 급선무임을 뜻했다. 나쁜 소식을 들을 각오는 했지만 실제로 나쁜 소식이었다. 췌장암이었다.

그 금요일 오후의 통화 내용은 지난 며칠 동안 이런저런 검사를 받으며 어느 정도 짐작했던 사실을 확인시켜준 것뿐이었다. 예후가 좋지 않았다. 내게 남은 시간은 대략 1년이었다.

나는 그날 저녁 내내 울었다. 사랑하는 여자 친구였다가 인생의 동반자가 된 아내 앙네타가 있어서 다행이었다. 아내의 위로, 우리 아이들과 친구들의 지지 덕분에 나는 새로운 현실에 적응할 수 있었다. 당장 다음 달에 죽는 건 아니었다. 죽을 병에 걸려도 삶은 계속된다. 그리고 나는 적어도 봄과 여름 동안은 여기서 삶을 즐길 것이다.

암이 내 일상의 구조를 예측 불허로 만들었으므로 작업 스케줄을 변경하는 것이 불가피했다. 내 병을 안 날로부터 며칠 안에 나는 잡혀 있는 모든 강의를 취소했고, 영화와 텔레비전 프로그램 출연도 취소했다. 슬펐지만 선택의 여지가 없었다. 게다가 내게는 이런 극적인 조치를 취하는 데 도움이 된 구체적인 계획이 있었다. 해야 할 일 목록에 있던 한 항목이 맨 위로 올라갔다. 바로 아들 올라, 며느리 안나와 함께 쓰기로 한 책을 완성하는 것이었다. 우리는 제목을 《팩트풀니스》로 하는 것에는 이미 의견을 모았다. 지난 18년 동안 우리 세 사람은 대중 교육을 위해 함께 일해왔고, 갭마인더라는 비영리 재단을 만들었다.

2015년 가을, 안나와 올라는 그 책의 제목뿐 아니라 기본 개념까지 구상해놓았다. 우리는 갭마인더재단 일과 집필을 병행하기 위해 다음 해 스케줄을 비워놓기로 한 터였다. 암 진단을 받은 후 내 마음은 훨씬 더 급해졌다.

서둘러 생각해보니 내게는 두 권의 책을 쓸 자료가 있었다. 《팩트풀니스》는 왜 사람들이 세계적 규모의 발전을 이해하는 걸 어려워하는가에 관한 책이고, 이 책은 내가 어떻게 그것을 이해하게 되었는가에 관한 것이다.

요컨대 이 책은 회고록이다. 《팩트풀니스》와 달리 숫자는 거의 나오지 않는다. 대신, 내 눈을 뜨게 했으며 나로 하여금 한발 물러서서 다시 생각해보게끔 만든 사람들을 만난 이야기를 들려줄 생각이다.

한스 로슬링
2017년 1월, 웁살라에서

1   문맹에서
학문으로

아버지가 저녁에 퇴근해 집에 오면 항상 커피 향이 났다. 그는 웁살라에 있는 린드발스 카페의 커피 볶는 작업장에서 일했다. 그렇다 보니 나는 커피를 마시기 훨씬 전부터 커피 향을 좋아하게 되었다. 아버지가 퇴근할 무렵이면 아버지가 오는지 보기 위해 밖으로 나가 자전거를 타고 오는 아버지를 기다리곤 했다. 아버지는 자전거에서 훌쩍 내려 나를 껴안았고, 그때마다 나는 매번 같은 질문을 했다. "오늘은 뭐가 나왔어요?"

녹색 커피콩이 담긴 자루가 커피 볶는 곳에 도착하면 커피콩을 컨베이어 벨트에 쏟고 맨 먼저 강력한 자석으로 불순물을 가려냈다. 커피콩을 건조하고 포장하는 과정에서 자루에 들어갔을지도 모르는 금속 물체를 제거하기 위해서였다. 아버지는 거기서 나온 것들을 집에 가져와 저마다의 사연을 들려주었다. 그 이야기를 듣는 건 신났다.

아버지는 이따금 동전을 가져와 이렇게 말하곤 했다. "보렴, 브라질에서 온 거란다. 브라질은 세계 어느 나라보다 커피를 많이 생산하지."

아버지는 나를 무릎에 앉히고는 우리 앞에 세계지도를 펼쳐놓고 이야기를 시작했다. "이곳은 큰 나라인데 무척 덥단다. 이 동전은 산투스에서 온 자루에서 나왔어"라고 설명하며 브라질의 항구도시를 가리켰다.

아버지는 커피를 홀짝이는 스웨덴 사람들에게서 끝나는 사슬에 남녀 노동자들이 어떻게 연결되어 있는지 설명해주었다. 그래서 나는 커피콩을 따는 노동자들이 가장 낮은 임금을 받는다는 사실을 일찌감치 깨달았다.

다른 날은 과테말라에서 온 동전을 가져왔다. "과테말라의 커피 농장은 유럽 백인들이 소유하고 있어. 그 나라에 처음 정착한 원주민들은 커피콩 따는 일 같은 저임금 일자리밖에는 얻을 수 없지."

아버지가 가운데에 구멍이 뚫린 영국령 동아프리카(지금의 케냐)의 5센트짜리 구리 동전을 집에 가져온 날이 유독 기억에 남는다.

"어떤 남자가 동전 구멍에 가죽끈을 꿰어 목에 걸고 다녔을 거야. 커피콩을 자루에 담기 전 모래밭에 펼치다가 아마 동전 목걸이의 줄이 끊겼겠지. 그는 동전을 줍는다고 주웠지만 한 개를 놓친 거야. 그게 커피콩 사이에 들어가 너한테 오게 된 거지."

나는 아버지가 준 동전들을 지금까지 나무 상자에 보관하고 있다. 아버지는 동아프리카 동전을 가져온 날 내게 식민주의에 대해 설명해주었다. 여덟 살 때 나는 케냐 독립을 요구한 마우마우단Mau Mau團에 대해 알았다.

아버지의 이야기는 커피를 따고 말리고 포장하는 라틴아메리카와 아프리카 사람들이 아버지의 동료임을 깨닫게 해주었다. 그리고 나는 세계를 이해하고자 하는 내 강렬한 소망이, 커피콩 자루 속 동전들의 사연을 들려주고 지도상의 모든 나라를 보여준 아버지에게서 시작되었다는 사실을 조금도 의심하지 않는다. 이 갈망은 무럭무럭 자라 평생의 열정이 되었고, 훗날 내 가장 중요한 직업적 소명이 되었다.

돌이켜보면 아버지는 식민주의에 대한 전 세계적 저항을, 나치즘에 대한 유럽인의 투쟁을 볼 때와 똑같은 눈으로 본 것 같다. 주말에 숲에서 오래 산책을 하는 동안 아버지는 내게 제2차 세계대전의 역사를 자세히 들려주곤 했다.

내 부모님은 정치적으로 극단주의자가 아니었다. 오히려 그 반대였다. 두 분은 따분할 정도로 평범했다. 아버지는 정의와 자유를 위해 싸우는 사람들이 훌륭하다고 생각했지만, 두 분 다 극좌를 극우만큼이나 싫어했다.

나는 자랄 때 종교가 없었지만 그 대신 부모님의 확고한 가치관을 배우며 자랐다. "신을 믿느냐 믿지 않느냐는 중요하지 않아. 중요한 건 인간을 대하는 태도란다." 또 이런 말도 들었다. "어떤 사람들은 교회를 다니고, 어떤 사람들은 숲속을 걸으며 자연을 즐기지."

우리 집에는 니스 칠을 한 나무 상자에 든 작은 라디오 수신기가 있었다. 그것은 부엌 식탁 위쪽의 스트링 선반에 놓여 있었다. 저녁을 먹는 동안 우리는 항상 스웨덴 공영 라디오 방송국 스베리예스 라디오Sveriges Radio의 뉴스를 들었다. 어린 내게는 부모님의 견해가 실제 뉴스보다 더 중요했다. 어머니는 주로 스웨덴 뉴스에 대해 언급한 반면, 아버지는 외국 소식에 집중해 열심히 들었는데, 그럴 때는 식사를 멈추고 꼿꼿이 앉아 어머니와 내게 조용히 하라는 신호를 보내며 귀를 기울였다. 다 듣고 나서 우리 식구는 라디오에서 들은 소식에 대해 오랫동안 이야기를 나누곤 했다.

○2

어릴 때 나는 조부모님 집 앞을 흐르는 개방 하수구에 빠져 죽을 뻔한 적이 있었다. 그것이 내 최초의 기억이다. 나는 겨우 네 살이었고, 마당을 빠져나와 담장과 배수로 사이를 돌아다니기 시작했다. 배수로는 지난밤 내린 빗물과 이웃집에서 버린 악취 나는 하수가 뒤섞인 폐수로 가득 차 있었다.

그때 진흙탕 속 뭔가가 내 주의를 끌었다. 나는 궁금해서 더 잘 보려고 배수로로 내려가다 그만 미끄러지고 말았다. 비탈면에는 잡을 게 아무것도 없었고, 나는 숨을 쉴 수가 없었다. 사방이 캄캄했다. 공포에 질려 몸부림을 쳤지만 그럴수록 진창으로 더 깊이 빠져들 뿐이었다.

당시 열아홉 살이던 고모가 나를 찾으러 나왔다가 버둥거리는 내 발을 보고 나를 끄집어냈다. 할머니 베르타Berta가 나를

아버지와 함께 스키를 타며.

데리고 부엌으로 왔을 때 얼마나 안심이 되었던지. 지금까지도 그 느낌이 생생히 기억난다. 할머니는 장작을 때는 취사용 스토브로 물을 끓여 설거지를 했는데, 그날은 데운 물을 설거지통 대신 양철 목욕통에 부었다. 내가 옷을 벗는 동안 할머니는 팔꿈치로 온도를 확인했고, 그런 다음 나를 욕조에 들여보내고는 부드러운 스펀지에 비누를 흠뻑 묻혀 머리끝부터 발끝까지 씻겼다. 나는 스펀지를 가지고 신나게 놀았다. 그날 내가 죽을 뻔했다는 사실을 깨달은 것은 수년이 지나서였다.

1952년인 그 당시에도 내 친조부모님을 포함해 공장 노동자들이 많이 살던 웁살라의 에릭스베리Eriksberg 지역에는 깊은 배수 시설이 없었다. 나는 네 살 때 어머니가 결핵에 걸려 병원에 입원하면서 조부모님 집에 보내졌다. 아버지는 날마다 퇴근 후 어머니를 보러 갔고 일요일에만 나와 지낼 수 있었다. 주중에는 일곱 자녀를 기른 할머니가 나를 돌보았다. 할머니의 막내 자녀 둘은 각기 열아홉 살과 스물세 살이었는데, 내가 할머니의 여덟 번째 자식이 되었을 때 아직 그 집에 함께 살고 있었다.

내 친조부모님은 두 분 다 시골에서 태어나고 자랐지만, 결국에는 증가하는 도시 노동자 대열에 합류했다. 할아버지는 웁살라의 벽돌 공장 웁살라-에케뷔Uppsala-Ekeby에서 평생 일했다. 그는 아내를 사랑하고 그 사랑을 표현한 착하고 근면한 남자였다. 할아버지와 그의 아들들은 퇴근 후와 그 밖의 남는 시간에 2층짜리 목조건물을 지었다. 그것은 그의 자랑이자 기쁨이었다. 벽돌 공장에서 운영한 사내 주택담보대출 덕분에 그는 도시 변두리에 있는 나무가 우거진 땅을 살 수 있었고, 그 땅이 공장 노동자를 위한 주택 부지로 지정되었다.

그 부지의 키 큰 소나무들이 할아버지 구스타브Gustav의 집을 짓기 위한 건축자재 대부분을 제공했다. 그는 여름 내내 나무를 쓰러뜨려서 그것을 양손 목재톱으로 잘라 판자로 만들었다. 매우 힘들었던 이 노동의 시기를 그는 남은 생애 동안 결코 잊지 못했다.

할아버지는 힘이 닿는 한 현대적인 집을 짓고 싶었지만, 모든 노동자 계층의 주택과 마찬가지로 위생 기준은 형편없었다. 부엌 구석의 싱크대에 달린 수도꼭지가 수돗물이 나오는 유일한 곳이었다. 그 싱크대는 또한 내 작은 요강을 포함해 침실에서 가지고 나온 요강을 비우는 곳이기도 했다. 그 지역의 흙길을 따라 구불구불 파놓은 도랑은 불결하고 비위생적인 개방 하수구였다. 할머니는 집과 마당을 깨끗하고 정갈하게 유지했지만, 그래도 여름이면 도랑에서 올라오는 악취가 사방에 진동했다. 훗날 내가 어른이 되어 세계 구석구석을 여행했을 때, 빈민가의 개방 하수구 냄새는 언제나 조부모님과 함께 보낸 여름날을 생각나게 했다.

내 부모님도 조부모님처럼 가난했다. 그러나 비록 돈은 없었어도 그들과 그들의 가족은 곤궁해 보이지 않았다. 내 유년기와 청년기 동안 스웨덴 전역에서 가계소득과 건강 상태가 꾸준히 향상되었다. 복지국가 확대의 일부였던 의료 서비스 덕분에 국민은 새로운 의약품을 무료로 이용할 수 있었다. 어머니의 결핵도 완치되었다. 감염병으로 인한 사망은 급격하게 감소했고, 유년기의 가장 흔한 사망 원인으로 사고가 감염병을 대체했다. 내가 빠졌던 도랑 같은 집 근처 물웅덩이는 내 세대의 스웨덴 어린이들에게 치명적인 사고 원인이었다.

∽

사람들이 어떻게 삶을 영위하는지 제대로 이해하는 어려운 문제에 매료되었을 때 나는 겨우 10대였다. 나는 어머니와 아버지의 부모들에게 그들의 생활 조건에 대한 상세한 질문을 하기 시작했다. 오늘날의 우리 세계와 이전 세대 친척들이 살던 세계 사이의 유사점을 살펴보는 것보다 현대 세계를 이해하는 일에 더 도움이 되는 것은 없었다.

친할머니 베르타는 내게 1915년에 할아버지 구스타브와 함께 웁살라 근처 시골 마을의 셋집에 그들의 신혼살림을 차린 일을 들려주었다. 그곳은 바닥에 나무가 깔려 있었지만 부엌과 방 한 칸뿐이었다. 전기가 들어오지 않아 파라핀 램프에 의존했고, 물은 할아버지가 근처 우물에서 길어와야 했다. 12년 동안 다섯 아이를 낳은 후 그들은 마침내 할아버지가 일하는 곳 가까이로 이사할 수 있었다. 하지만 그들의 두 번째 집도 겨우 24제곱미터로 매우 작았고, 방 한 칸과 부엌이 전부인 것 역시 마찬가지였다. 하지만 그곳은 전기와 수도가 들어왔다. 할머니는 그곳에 사는 3년 동안 여섯 번째 아이를 낳았다. 할머니와 할아버지 그리고 두 자녀는 부엌에서 잠을 잤고, 나머지 네 자녀가 한방을 썼다. 할머니는 전등 덕분에 생활이 얼마나 달라졌는지 열심히 설명하곤 했다. 전등은 할머니가 살림하는 것과 자녀들이 숙제하는 것을 포함해 삶의 모든 측면에 영향을 끼쳤다. 캄캄한 시간에 누군가 아프면 전깃불을 켤 수 있다는 점이 무엇보다 좋았다. 할머니는 입이 마르고 닳도록 전기를 칭송했다.

그들은 첫 번째와 두 번째 집에서는 옥외 임시 변소, 즉 땅에 파놓은 구멍을 사용해야 했다. 1930년에 할아버지가 지은 새 집으로 이사했을 때는 지하실에 실내 화장실이 파여 있었다. 방은 네 개였는데 모두 전깃불이 들어왔다. 하지만 내가 조부모님과 함께 살던 1952년에도 할머니는 나무를 때는 스토브를 사용해 요리하고, 설거지와 빨래하는 데 쓸 물을 데웠다. 그해 그들은 전화를 처음 놓았다.

할아버지는 지하실에 수도꼭지도 설치하고 그 옆에 커다란 시멘트 싱크대를 두 개 놓았다. 할머니는 빨랫감을 근처 냇가로 가져가서 빨아오는 대신 대가족의 옷과 침대 시트를 실내에서 빨 수 있었다. 그럼에도 빨래는 여전히 힘들고, 지루하고,

시간이 많이 걸리는 노동이었다. 할머니는 산업화가 고안한, 노동을 덜어주는 새로운 발명품들을 지켜보다가 어느 날 자신의 꿈을 이루었다. 바로 '마법 같은' 세탁기였다.

내 아버지는 할머니의 둘째 자녀였다. 사실은 셋째 아이였는데, 첫아이가 병원에서 태어났음에도 죽고 말았기 때문이다. 아버지는 열네 살에 6년간의 학교교육을 마치고 동네 벽돌공장에 벽돌공 견습생으로 취직했다. 요즘이라면 아동노동으로 취급될 나이였고, 나이 많은 남자들이 소년을 학대하는 일도 잦았다. 그래도 그 시절에는 대가족의 소년들이 가계 수입에 중요한 기여를 했다.

아버지에게 직업과 관련한 가장 끔찍한 일은 열악한 노동조건도 낮은 임금도 아닌, 열일곱에 일자리를 잃었다는 사실이었다. 그에게 실업은 엄청나게 부끄러운 일이었다. 설사 그것이 1930년대의 경제 위기 동안 많은 사람이 겪은 공통의 운명이었다 해도 말이다. 아버지는 쓸모 있는 사람이 되기 위해 이웃의 구두를 수선했다.

1940년 4월 9일 아침 독일군이 노르웨이와 덴마크를 침공했다. 그 소식이 전해진 지 불과 몇 시간 후 아버지는 전장으로 불려나갔다. 다음 날 그는 소총을 받아 덴마크와 스웨덴 사이 해협에 있는 항구도시 란스크로나Landskrona에 배치되었다. 징집병들은 독일군에 맞서 스웨덴을 방어하기 위해 참호를 파라는 명령을 받았다.

아버지는 제2차 세계대전 내내 군대에 있다가 덴마크, 노르웨이, 핀란드와의 국경을 방어하기 위해 보내졌다. 그는 자신이 한 번도 공격받지 않은 것이 얼마나 행운이었는지 자주 이야기했다. 군에 있는 동안 홧김에 쏜 총소리 한 번 듣지 못했다고 했다.

아버지는 내게 나치와 그 동맹국들을 물리쳐야 하는 무거운 짐을 졌던 모든 나라와 병사들에게 고마워해야 한다고 말했다. 하지만 아버지는 소련을 싫어했다. "우리는 나치도 공산주의자도 반대한다"라고 아버지는 항상 말했다. 나는 일찍부터 그 '우리'에 포함되었다. 그리고 아버지는 머지않은 과거에 독일군에게 점령당한 유럽 국가들이 시작한 식민지 전쟁에도 몸서리를 쳤다.

아버지는 교육받은 사람들 앞에서 웃음거리가 되는 것이 끔찍하게 싫었다. 그는 버스표를 어떻게 구해야 하는지 잘 몰라서 버스를 싫어했다. 또 계산대에 어떻게 접근해야 하는지, 또는 계산대에 접근하면 무슨 일이 일어날지 몰라서 서점 구경도 하지 않았다. 한동안 식료품점에서 배달 일을 할 때 그는 상류층 고객에게서 뭘 좀 먹고 가라는 제안을 받은 적이 더러 있었다. 하지만 아버지는 그때마다 "괜찮습니다"라고 말했는데, 자신이 올바른 식탁 예절을 모른다고 생각해서였다.

민간 기업이 운영하는 슈퍼마켓에서 장을 보는 건 그에게 불가능했다. 그는 자신과 같은 노동자 계층이 소유하고 운영하는 상점인 조합에만 갔다. 사회민주당 청년부가 운영하는 스카우트 클럽인 영이글스Young Eagles는 사회민주당이 운영하는 유일한 젊은이들의 조직이었다. 노동자 운동은 구성원들에게 집단 정체성을 제공함으로써 아버지와 그의 친구들이 안심할 수 있게 해주었다.

전쟁이 끝난 후 그는 몇 가지 단기 일자리를 전전하다가 린드발스 카페의 커피 로스터로 자리를 잡고 거의 40년을 일했다. 저녁에는 집 지하실에 있는 목공방으로 내려가곤 했다. 우리 집의 고장 난 물건들은 버려지지 않고 그곳에서 수리되었다. 우리가 처음 산 플라스틱 양동이의 손잡이에 금이 갔을 때 아버지는 새로운 나무 손잡이를 만들어 달았다.

건강하고 운동 신경이 뛰어난 남자였던 아버지는 웁살라 카운티에서 최고의 크로스컨트리 선수였다. 그는 어떤 일에든 흥미를 느끼면 거뜬히 해냈다. 항상 뛰어들 준비가 되어 있었고, 할 수 있다는 태도는 그가 하는 모든 일에 자신감을 불어넣었다. 한번은 내 무모한 친구 하세Hasse가 자신의 자전거를 차에 들이박아 자전거 앞바퀴가 8자로 꼬인 일이 있었다. 그 자전거가 하세의 어머니 것이란 사실은 온 동네에 모르는 이가 없었고, 곧 하세에게 어떤 일이 닥칠지도 불 보듯 뻔했다. "어떡해! 하세가 오늘 밤 또 매를 맞겠네!" 하세는 집에서 자주 맞았다.

아버지는 전광석화처럼 잽싸게 자전거와 함께 친구를 데리고 지하실로 내려갔다. 아버지는 앞바퀴를 펴기 시작했다. 그는 그것을 잡아당기고 두드려 바퀴를 원래 모습으로 되돌렸다. 그리고 터진 안쪽 튜브를 교체한 다음, 적당한 페인트를 찾아 긁힌 자국을 가렸다. 한 시간 반 후 하세는 멀쩡한 자전거를 끌고 우리가 사는 주택단지를 통과해 집으로 돌아갔다.

아버지의 가족은 평범한 노동자 계층이었지만, 어머니는 사회의 최하위 계층에서 태어났다. 수치스러운 가난에서 그들을 건져내 남부럽지 않은 삶으로 이끈 것은 외할머니 앙네스Agnes였다. 남들 눈에는 앙네스가 요양원에 있는 비슷비슷한 노인들 중 하나로 보였을지 몰라도 우리에게는 영웅이었다.

어머니가 당시 88세이던 노모에게 자신이 뭘 해주면 행복할지 물었을 때, 외할머니는 이렇게 대답했다. "내 아버지가 누구였는지 알아봐줘."

앙네스는 1891년 웁살라 카운티에서 태어났다. 첫 집은 시골 변두리에 있었다. 외할머니는 그곳이 흙이 깔린 돼지우리와 다를 게 없었다는 말을 습관처럼 했다. 앙네스를 낳았을 때 열아홉 살이던 그녀의 어머니는 딸의 아버지에 대해 절대 말하지 않았다.

훗날 우리는 아기에게 합법적인 자녀 중 한 명과 같은 이름을 지어줌으로써 미혼모에게 아이 아버지를 밝힐 수 있는 기회를 준 전통에 대해 알게 되었다. 앙네스의 경우, 그 어머니가 일한 농장에서 농장 주인의 아내가 몇 달 전 앙네스라는 이름의 여자아이를 낳았다. 아마도 그 남자와 동네 사람들은 눈치를 챘을 것이다.

내가 어른이 되어 외할머니에게 어린 시절에 불우하다고 생각했는지 물었다. 외할머니의 대답은 망설임이 없었으며 확고했다. "전혀! 한 번도. 엄마가 날마다 식탁에 음식을 차려줬고, 머리 위에는 지붕이 있었고, 잠을 잘 수 있는 깨끗하고 따뜻한 침대가 있었거든. 날마다 학교에 신고 갈 수 있는 신발도 있었고."

나의 조부모님은 모두 4년 동안 학교를 다녔다. 그들은 얼마나 배웠을까? 나는 친할아버지 구스타브가 신문을 펴놓고 단어를 한 자 한 자 읽던 것을 기억한다. 할머니들 중 누구도 내게 동화를 읽어줄 수 없었고, 친조부모님은 서로에게 신문을 소리 내어 읽어줄 수 없었다.

우리 부모님은 재미로 소설을 읽을 수 있을 만큼은 글을 알았다. 각 세대는 이렇게 문맹에서 기초적인 읽기, 모국어 숙달, 그리고 마지막으로 외국어 습득까지 읽기 능력의 단계를 거쳤다. 우리 조부모님은 기껏해야 기초적인 읽기 수준에 도달했을 뿐이었다. 친할아버지는 독서가 눈에 해롭다고 주장하며 내게 책을 좋아하지 말라고 충고하기까지 했다. 자식들과 손주들이 "책에 코를 파묻고" 있을 때면 소외감을 느낀 그는 책보다 목수 일을 더 좋아했고, 자신이 알고 좋아하는 문제들에 대해 이야기하는 것을 더 좋아했다.

외할머니 앙네스에게 왜 알코올중독자와 결혼했는지 물어본 적이 있었다. 외할머니의 양아버지가 문제 있는 남자와 사는 게 어떤 건지 충분히 가르쳐주지 않았을까?

"콩깍지가 씌었지." 할머니는 웃음기 없이 대답했다. 할머니 눈에 시골 남자들은 촌스럽고 상스러워 보였다. "농장 일꾼들은 틈만 나면 내 엉덩이를 툭 치거나 무례하게 나를 건드렸지." 할머니가 말했다. "그들은 내가 혼외 자식이라는 이유로 온갖 심한 말을 했어. 내가 양아버지에게 감히 이를 수 없다는 걸 알았던 거야."

그러던 어느 여름, 빌레Ville가 그 교구에 도랑을 파러 나타났다. 빌레의 아버지는 토지를 소유하지 않은 농장 노동자였지만, 아들 빌레는 스톡홀름 외곽에서 자라 군에 복무했다. 그는 앙네스가 우유통을 옮기는 걸 도왔고, 앙네스의 머리카락을 칭찬했으며, 일이 끝나면 항상 씻었다. 빌레는 깨끗하고 예의 바를 뿐 아니라 앙네스를 혼외자가 아니라 존중받을 가치가 있는 사람으로 대했다. 그런 시골에서 이렇게 매너 좋은 사람은 처음이었다. 앙네스는 한 달 만에 임신했다. 빌레는 그 당시 적절한 행동에 관한 불문율을 따랐다. 즉 혼전 성관계는 허용되지만 아버지가 되면 반드시 결혼해야 했다.

외할아버지 빌레는 술에 취하지 않으려 노력했으나, 주기적으로 마시고 취하는 알코올중독자였다. 유능한 벽돌공이던 그는 술을 마시지 않을 때는 돈을 잘 벌었고, 아내나 아이들을 때리는 일이 결코 없었다. 앙네스는 아이가 셋이었다. 그녀의 인생 목표는 자식들이 자신보다 나은 삶을 살게 하는 것이었다. 이 목표를 달성하는 데 질병이 두 차례에 걸쳐 심각한 걸림돌이 되었다. 첫 번째는 결핵이었고, 두 번째는 대장암이었다. 보편적인 무상 의료가 그녀를 구했다. 앙네스는 결핵에서 완치되었고 암도 기적적으로 극복했다.

내 어머니와 이모는 외할머니가 병원에 있을 때 아직 학령기가 아니었으므로, 국가가 운영하는 어린이집에서 보살핌을 받았다. 병원에서 요양하는 동안 구세군의 여군들은 앙네스에게 재봉틀 사용법을 가르쳐주었다. 퇴원 후 앙네스는 남편에게 아이들 옷을 만들어 입히면 장기적으로 돈을 아낄 수 있다며 재봉틀을 사자고 설득했다. 하지만 앙네스에게 바느질은 가족에게 입힐 옷을 짓는 것 이상의 의미를 지녔다. 그것은 그녀에게 자존감을 심어주었다.

어머니의 어린 시절은 불안정하고 예측 불가능했다. 어머니는 1927년 가을에 초등학교에 들어갔다. 어머니가 입학한 학교는 사는 곳에서 그리 멀지 않은 바크살라 광장Vaksala Square 에 새로 지은 멋진 학교였다. 외할머니 앙네스는 딸에게 새 옷을 지어주었고, 이 특별한 날 딸의 손을 잡고 학교까지 걸어갔다. 그들이 광장에 도착해 학교 건물을 보았을 때, 앙네스는 그 모든 것을 받아들이기 벅차서 걸음을 멈추어야 했다. 작은 목조건물인 학교에 다니며 자신의 딸은 동화 속 성 같은 학교에서 배울 거라는 허황된 상상을 하긴 했지만, 눈앞의 건물은 상상을 초월하는 것이었다. 앙네스는 딸의 손을 꼭 잡고 속삭였다. "저런 아름다운 학교를 지어준 걸 보면 우리 같은 사람들도 가치가 있다고 생각하는 게 틀림없어."

학교 안에서 어머니는 학교 건물보다 훨씬 더 좋은 선생님을 만났다. 브룬스코그Brunskog 씨는 잘 훈련받은 교사였고, 매우 의욕적이었으며, 현대적 교수법을 사용하고 싶어 했다. 그런 수준 높은 교사는 웁살라에 아직 남아 있던 빈민가의 이름 없는 골목에 사는 아이들에게 제공된 무상교육의 일부였다. 아이들은 좋은 교육을 받았을 뿐 아니라 그만큼이나 중요한 자신감을 가졌다. 선생님의 주선으로 내 어머니는 결핵에 걸린 부모를 둔 아이들을 위한 여름 캠프에 갈 수 있었다. 그곳에서 어머니는 영원히 이야기할 수 있을 정도로 멋진 여름을 보냈다. 캠프의 하이라이트는 그곳에서 멀지 않은 모르바카Mårbacka에 살던 셀마 라겔뢰프Selma Lagerlöf를 만나러 간 것이었다. 어머니는 친구들과 함께 바닥에 앉아서 스웨덴 문학계의 거장이 자신의 책을 직접 큰 소리로 읽어주는 걸 들은 일을 기억했다.

어머니는 학교에서 외할머니가 걸려 죽을 뻔했던 병인 결핵에 걸렸다. 국가 의료 서비스가 어머니를 돌보았고, 어머니가 집에서 회복하는 동안 가족은 동네 구멍가게에서 우유로 바꿀 수 있는 교환권을 받았다. 어머니는 내게 교환권으로 값을 지불하는 것이 얼마나 민망한 일이었는지 말했다. 다른 손님들에게 자신이 결핵 환자의 가족임을 알리는 것이었기 때문이다. 어머니는 불평했지만 그때마다 외할머니는 이렇게 말했을 뿐이다. "애고, 그래도 우유는 맛있었잖니. 안 그래?"

외할머니는 가족이 잘 지내고 어떤 식으로든 물질적 필요가 충족되면 그것으로 족했다. 하지만 내 어머니는 더 많은 것을 원했고, 자신이 무엇보다 원했던 좋은 교육을 받지 못한 것에 좌절했다. 어머니는 공부를 좋아했지만 6년간의 기초 교육을 마친 후 공부를 계속하게 해달라고 아버지를 설득할 방법이 없었다. 졸업반일 때 한 교사가 같은 반의 부유한 친구를 가르치는 가정교사를 해보지 않겠느냐고 물었을 때는 몹시 부당하다고 느꼈다. 왜 자신은 지원조차 할 수 없으면서 다른 사람이 그 학교에 들어가는 데 필요한 점수를 얻도록 도와야 하는가? 그래서 열다섯 살 때 어머니는 동네 식료품점에서 배달원으로 일하기 시작했다.

○2

지난 세기 동안의 내 가족사는 내가 더 넓은 세계의 발전을 이해하는 데 도움을 주었다. 할머니가 살았던 머지않은 과거에만 해도 기근과 극단적 가난이 존재했고, 그 끔찍한 조건은 1846년 이후에 많은 조상들이 일리노이, 미네소타, 오리건으로 이주한 주된 이유였다. 외할머니 앙네스와 어머니 브리타Britta가 찢어지게 가난한 생활에서 꽤 만족스러운 생활로 나아갈 수 있었던 건 함께 상호작용하며 서로를 강화한 여러 가지 요인 덕분이었다.

첫 번째 요인은 스웨덴의 경제성장이었다. 외할아버지 빌레가 간헐적인 알코올중독에도 불구하고 항상 건설 현장에서 괜찮은 벽돌공 일자리를 찾을 수 있었던 것은 그 덕분이었다. 그의 임금은 꾸준히 올랐고, 그래서 술에 무모하게 돈을 썼음에도 재봉틀 비용을 마련할 수 있었다.

두 번째 요인은 국가의 사회보장제도였다. 그 제도에는 보건 의료와 학교교육뿐만 아니라 어린이집과 알코올중독자를 위한 재활 치료소도 포함되었다. 빌레가 이런 치료소에서 치료받지 못했다면 상태가 훨씬 더 나빠졌을 것이다. 그곳에 있는 동안 빌레는 아내에게 연애편지를 쓰곤 했다. 사랑과 용서를 비는 간절한 마음이 담긴 그의 편지 중 한 통을 우리는 아직까지 간직하고 있는데, 그것을 보면 왜 외할머니가 불안정한 결혼 생활을 감내했는지 알 수 있다.

세 번째 요인은 한계 상황에 내몰린 우리 가족을 지원하고, 나아가 구제하기 위해 여러 단계에 걸쳐 개입한 시민사회였다. 그런 시민사회의 지원은 구세군의, 지금은 없어진 '슬럼 자매들slum sisters'이 외할머니 앙네스에게 제공한 재봉 교육에서부터 어머니 브리타가 여름 캠프에서 대학생 자원봉사자들에게 받은 문화 교육에 이르기까지 다양했다. 나는 내 배경을 민간 시장, 시민사회, 정부의 합작품으로 여기게 되었다. 외할머니와 어머니의 가족들은 극단적인 가난에서 벗어났고, 우리 세대는 복지국가의 보호를 받으며 자랐다.

하지만 사회문화적 규범은 경제 변화 속도를 따라잡지 못했다. 성에 대한 태도는 놀랍도록 오랫동안 변하지 않았고, 섹스를 일상생활의 한 측면으로 받아들이는 것은 완전히 금기시되었다. 무엇보다, 피임법과 현재 우리가 '성적·생식적 건강과 권리'라는 말로 폼 나게 부르는 것에 접근할 수 없었다. 우리 할머니와 어머니 세대의 여성들에게 성관계는 즐기면 안 되는 것이었고 임신을 계획할 권리도 없었다. 그것은 문화 규범이 정치적 결정을 이끈 결과였다. 세 아이를 낳고 결핵과 암에서 간신히 살아난 외할머니 앙네스는 더 이상 아이를 원치 않았다. 이미 낳은 세 아이를 기르는 일만으로도 충분히 벅찼다. 그녀는 콘돔 사용법을 설명해주는 남자가 있다는 소문을 들었다(스웨덴에서는 1910년부터 1938년까지 콘돔을 대중에게 제공하는 것은 고사하고, 콘돔에 대한 정보를 알리는 것조차 법으로 금지되어 있었다).

1920년대 중반 어느 날, 할머니와 친구 몇 명은 조만간 이 용감한 남성이 웁살라 중앙 광장에서 콘돔에 대해 연설할 것이라는 소문을 들었다. 마음을 굳게 먹은 그들은 위험을 무릅쓰고 그의 이야기를 들으러 갔다. 당시 스웨덴에서 가장 좌파적인 정당을 이끌던 그 남성은 나무 상자 위에 올라가 부부는 언제 아이를 낳을지 스스로 결정할 권리가 있다는 단순 명쾌한 연설을 했다. 그가 광장에 모인 군중에게 보여주기 위해 재킷 주머니에서 콘돔을 꺼내는 순간 경찰이 그를 체포했다.

10년쯤 뒤인 1935년에 어머니는 열네 살이 되었다. 마찬가지로 열네 살이던 어머니의 절친한 친구가 임신을 했다. 그 친구는 어머니의 가족과 같은 공동주택 2층에 살았다. 그 소녀의 임신은 대부분의 사람이 의심해온 일이 사실임을 증명해주었다. 오래전부터 아버지가 딸을 학대하고 있었던 것이다. 곧 공동주택 전체가 이 사실을 알게 되었다. 소녀의 아버지는 경찰 심문을 받았고, 며칠 뒤 동네 교구 목사가 그 가족에게 전화를 걸어 상담을 했다. 목사는 소녀의 어머니를 탓하며 남편이 딸과 성관계를 가진 것은 그녀 잘못이라고 말했다. 어머니가 남편을 충분히 '상대해주지' 않았기 때문이라는 것이었다.

이것이 우리 어머니 세대가 겪은 삶의 현실이었다. 우리 어머니는 아버지와 사랑에 빠졌을 때 열여덟 살이었다. 두 사람은 피임법에 대해 전혀 몰랐던 탓에 어머니가 곧 임신을 하게 되었다. 당시 어머니는 야간학교에 가서 고등교육을 받을 날을 꿈꾸며 식료품 배달 일을 하고 있었다. 다시 말해 어린 연인은 돈이 별로 없었고, 어머니는 당장 아이를 원치 않았다. 어머니는 낙태할 방법을 찾다가 비공식 시술을 하는 의사에 대해 알게 되었다. 돈이 없는 고객에게는 요금을 깎아준다는 말도 들었다.

어머니는 어느 날 오후 늦게 그 의사를 찾아갔다. 그 의사가 수술실에서 옷을 벗고 알몸으로 한 바퀴 돌아보라고 했을 때 어머니는 굴욕감을 느꼈다. 낙태를 해주는 대가로 섹스를 요구하자 어머니는 그곳을 나왔다. 어머니에게 남은 유일한 선택지는 값싼 낙태 시술을 한다고 알려진 직장 동료를 찾아가는 것이었다. 어느 날 저녁 어머니의 단칸방에 그 여자가 나타났다. 그 여자가 쓴 방법은 자궁에 뜨개바늘을 찔러 넣는 것이었다. 다음 날 밤 어머니는 죽은 태아를 낳았고, 그 여자가 시킨 대로 즉시 작은 스토브에 태웠다. 어머니는 운 좋게도 이런 시술의 매우 흔한 결과이던 치명적인 출혈이나 감염을 피할 수 있었다.

엘리세 오테센-옌센Elise Ottesen-Jensen의 지도 아래 국립성정보협회National Society for Sexual Information, RFSU가 출범하면서 정보가 비약적으로 늘어난 결과 피임법을 널리 이용할 수 있게 되었다. 옌센은 스웨덴에서 너무나 유명해져 사람들은 그녀를 '오타르Ottar'라는 애칭으로 불렀다. 스웨덴 의회가 1938년 피임약에 대한 정보와 유통을 합법화한 것은 주로 그녀가 만든 조직의 호소 덕분이었다. 지금도 RFSU는 스웨덴에서 가장 중요한 콘돔 공급자이다. 우리 어머니와 외할머니는 인생을 바꾸는 이 중요한 결정에 대한 오타르의 기여를 기회가 있을 때마다 놓치지 않고 칭찬했다.

내가 초등학교에 다닐 때 아버지는 때때로 노동자교육협

회 Workers' Educational Association, ABF의 시 지부에서 주최하는 강연에 나를 데려갔다. 강연장은 수백 명의 청중을 수용할 수 있는 큰 공간이었다. 강연자들은 대개 머나먼 나라에서의 경험을 묘사하는 탐험가였고, 그들은 환등기의 현대판, 즉 프로젝터의 전신前身으로 흑백사진을 확대해 스크린에 비추었다. 어린 소년이던 내게는 이 시간이 정말 마법과도 같았다. 아버지와 함께 어른들을 위한 행사에 가는 것이 신났고, 나는 머나먼 식민 국가 이야기에 매료되었다.

강연의 주제는 매우 다양했는데, 일부 강연자들은 특히 깊은 인상을 남겼다. 에리크 룬드크비스트Eric Lundqvist가 그중 한 명이었다. 수렵 감시관이던 그는 1930년대에 네덜란드령 동인도제도로 가서, 지금의 인도네시아를 통치한 식민지 행정부의 직책을 맡았다. 룬드크비스트는 그곳에서 현지 여성과 결혼했고, 나중에 유명한 작가가 되어 그 지역의 자연 세계와 사회에 대한 이해로 찬사를 받았다. 우리 부모님은 모두 그의 책을 읽었고 인종차별에 반대하는 그의 공식 입장을 마음에 들어했다.

탐험가이자 연설가인 스텐 베리만Sten Bergman은 자연 일반, 그중에서도 특히 조류에 대한 지식이 풍부한 생물학자였는데, 몇 가지 면에서 룬드크비스트와는 정반대였다. 한 저녁 강연에서 베리만은 뉴기니에서의 조류 관찰이라는 주제를 벗어나 흑백으로 촬영한 짧은 무성영화를 보여주었다. 영상에는 현지인을 대상으로 실시한 기이한 실험이 담겨 있었다. 그는 그 사람들에게 4미터 높이의 미끄러운 기둥을 오르라고 시켰는데, 기둥에는 비누가 칠해져 있고 꼭대기에는 근사해 보이는 새 도끼가 달려 있었다. 그 사람들은 그의 재촉에 따라 기둥을 타고 올라가 도끼를 잡으려고 시도하지만 끝내 실패하고 만다. 영상이 반쯤 지났을 때 아버지가 일어나더니 내 손을 잡고 말했다. "이제 가자." 강연장을 걸어 나올 때 나는 아버지가 드물게 화가 날 때면 늘 그랬듯 얼굴이 하얘져 있는 것을 보았다. 아버지는 내게 속삭였다. "저 사람은 인간에 대한 존중이 없어. 베리만은 속물이야. 재미있는 생각이랍시고 떠올린 게 고작 저 사람들을 속여 우스운 꼴로 만드는 거라니. 그들이 도끼를 원한다는 이유로 말이야. 하지만 그들은 숲에 사는 사람들이고 좋은 도끼를 사용할 수 있을 거야. 난 저 사람의 태도가 참을 수 없구나."

어느 날 저녁 그 교육협회에서 나는 같은 반 친구 잉마르Ingmar를 우연히 만났다. 그의 아버지도 강연에 아들을 데려오곤 했다. 잉마르의 아버지는 스웨덴선교교회Swedish Mission Church의 목사로, 프랑스령 적도아프리카French Equatorial Africa에서 선교사로 일했다. 그가 언젠가 우리 학교에 와서 자신이 하는 일을 설명한 적이 있었다. 나는 그날이 생생히 기억나는데, 그가 설명한 식민지 국가는 우리가 아는 것과 매우 달랐기 때문이다. 그는 성직자였음에도 불구하고, 강의 시간 대부분 동안 그 당시 우리가 콩고인이라고 부르던 원주민을 돕는 실용적 방법에 대해 이야기했다. 특히 교육과 보건 의료를 강조했다. 잉마르는 열 살 때 가족과 함께 콩고를 세 번째로 방문하기 위해 학교를 떠났다.

내 사회계층의 아이에게는 아프리카에 가서 그곳에 실제로 사는 누군가와 친밀하게 연락하는 것이 흔치 않은 일이었다. 잉마르가 떠난 후 담임교사가 내게 우리 반 대표로 그 친구에게 편지를 보내도록 했다. 처음으로 항공우편을 보낼 때 느낀 흥분이 아직도 기억난다. 선교사의 자녀가 다니는 기숙학교의 주소는 기묘한 글자로 적혀 있었고, 나는 난생처음으로 아프리카 도시의 이름을 알게 되었다. 푸앵트누아르Pointe-Noire. 현재 콩고공화국에서 가장 중요한 항구도시이다.

나는 학교에서 지리학을 아무리 많이 배워도 결국에는 세계 다른 지역 사람들이 어떻게 살아가는지에 대해 놀라울 정도로 아는 게 없다는 느낌이 들었다. 일반적으로 말해서 학교는 '서양'과 '나머지 세계'라는 막연한 개념에 바탕을 둔 세계관을 주입했다. 나머지 세계는 '원주민들'이 사는 곳이었고, 그들의 문화는 상당히 원시적인 것처럼 여겨졌다.

내가 5학년 때이던 것으로 기억하는데(당시 우리는 열두 살이었다), 담임교사가 힌두교는 인도 사람들을 숙명론자로 만든다면서, 그들을 기독교로 개종시키는 것이 그 나라의 발전에 매우 중요하다고 주장했다. 아무도 내게 인도의 고대 문명에 대해 가르쳐주지 않았다. 스웨덴 사람들이 돌에 룬rune 문자를 새기기 훨씬 전에 인도인은 그들만의 알파벳으로 글을 쓰고 있었다.

소련·일본·남미 국가들은 서양에 속할까, 속하지 않을까? 우리는 들은 적이 없다. 식민화한 국가들의 독립 투쟁에 대해서는 학교 교사들이 아니라 집에서 아버지에게 들었다. 전반적으로 내 세계관은 집에서 가족, 특히 어머니와 아버지에게서, 그리고 우리가 들은 라디오 방송의 영향을 받아 형성되었다. 학교는 부차적 역할을 했을 뿐이다.

어머니는 결핵에서 완치되었다. 스웨덴의 경제, 그리고 내 아버지의 임금도 부모님이 기대한 것보다 더 빨리 향상되었다. 우리가 멋진 정원에 과일나무가 풍성한 집으로 이사했을 때 나는 겨우 다섯 살이었다. 부모님에게 그 집은 꿈의 실현이었다. 그들은 주로 수년간의 저축으로 주택자금을 마련할 수 있었고, 성장하고 있던 사회 주택 운동을 통해 국가가 보증하는 대출로 모자라는 돈을 보충했다. 그것은 노동자 계층의 내 집 마련을 장려하기 위한 정책이었다. 또한 부모님은 은행 대출과, 미혼인 삼촌 마르틴Martin이 빌려준 돈도 보태야 했다.

그 집은 현대식 신축 건물이었다. 중앙난방이 들어오고 온

수와 냉수가 나왔으며, 에나멜 욕조를 갖춘 욕실에, 전기레인지·냉장고·세탁기를 갖춘 부엌이 있었다. 집 근처인 길 바로 아래에 동네 도서관도 있었다. 어머니는 정기적으로 나를 데리고 그 도서관에 가서 책을 빌려와 내게 읽어주었다. 아이들이 있는 다른 가족들이 이웃집에 살았고, 나는 곧 그들과 친구가 되었다.

우리 아버지는 내게 베르예포르센Bergeforsen의 발전소에서 나오는 육중한 케이블을 보여주며 어떻게 수력이 세탁기를 돌리는 전류로 바뀌는지 설명해주곤 했다. 그가 가장 좋아한 일 중 하나는 도시 근처의 숲 개간지에서 큰 소나무 가지를 주워오는 것이었다. 고용주가 주말에 회사 차를 쓰도록 해준 덕분에, 아버지는 나뭇가지들을 집으로 실어와 중앙난방과 보일러를 돌리는 연료로 쓸 수 있었다.

부모님의 정원은 유용한 식물들로 채워졌다. 그들은 감자, 각종 채소, 사과, 딸기를 재배했다. 기성복은 비쌌기 때문에 어머니는 우리가 입는 거의 모든 옷을 손수 지었다. 속옷은 예외였다. 상점에 수입 속옷이 들어왔을 때 어머니가 울타리 너머로 외제 속옷의 장단점에 대해 이웃들과 잡담을 나누던 일이 기억난다. 그 속옷이 아이들 건강에 나쁘면 어쩌지? 포르투갈산 속옷, 즉 소비재의 세계무역이 시작되었음을 알리는 초기 신호는 즉시 깊은 의심을 샀다.

아끼고 절약한 덕분에 새 집에 이사 온 지 몇 년 후 우리는 가족 휴가를 떠날 수 있었다. 부모님은 모터 달린 빨간 자전거와 파란색 2인승 자전거를 구매했고, 어머니가 우리를 위해 텐트를 만들어주었다. 처음에 우리는 웁살라 카운티를 여행했는데, 기껏해야 집에서 100킬로미터 정도 떨어진 곳이었다. 우리는 외할머니 앙네스의 두 남동생인 미혼의 작은할아버지들을 방문했다. 가족 농장에 함께 살고 있던 그들은 우리를 따뜻하게 맞아주었다.

그들 중 형인 페트루스Petrus의 도움으로 나는 커다란 말에 안장 없이 탈 수 있었다. 말을 탄 나를 찍은 아버지의 사진에서는 문명의 충돌이 강조되어 보였다. 아버지가 특히 잘 나왔다고 생각한 스냅 사진 한 장에는 거대한 농장 말에 올라탄 도시 소년과 그 옆에 긴 장화를 신고 선 늙은 농부의 모습이 담겨 있었다. .

우리가 받은 환대에 대한 감사의 표시로 아버지는 그 사진을 한 장 뽑아 페트루스에게 보냈다. 하지만 좋은 의미로 받아들여지지 않았다. 페트루스는 작업복과 장화를 신고 있는 모습을 찍었다는 이유로 화를 냈다. 사진을 찍을 거라면 외줄 단추가 달린 짙은 색 양복을 입고 있을 때여야 했다. 도시 사람들이 작업복을 입고 있는 자신의 사진을 찍는다면 촌놈을 조롱하려는 의도임이 틀림없었다. 부모님은 결국 오해를 풀었지만, 그렇게 하는 데 거의 2년의 시간이 걸렸다. 그 사건을 통해나는 언제나 문화적 차이를 존중해야 한다는 것을 배웠다. 페

말을 타는 어린 한스.

트루스가 현명하고 친절한 사람이어서 그 가르침은 더욱 효과적이었다.

우리는 두 번째 휴가 때 모터 달린 자전거를 타고 코펜하겐까지 갔다. 내 동생 맛스Mats는 내가 열두 살 때인 1960년에 태어났다. 3년 후 우리 가족은 회색 폭스바겐 비틀을 사서 노르웨이로 휴가를 떠났다. 그러고 나서 1972년에 부모님은 바닷가에 땅을 사면서 또 다른 큰 걸음을 내디뎠다. 아버지는 그 땅에 휴가용 별장을 지었다. 그리고 할머니에게 상속받은 돈으로 선외 모터가 달린 작은 보트를 사서 그 배의 이름을 할머니 이름과 같은 '베르타'로 지었다.

10년 넘게 가정주부로 산 어머니는 올드웁살라Old Uppsala 근처 한 도서관에서 파트타임 일자리를 구했다. 또한 어머니는 스웨덴어, 영어, 사회학의 중등학교 졸업 자격을 얻기 위해 매일 저녁 성인 대학에 다녔다. 하지만 어머니가 항상 꿈꾸던, 교사나 기자가 될 수 있는 교육은 받지 못했다.

내 가족의 이야기는 시골 지역의 수많은 사람이 겪은 일로, 스웨덴에서 삶의 모든 측면에 일어난 이례적으로 빠르고 긍정적인 변화를 보여주는 증거다. 할머니가 받은 4년간의 기초 교육에서 내가 교수직을 얻기까지 겨우 3세대가 걸렸다. 훨씬 더 극적인 변화의 예를 들자면, 4세대 전의 내 증조할머니는 문맹이었다. 우리 가족은 오늘날 이 세계에 사는 사람들의 서로 다른 교육 수준을 반영한다.

세계의 네 단계 경제 수준을 내 가족사에서 쉽게 확인할 수 있다. 개선된 보건 의료 덕분에 사람들은 감염병의 부담에서 벗어나 더 오래 건강하게 살 수 있었다. 물질적 복지의 향상은 단 2~3세대 만에 흙바닥이 깔린 판잣집에서 널찍한 현대식 주택으로 이동할 수 있게 해주었다. 하지만 인생을 바꾸는 발걸음을 한 발씩 내디딘 개인들에게는 이 중 어느 것도 간단치 않았을 것이다.

2

세계를
발견하다

항상 세계에 호기심이 많았던 나는 여행을 떠나기 위해 돈을 모았다. 그리고 열여섯 살이 되던 해 혼자서 잉글랜드와 웨일스로 자전거 여행을 떠났다. 길을 가던 중 만난 첫 번째 마을에 들렀을 때, 이름들이 새겨진 돌기둥을 본 기억이 난다. 제1차 세계대전 때 죽은 마을 사람들의 명단이었다. 그런 작은 마을에서 죽은 사람이 거의 20명이나 되었다. 잘 관리된 기념비를 둘러보면서 나는 또 하나의 명단을 보았다. 앞의 것만큼이나 긴 그 목록에는 제2차 세계대전 때 죽은 사람들의 이름이 적혀 있었다.

첫 번째 전쟁기념비를 보았을 때만 해도 나는 그 마을이 특별한 경우라고 생각했다. 하지만 이후 6주에 걸쳐 자전거를 타고 웨일스, 서머싯, 데번을 거쳐 남해안을 따라 런던으로 돌아가는 동안 거의 모든 도시와 시골에서 비슷한 전쟁기념비를 보았다. 그리고 여행 중에 만난 다른 젊은이들과 대화를 나누면서, 그들의 부모 중 한 분 또는 모두가 그 전쟁 중에 죽거나 다쳤다는 이야기를 자주 들었다.

최근에 일어난 이 두 번의 세계대전에 대해 아버지가 하려던 말들이 비로소 이해되기 시작했다. 전쟁의 잔인함뿐만 아니라 그 규모와 유럽 나라들이 입은 피해가 얼마나 달랐는지를. 스웨덴에서 자란 나는 20세기 유럽 역사를 온전히 이해하기 어려웠다.

열여덟 살 되던 1966년 여름, 나는 히치하이크로 파리에 갔다. 그런 다음 리비에라Riviera로 내려간 후 더 남쪽의 로마로 갔다. 그리고 이탈리아의 구두 뒤꿈치에서 배를 타고 그리스로 건너갔다. 그리스 시골은 내가 전에 본 어떤 곳과도 달랐다. 많은 가정집이 기본만 갖춘 피난소처럼 보였다. 모자를 쓰고 검은 옷을 입은 나이 든 여자들이 등에 무거운 나뭇짐을 지고 길을 걸었다. 마케도니아, 몬테네그로, 크로아티아, 슬로베니아, 오스트리아, 독일을 거쳐 스웨덴으로 돌아오는 길은 점점 나아지는 삶의 조건을 밟아가는 여정이었다.

집으로 돌아오는 길에는 베를린을 경유했다. 그 당시는 베를린장벽이 세워진 지 5년이 되었을 때였다. 나는 체크포인트 찰리Checkpoint Charlie(냉전 당시 베를린장벽의 가장 유명한 검문소 - 옮긴이)에서 국경을 넘어 온종일 동베를린을 둘러보았다. 그것은 내게 극단적인 좌파적 견해에 대한 효과적인 백신이었다. 독일민주공화국GDR을 잠깐 둘러보는 것으로도 공산주의를 혐오하기에 충분했다.

1968년 앙네타와 나는 함께 남쪽으로 여행했다. 첫 단계로 우리는 스톡홀름 가장 남쪽에 있는 지하철역 중 한 곳으로 갔다. 그곳에서 히치하이크를 하기로 약속되어 있었다. 그리고 바로 그 장소, 큰 사무실 건물 밖에서 우리는 처음으로 싸웠다.

남행 고속도로로 빠지는 진입로가 코앞에 있었기 때문에 나는 당연히 서두르고 싶었다. 그러나 앙네타는 어느덧 하늘을 가로지르는 여정의 꼭대기에 접근한 해를 가리키며 점심을 먹을 시간이라고 말했다. 뭘 좀 먹어야 한다는 것이었다. 우리는 미심쩍은 눈으로 서로를 쳐다보았다.

"차를 세우는 동안 간단히 해결하자." 내가 말했다.

"1분에 수백 대의 자동차가 여기를 지나가." 앙네타가 손가락으로 가리켰다. "여름이 다가오고 있어. 저기 좀 봐. 그늘 아래 의자에 앉으면 멋진 공원이 보일 거야. 어서 가서 내가 싸온 음식을 지금 먹자. 네 가방에 들어 있어."

나는 끼니 거르는 것을 대수롭지 않게 여겼는데, 우리가 함께 떠난 첫 번째 여행의 첫 번째 날 앙네타는 내게 나쁜 습관을 고쳐야 한다고 단호하게 말했다. 우리는 공원에서 즐겁고 낭만적인 소풍을 즐겼다. 그날의 나머지 시간도 순조롭게 흘러갔다. 우리는 차를 얻어 타고 스웨덴 남쪽으로 가서 멋진 호텔에 들렀다. 그곳에서 열아홉 살 성인 커플인 우리는 밤을 보내기 위해 가족실을 얻었다. 그것은 다른 배낭여행객들이 나타나 방을 나눠 쓰지 않고 단둘이 있을 수 있다는 뜻이었다.

내가 샤워를 마치고 나왔을 때 앙네타는 이미 침대에 있었다. "세면기 위 세면도구 가방 안에 칫솔이 있어." 그녀가 말했다. 나는 칫솔을 찾아 양치질을 시작했다. 맛이 이상한 치약이라고 생각했지만, 침대에서 웃으며 나를 지켜보고 있는 내 인생의 사랑에게서 눈을 뗄 수 없었다. 이렇게 따뜻한 웃음이라니. 그때 그녀가 키득거리기 시작했고, 결국 참지 못하고 웃음을 터트렸다. 나는 영문을 알 수 없었다. 타월 한 장만 달랑 걸친 낭만적인 청춘은 웃음을 참지 못하는 여자 친구 앞에서 어쩔 줄을 몰랐다. 그녀가 여전히 웃고 있을 때 갑자기 입에서 부글부글 흘러나오는 흰 거품이 내 시야에 가득 들어왔다. 그녀가 다가와 나를 도와주었다. 나는 샴푸로 이를 닦고 있었던 것이다.

우리는 그해 여름 먼 곳으로 여행을 떠났다. 처음에는 페리를 타고 발트해를 건너 폴란드로 갔고, 그다음에는 동유럽을 거쳐 이스탄불로 갔다. 그리고 대략 같은 길을 되밟아 집으로 돌아왔다.

대학에 갈 준비가 되어 학교를 떠날 때쯤 나는 이미 유럽의 동쪽과 서쪽 대부분을 여행한 뒤였다. 이제 세계를 이해하는 일에 대한 내 집착은 더 넓은 곳, 유럽 밖으로 옮겨가 있었다. 그것은 큰 변화였다.

냉전 시대에 성장한 우리 세대에게 미래는 동과 서의 핵전쟁을 피할 수 있느냐에 달려 있었다. 1968년에 소련은 체코슬로바키아를 점령하고, 그 나라 정부가 시도한 일련의 개혁 물결인 '벨벳 혁명(프라하의 봄)'을 무너뜨렸다. 이 사건은 큰 역행이었지만 고무적인 측면도 있었다. 공산주의가 내부적으로 붕괴하기 시작했음을 암시했기 때문이다.

내 세대는 전 세계 거의 모든 곳에 더 나은 삶의 조건이 필요하다는 사실을 절실히 인식한 세대다. 내가 3학년 때 같은 반 친구의 선교사 아버지가 학교에 와서 교육, 보건 의료, 도로, 일자리 등 개선이 필요한 근본적인 것들을 나열한 적이 있었다. 우리 가족과 더 넓은 범위의 친척들에게 무엇보다 중요했던 사회 변화의 혜택을 세계 대부분의 사람이 아직 받지 못하고 있었다.

쿠바·베트남·중국 같은 가난한 공산주의 국가들이 더 나은 결정을 내리고 사회 발전의 분명한 신호를 보이면서 전진하는 동안, 서구는 유용한 개혁에 별로 관심이 없는 정권들을 지지하는 것을 보고 나는 당황했다. 그것은 정말로 혼란스러웠지만, 나는 1968년에도 그리고 그 이후에도 극단적인 좌파의 저항 물결에는 동참하지 않았다. 공산주의에 반감을 느낀 내게 뿌리 깊은 소속감을 제공한 건 사회민주주의였다.

내가 대학에 들어갔을 때도 여전히 베트남전쟁이 한창이었다. 이 무렵, 미군의 지원을 받던 베트남 정권은 생존 가망이 없어 보였다. 나는 웁살라의 성당학교Cathedral School 졸업반일 때 미국이 베트남에서 하는 역할을 누구보다 먼저 반대했다. 하지만 대학에 들어와 다른 학생들 사이에 정치적 관심이 높아지고 있을 때 내 관심은 오히려 점점 줄었다.

나는 혁명을 낭만화하고 무력 분쟁을 영웅시하는 태도가 항상 싫었다. 정치에 관심 많은 사람들은 정치 개혁의 영향을 과

대평가하는 경향이 있다. 사실 삶의 조건을 효과적으로 변화시키는 것은 정책보다는 발전 여건의 변화이다. 내가 이런 식으로 생각하도록 이끈 사람은 미국에서 활동한 모잠비크 과학자였다. 나는 1967년 가을에 그를 처음 만났다.

∾

1960년대 스웨덴에서 아버지가 공장 노동자이고 소박한 가정에서 성장한 것은 흔한 일이었다. 하지만 가족 중 대학에 진학하는 첫 번째 사람이 되는 것은 드물고 특별한 일이었다. 대학생이 되고 몇 주가 지났을 때, 나는 사회민주당에 가입하면 고향에 있는 부모님의 무언의 기대를 충족시킬 수 있을 거라고 생각했다.

사회민주당의 소규모 학생회는 나를 국제부 간사로 뽑아 곧바로 임무를 맡겼다. 에두아르도 몬들라네Eduardo Mondlane라는 사람을 만날 수 있도록 저녁 모임을 주선하라는 것이었다.

몬들라네는 모잠비크에서 태어나 자랐다. 그는 학자금 지원을 받아 미국 대학에 다닌 모잠비크 최초의 흑인 학생 중 한 명이었다. 미국은 재능 있는 사람에게 충분한 기회를 제공했고, 몬들라네는 결국 뉴욕 시러큐스대학의 부교수가 되었다. 나중에 그는 교수직을 버리고 아프리카로 돌아가, 막 독립한 탄자니아에 본부를 둔 모잠비크 해방전선 '프렐리모FRELIMO'

를 이끌었다. 1964년 프렐리모는 국경을 넘어 포르투갈 정부에 맞서는 무장 반란을 일으켰다.

그때 에두아르도 몬들라네는 독립투사들을 위한 지원을 받기 위해 스웨덴에 와 있었다. 나는 그의 연설을 들으러 온 학생이 고작 여덟 명뿐이어서 매우 당황했다. 그가 탄 택시가 밖에 멈추었을 때 나는 아프리카의 체 게바라를 기대하고 있었다. 하지만 택시에서 내리는 남성은 군복과 장화 차림에 텁수룩한 수염을 기른 게릴라가 아니라, 차분한 회색 양복에 잘 닦은 구두를 갖춰 신고 말끔하게 면도한 신사였다. 청중이 적어 미안하다고 내가 사과하자 그는 괜찮다며 나를 안심시켰고, 안으로 들어오자마자 우리에게 구석에 놓인 커피 테이블 옆 소파에 앉자고 제안했다.

겉모습은 내성적이고 평범했지만, 그가 준비한 말은 정말 대단했다. 두 시간에 걸쳐 그가 제시한 논리 정연한 주장이 이후의 내 직업 생활 전반에 결정적 영향을 미쳤다 해도 과언이 아니다.

그의 말을 요약하면 이러했다.

"우리 모잠비크 흑인들은 백인과 싸우는 것도, 포르투갈의 언어·문화와 싸우는 것도 아닙니다. 우리는 리스본의 파시스트 정권이 보낸 식민 통치자들로부터 조국의 독립을 얻기 위해 투쟁할 뿐입니다. 전쟁은 끔찍하지만 자유를 위해 우리는 싸울 수밖에 없습니다. 저는 그 결과가 제 조국의 해방일 뿐 아니라, 포르투갈을 파시즘으로부터 해방시키는 것이 될 거라고 믿습니다."

그 뒤에 이어진 말은 더 많은 생각을 불러일으켰다. "사실 독립은 쉬운 부분입니다. 포르투갈 군인들은 파시즘과 식민주의를 지키기 위해 죽는 것을 불명예스러운 죽음이라고 생각하기 때문에 우리는 해방전쟁에서 승리할 것입니다. 하지만 전쟁에서 승리한다고 끝이 아닙니다. 우리 모잠비크인들이 당면한 더 어려운 과제는 국민의 삶의 조건을 개선하는 것입니다. 그들의 기대는 매우 높을 것이고, 그것을 충족시키기 위한 우리의 역량은 너무도 제한적일 겁니다."

그는 최근 독립한 아프리카 국가 대부분이 겪는 어려움을 언급하고 있었다. 그의 결론에 따르면, 모잠비크는 문맹률이 매우 높고 고등교육을 받은 사람이 거의 전무하기 때문에 발전 문제를 다루는 것이 아프리카의 다른 나라들보다 훨씬 더 힘들 터였다. 전쟁에 임하는 사령관이 전후戰後 문제를 이야기하는 것에 나는 깊은 인상을 받았다.

떠나기 전 그는 우리 한 사람 한 사람과 개인적으로 인사를 나눴다. "뭘 공부하세요? 기말시험은 언제인가요?" 그가 내게 물었다.

나는 열아홉 살의 대학 1학년생으로 의학 훈련을 시작하기 전에 통계학 과목을 듣고 있었다. 기말시험은 아직 안중에도 없었다. 나는 아마 더듬거리며 이렇게 말했을 것이다.

"의학 공부는 다음 학기부터 시작하고, 제가 의사가 되는 건… 1975년일 겁니다."

"멋지군요. 그때쯤 모잠비크는 독립국가가 되어 있을 거예요. 의사가 되어 우리와 함께 일하러 모잠비크에 온다고 약속해줘요. 우리는 당신이 필요할 거예요." 몬들라네가 말하며 웃었다. 그때 우리 눈이 마주쳤다. 그의 얼굴은 진지했고, 나는 악수를 나누며 속으로 다짐했다. '네, 약속할게요.'

2년 후인 1969년 2월 3일, 에두아르도 몬들라네는 탄자니아 수도 다르에스살람에서 그를 노린 폭발 사고로 살해되었다. 나는 내가 한 약속이 생각났지만 그의 죽음으로 모잠비크 해방 투쟁이 실패할 가능성이 높아졌음을 알았다.

에두아르도 몬들라네는 독립을 쟁취하기 위해 전쟁을 치를 수밖에 없는 비극적 상황을 우리에게 이해시키려고 노력했다. 그러면서 자신이 전쟁을 치르는 대상은 식민 지배 국가이지, 식민지를 건설하러 온 사람들이 아님을 분명히 했다. 그가 한 말이 내내 잊히지 않았다. 나는 나중에 넬슨 만델라가 똑같은 취지로 연설하는 것을 들었다. 내가 모잠비크에서 의사로 일할 수 있기까지는 10년이 더 걸렸고, 독립은 비교적 쉬운 일이라는 몬들라네의 말을 온전히 이해하는 데는 평생이 걸렸다. 더 어려운 부분은 수 세대의 식민 지배 후 문맹, 질병, 극빈으로 고통받는 나라를 발전시키는 일이었다.

나는 의학 공부를 시작하면서 웁살라대학 학생회의 국제위원회에 선출되었다.

어느 날 위원회 간사가 나를 복도로 데려가더니 내 귀에 속삭였다. "다시는 그 질문을 하지 마."

옆방에서 방금 끝난 회의 때 나는 예산에 대한 우려를 제기했다. 계좌 중에는 용처가 불분명한 투자신탁이 포함되어 있었는데, 그 계좌에서 상당한 돈이 빠져나간 상태였다.

간사가 비밀을 털어놓았다. 그 '신탁'은 낙태 시술을 위해 폴란드로 가야 하는 학생들에게 단기 대출을 해주고자 확보해 둔 돈이었다. 지난가을 평소보다 많은 여성이 폴란드로 갔는데, 그중 다수가 아직 대출금을 갚을 만큼 저축을 하지 못했기 때문에 총액이 줄어든 것이었다. 가톨릭 국가인 폴란드의 낙태 시술에 대해 들은 적이 있던 나는 그에게 더 이상 묻지 않겠으며, 그가 해준 얘기를 누구에게도 말하지 않겠다고 약속했다.

스웨덴은 1975년이 되어서야 낙태를 합법화했다. 놀랍게도 인도에서 비슷한 법안이 통과되고 3년 후였다. 나는 1972년 인도로 연수를 떠났을 때, 이와 같은 문제들에 대해 훨씬 더 많은 사실을 알게 되었다. 세계에 대한 호기심을 채우는 데 점점 더 열중해가던 앙네타와 나는 1970년에 장기간의 아시아 여행을 계획했다.

내가 부모님에게 우리 계획을 말했을 때, 부모님은 허락하지 않았다. 한 가지 이유는 의학 공부를 6개월 정도 쉬어야 하기 때문이었을 것이다. 그들은 그런 훌륭한 교육을 미룬다는 것이 언짢았다. 하지만 부모님이 반대한 가장 큰 이유는 그 여행이 위험할 수 있었기 때문이다. 그럼에도 그들은 우리를 말릴 수 없다는 사실을 깨닫고 받아들였다. 의논을 끝내며 어머니는 말했다. "네 아버지와 내게 고등교육은 그저 꿈일 뿐이었지. 우리는 너를 이해하지 못하겠다. 공부를 하더니 우리한테서 멀어져버렸구나."

⌒⌒

1971년 봄, 방글라데시에서 독립전쟁이 일어나 그해 말까지 계속되었다. 그 전쟁은 내게 직접적 영향을 주었다. 앙네타와 나는 그 무렵 여행에 대한 자세한 계획을 세워둔 상태였다. 원래는 폭스바겐 캠핑용 밴을 타고 인도의 시골길을 운전할 생각이었는데, 전쟁 때문에 인도-파키스탄 국경이 닫혔던 것이다. 우리는 계획을 재고해야 했다.

그해 말 앙네타는 간호사 시험을 통과하고 일을 시작했다. 나는 의대 4학년을 마치고 대진의사locum로 취직했다. 우리는 필요한 돈을 모아 1972년 2월 8일에 출발했다.

'배낭여행'이라는 단어가 아직 생기기도 전이었지만, 우리는 스리랑카행 비행기에 탑승 수속을 하며 꽉 채운 배낭 두 개를 부쳤다. 그 패키지여행에는 작고 예쁜 해안가 호텔에서

2주를 보내는 일정이 포함되어 있었고, 그 시간은 정말 즐거웠다. 하지만 우리는 스웨덴으로 돌아오는 비행기에 타지 않았다. 그 대신 여행을 이어갔는데, 먼저 그 섬나라를 한 바퀴 돌고 나서 정기 연락선을 타고 인도로 갔다. 인도 라메스와람Rameswaram에 도착했을 때는 해변에 내리기 위해 계단을 몇 칸 내려가서 노 젓는 보트에 올라타야 했다. 세관과 국경 공무원들은 텐트에서 일했다. 그들은 군인들의 도움을 받아 여행자들을 주시했다. 카키색 반바지에 무릎까지 올라오는 모직 다리 토시를 입은 맨발의 군인들은 눈길을 끄는 구식 소총으로 무장하고 있었다. 입국 절차는 이례적으로 까다로웠다. 말라리아 감염을 예방하기 위해 혈액 샘플을 채취해 검사했고, 세계보건기구WHO의 노란색 카드를 보고 천연두 예방접종을 받았음을 확인했다. 해안가에 있는 그 지역은 문제없이 돌아가고 있었다.

스리랑카에서 한 달을 지내는 동안 우리는 그 나라의 고대사를 알고 깜짝 놀랐다. 그 나라의 가장 큰 인구 집단이 쓰는 언어인 신할리어Sinhalese 문자가 2,000년 넘게 사용되었다는 사실을 그때 처음 알았다. 수천 년 된 저수지와 관개시설 앞에서도 겸허한 마음이 들었다. 그것들은 아주 먼 과거의 인상적인 공학 기술을 보여주는 증거였을 뿐 아니라, 우리가 얼마나 무지한지를 보여주는 증거였다. 우리는 스리랑카 문명이 이 정도로 발전했다는 사실을 짐작조차 하지 못했다.

우리의 부끄러움은 인도에서 더욱 커졌다. 처음 며칠 동안 우리는 고대 사원들을 둘러보며 인도의 많은 언어가 모두 수천 년 된 문자를 가지고 있다는 걸 알았다. 그리스를 여행할 때와는 아주 다른 경험이었다. 그곳에 갈 때는 이미 위대한 유적지와 역사적 사건들을 알고 있었다. 스리랑카와 인도를 여행하는 건 지적으로 고통스러운 경험이었다. 게다가 정말 부끄러운 일은 따로 있었다.

우리의 아시아 여행 계획에는 내가 벵갈루루Bengaluru에 있는 세인트존스의과대학의 방문학생으로 가는 일정도 포함되어 있었다. 선택 코스인 그 연수는 인도에 대한 내 견해를 완전히 바꾸어놓았다. 그 코스는 훌륭했지만, 내게 영향을 미친 것은 학습 내용보다는 첫날의 첫 강의 시간이었다. 인도의 의대 4학년생들이 나보다 훨씬 더 많이 알고 있다는 무참한 진실을 깨달은 것이다. 누가 봐도 모범생이던 나는 항상 1등은 아니었어도 대개 상위권에 머물렀다. 솔직히 인도에 도착할 때만 해도 스웨덴의 야심 찬 의대생인 내가 인도 현지 학생들보다 뛰어날 거라고 확신했다. 하지만 막상 와보니 인도에서 내 실력은 학생들 중 밑바닥에 가까웠다.

첫날, 나는 전날 병동에서 찍은 엑스레이 사진들을 훑어보는 교육에 한 무리의 학생들과 함께 참여했다. 첫 번째 사진은 혈관 조영 사진이었다. 특정 장기의 혈관에 조영제를 주사해 촬영한 사진을 말한다. 해당 사진은 신장 혈관을 보여주었다.

검사를 실시한 이유는 환자의 소변에서 혈액이 검출되었기 때문이다.

나는 인도 병원에서 혈관조영술을 할 수 있다는 사실에 충격을 받은 것으로 기억한다. 이 경우, 서혜부의 큰 동맥에 가늘고 유연한 플라스틱 관(카테터)을 삽입하고 그것을 대동맥까지 밀어 올려야 한다. 카테터 끝이 신장에 동맥혈을 공급하는 대동맥 분지에 도달하면 방사선 전문의가 조영제를 주입한다. 그런 다음 조영제가 주입된 신장을 엑스레이로 촬영하면 그 영상에 신장 혈관들이 보인다.

1953년 카롤린스카연구소Karolinska Institute의 스웨덴 의사 스벤 이바르 셸딩에르Sven Ivar Seldinger가 긴 플라스틱 카테터를 고안해내면서 이 시술은 더 쉽고 안전해졌다. 스웨덴의 임상 교수들은 이러한 발전을 자랑하며 그 덕분에 혈관조영술이 국제적으로 더 널리 쓰이게 되었다고 지적했다. 그렇다 해도 인도의 대학병원에서는 이 기술을 아직 다루지 못할 거라고 생각한 1972년의 나는 오만하기 짝이 없었다.

나는 앞의 스크린에 보이는 가지처럼 뻗은 혈관의 아름다운 패턴을 응시했다. 영상의 질은 내가 다닌 스웨덴 대학병원에서 본 것만큼이나 훌륭했다. 인도 병원의 놀랍도록 우수한 의료에 대해 생각하던 중, 나는 갑자기 신장 상부의 혈관들이 비정상적으로 보인다는 것을 깨달았다. 정상보다 얇고 공 모양으로 뭉쳐 있었다. 그것은 분명히 종양을 암시했고, 어쩌면 암일 수도 있었다.

지도 교수가 학생들에게 물었다. "왜 이 환자의 소변에 혈액이 섞였을까?"

나는 내가 말하기 전에 인도 학생들에게 기회를 주는 게 예의라고 생각했다. 돌이켜보면 이 역시 허황된 우월감의 발로였다.

"환자의 소변에 혈액이 섞인 이유는 여기 신장 윗부분에 보이는 종양 때문임이 분명합니다." 첫 번째 인도 학생이 대답했다. "이 환자는 운이 좋은 경우인데, 종양의 크기가 비교적 작고 일찍 발견되었기 때문이죠. 진찰할 때 복벽을 통해서는 만져지지 않았습니다. 그리고 환자도 통증이 전혀 없다고 말했습니다."

그 방사선 전문의는 어떻게 암이 이렇게 일찍 발견되었는지물었다. 병력을 조사할 때 병동에 있었던 또 다른 학생이 그 환자가 혈뇨를 발견하자마자 곧바로 병원에 왔다고 답했다. 대다수 사람과 달리 그 환자는 민간요법을 먼저 시도하지 않았다. 그 학생은 환자가 그렇게 한 것은 전화기 제조업체에 다니는 전기 기술자임을 감안할 때 그가 현대 의학을 어느 정도 신뢰했기 때문일 거라고 덧붙였다.

신장암의 다른 초기 증상에 대한 후속 질문에 학생들이 차례로 대답했다. 나는 지도 교수의 질문에 답하려는 것을 멈추고, 어떻게 저 학생들이 나보다 훨씬 더 많이 알고 있는지 곰곰이 생각해보았다.

교육이 끝나고 복도로 걸어 나오면서 나는 몇몇 학생에게 왜 내가 전공의 수련 과정에 들어오게 되었는지 물었다. 그러면서 나는 4학년으로 갔어야 한다고 설명했다.

"우리는 모두 4학년이에요. 왜 그러시죠?" 그들이 말했다.

나는 신장암의 모든 가능한 증상과 그 밖의 다른 질환들에 대한 그들의 지식에 깊은 인상을 받았다고 말했다.

"어떤 교과서를 사용해요?" 내가 물었다.

"대부분 해리슨Harrison으로 공부해요." 그들 중 한 명이 말했다.

'해리슨'은 임상의학에 현존하는 가장 두꺼운 교과서를 부르는 약식 명칭이다. 그 당시 깨알 같은 글자로 1,120쪽에 달했다. 나는 학구열에 불타는 학생이었고, 인도에 오기 1년 전인 1971년 그 책을 샀다. 하지만 그 책은 수년이 지나 내가 이 문장을 쓰는 지금까지도 읽지 않은 상태로 내 책꽂이에 꽂혀 있다. 스웨덴의 의사 시험에 통과하기 위해 나는 활자가 크고 쪽수는 절반인 축약본으로 벼락치기 공부를 했다. 스웨덴과 인도의 의대생들을 비교하면 할수록 축약본을 보는 스웨덴 동료들보다 두꺼운 책을 보는 인도 학생들의 공부량이 훨씬 더 많다는 사실이 명백해졌다. 내가 자라면서 아무 생각 없이 받아들인 세계관인 '서양이 최고이고 나머지 세계는 서양을 따라잡을 수 없다'는 생각이 난생처음으로 흔들리며 바뀐 순간이었다.

우리는 인도에 갈 때 가난을 예상했고, 실제로 가난을 목격했다. 하지만 그 지역의 위대한 고대 문명에는 무지했으며, 인도의 재능 있는 젊은이들이 현대 학문과 기술 분야에서 얼마나 앞서가고 있는지도 알지 못했다.

우리는 벵갈루루에서부터 여행을 계속 이어갔다. 인도의 철도 회사가 학생들에게 제공하는 값싼 3등석 승차권을 이용해 기차 안에서 많은 시간을 보냈다. 그리고 다른 승객들과 이야기를 나누며 이 거대한 나라의 다양성을 깨달았다. 네팔에 도착해서는 버스 여행으로 바꾸었고, 수도 카트만두에 도착하고부터는 걸어서 히말라야 계곡 길을 따라 나흘 동안 하이킹을 했다.

정부에서 발행한 트레킹 허가 덕분에 우리는 가는 길에 렌틸콩과 쌀밥을 제공하는 저렴한 민박집들을 찾을 수 있었다. 이 친절하고 자부심 있는 사람들은 계단식 밭에서 옥수수를 길러 근근이 먹고살았다. 지역사회는 잘 조직되어 있는 것처럼 보였지만 생활 조건은 열악했다. 학교도 별로 없고 보건 의료는 아예 존재하지 않았다. 여성들은 아이를 평균 여섯 명 낳았는데, 그 가운데 한둘은 죽었다. 영아 사망률이 무려 25퍼센트였다. 소녀들이 10대 초반에 결혼하는 것도 흔한 일이었다.

우리는 에베레스트의 눈 덮인 산봉우리를 바라보며 몇 시간 동안 오르막길을 터벅터벅 오른 후 산길 그 자체를 지나가기 위해 아찔한 출렁다리를 건넜고, 그러고 나서 마지막 가파른 오르막을 올랐다. 그때쯤 너무 지친 우리는 불교 사원에서 땅바닥에 주저앉았다. 작은 소녀가 걸어오더니 우리를 보고 양손을 뺨에 갖다 대며 '잠자는' 시늉을 했다. 아이는 우리를 집으로 데려가 부모를 만나게 해주었고, 그들은 우리에게 초가지붕을 얹은 2층 건물의 2층에 있는 자신들의 침실을 내주었다.

그날 밤에는 보름달이 떴다. 마을 사람들이 모여 달빛 아래 노래하며 놀았지만, 우리가 묵은 집의 식구들은 함께하지 않았다. 그들은 아직 첫돌도 안 된 아기를 씻기기 위해 집에 머물기로 결정했다. 부부는 따뜻한 물이 담긴 대야에서 아기를 씻긴 후 물기를 닦고는 크림을 바른 다음 죽을 먹였다. 이 모든 일을 부부가 함께 했다. 우리가 겨우 몇 미터 떨어진 침대에 누워 지켜보고 있는데도 그들은 신경 쓰지 않았다. 간호사인 앙네타가 일기장에 자세히 기록하기 시작했다. 그들이 한 일에 대한 묘사가 곧 몇 쪽으로 늘어났다. 주변 계곡의 공기는 청명했고, 마을을 쏜살같이 지나가는 계곡물 소리가 우렁차게 울려 퍼졌다.

다음 날, 그 가족의 증조모가 우리를 밭으로 데려가서 자신들이 어떻게 경작하는지 보여주었다. 우리는 그들의 진짜 생활 방식을 보았다고 느끼며 사진을 찍었다.

혹시 다음에 다시 올 날이 있을까 봐 그들의 이름을 적어두었다. 그리고 42년 후인 2014년에 우리는 정말 그곳을 다시 찾

네팔의 출렁다리.

아갔다. 그 마을로 진입하는 길은 자동차가 달릴 수 있게 잘 닦여 있었다. 교통 당국 로고가 새겨진 눈에 잘 띄는 조끼를 입은 남자들이 삽으로 모래를 떠서 도로를 평평하게 고르고 도랑을 쳤다. 수출용 생산을 위한 양어장도 생기기 시작했다. 학교가 배로 늘어났고, 영아 사망률은 감소했으며, 평균 자녀 수가 가구당 두 명에 근접하고 있었다.

하지만 예전에 묵은 집 앞에 왔을 때 우리는 그곳을 금방 알아 보았다. 그 자리를 그대로 지키고 있는 그 집은 현대식으로 개조된 상태였다. 그 계곡의 다른 집들과 마찬가지로 초가지붕 대신 양철 지붕이 덮여 있었다. 우리가 지켜보는 가운데 목욕을 하던 아기가 이제 자신의 가족을 꾸려 그 집에 살고 있었다. 그의 어머니는 20년 전에 세상을 떠났지만, 그의 아내가 어머니처럼 우리를 따뜻하게 맞아주었다. 그의 늙은 아버지는 인도로 이주했다. 우리는 첫 방문 때 찍은 사진을 그들의 친구와 친척들에게 보여주었다.

식사를 하는 동안 우리는 이제 온 동네 아이들이 예방접종을 받고 학교에 다닌다는 이야기를 들었다. 가족계획이 훨씬 잘 이루어졌고 마을 보건소는 사후 피임약을 제공했다. 영아 사망률은 4퍼센트로 떨어졌다. 하지만 아직 문제들이 있었는데, 그중 하나가 많은 소녀가 매춘부로 일하기 위해 도시로 떠나는 것이었다.

그날 밤 비가 내렸지만 빗물이 양철 지붕을 타고 떨어졌기 때문에 지난번 방문 때처럼 시큼하고 퀴퀴한 냄새를 풍기지 않았다. "그래도 초가지붕이 더 예쁘지 않아요? 정말로 양철 지붕이 더 좋은가요?" 나는 마을 사람들에게 물었다. 남자 중 하나가 내 곁으로 다가왔다.

"양철 지붕은 20년을 버티죠. 20년 동안 끄떡없다고요! 초 가지붕은 2년마다 다시 덮어야 했어요. 2년마다 들에 나가 풀 을 베어 집에 가져와 건조시켜야 했죠."

"이제는 집 안이 축축하지 않고 퀴퀴한 냄새도 나지 않아 요." 여자들이 힘주어 말했다.

나는 한동안 양철 지붕을 바라보며 서 있었다. 초가지붕과 10대 신부에서 품위 있는 삶의 조건으로 이동할 때는 대개 아 주 추한 과도기를 거치기 마련이다. 그 시기에는 매춘, 빈민가, 착취가 있다. 그리고 양철 지붕도. 그러나 이와 동시에 작용하 는 진보의 힘들이 경제성장, 더 나은 건강과 교육, 더 작은 가 족, 높아진 개인의 권리를 창출한다. 우리는 과도기 사회를 볼 때 추한 모습에 초점을 맞추기 쉽다. 하지만 네팔에서 내가 얘 기를 나눠본 사람들은 자신이 어디로 가고 있는지 알고 있었 으며, 그 여행을 하는 것에 만족했다.

우리가 두 번째 방문을 마치고 마을을 떠나기 전에 앙네타 가 옛 일기장을 펼쳐 1972년 어느 날 밤 그들의 젊은 부모가 어떻게 아기를 씻기고 먹였는지 읽어주었다. 모두가 감동했 다. 아기였던 남자는 눈물을 흘렸다. 우리도 따라 울며 어머니

사진을 그에게 주었다. 그는 중요한 서류와 기념품을 보관하는 상자에 그 사진을 넣었다. 그것은 어머니의 유일한 사진이었다.

1972년 우리는 네팔의 산골 마을에서 남동쪽으로 여행했다. 먼저 인도로 돌아갔다가 버마(지금의 미얀마), 태국, 말레이시아, 싱가포르로 갔다. 그리고 마지막으로 인도네시아에서 한 달을 머물렀다.

아시아 모험은 6개월 동안 이어졌고, 거기서 많은 것을 배웠다. 게다가 우리는 의미 있는 결정을 했다. 고국으로 돌아가면 결혼부터 하기로 한 것이다. 그런데 이미 수년을 함께 산 터라 우리 둘 다 정식 결혼식을 하는 것이 어색하게 느껴졌다. 게다가 모아놓은 돈도 다 써버렸다. 그래서 우리는 시청에 가서 혼인신고를 하는 걸로 결혼식을 대신했다. 결혼을 주재한 판사가 시 한 편을 읽어주었고, 우리 둘은 그것을 들으며 기쁨의 눈물을 흘렸다. 그 후 공원에서 복숭아를 나눠 먹고는 그길로 자전거를 타고 우리 부모님 집으로 가서 이제 법적으로 결혼한 사이임을 알렸다. 아버지는 격식을 차린 결혼식에 얼굴을 내밀지 않아도 되어 좋아했지만, 어머니는 파티를 열 기회를 망친 우리를 괘씸하게 여겼다. 앙네타의 부모님은 스웨덴 남부의 여름 별장에서 엽서로 소식을 듣고 전화를 걸어 우리를 축하해주었다.

네팔인 가족의 사진(위 : 1972년, 아래 : 2014년).

1974년 4월 25일, 중요한 사건이 일어났다. 마침내 포르투
갈의 파시스트 정권이 무너진 것이다. 그 며칠 전에 우리는 첫
아이 안나를 산부인과 병원에서 집으로 데려왔다.

병원 근처에 살았던 우리는 그날 아침 유모차에 안나를 태
우고 시청 공원을 통과해 집으로 걸어왔다. 출산은 순조로웠
고, 우리 딸은 아주 건강했다. 언제나 봄이 왔음을 알리던 우아
한 푸른색 백합이 눈부신 햇살을 받으며 피어나고 있었고, 우
리는 안나가 평화롭게 잠자는 모습을 행복하게 지켜보았다.

그날 오후, 뉴스를 튼 나는 포르투갈에서 무혈 쿠데타가 성
공했다는 소식을 들었다. 나중에 앙네타와 함께 저녁 종합 뉴
스를 들으며, 곧 권력 이양이 있을 것 같은 느낌을 받았다. 에
두아르도 몬들라네가 확신을 가지고 예측한 일이 실제로 일어
난 것이었다. 그리고 에두아르도에게 한 약속을 기억하고 있
던 나는 행복하고 젊은 우리 가족이 머지않아 독립한 모잠비
크에서 일할 수 있을 거라고 생각했다.

아시아를 여행한 후, 그리고 마지막 18개월 동안의 의학 수
련 내내 세계에 대한 내 집착은 점점 현실적으로 바뀌었다. 앙
네타와 나는 아프리카의 가장 가난한 나라 중 한 곳에서 몇 년
동안 일하기로 결정했다. 앙네타는 간호사 일에 도움 되는 조
산사 자격을 취득하기 위해 연수 과정에 지원했고, 우리는 가

족 전체가 아프리카에 가서 살며 일하기 위한 계획을 열심히 짜기 시작했다.

앙네타의 임신 기간에 우리는 10월부터 내가 집에서 아기를 돌보기로 합의했다. 앙네타는 공동육아 계획을 매우 진지하게 받아들인 데다, 1974년 가을 동안 조산사 연수를 완료할 계획이었다. 10월이 왔을 때 나는 웁살라 폐 전문 병원에서 대진의사로 일하고 있었는데, 모잠비크에 다녀온 후 거기서 영구적인 직책을 얻고 싶었다.

병원장에게 말하는 것을 차일피일 미루던 어느 날, 나는 더 이상 지체하면 안 된다는 생각이 들었다. 그래서 병원장을 찾아가 아내가 가을에 연수를 마쳐야 하기 때문에 10월부터 2월까지 휴직하고 싶다고 말했다.

"휴직이라고요? 당신은 대진의사예요. 대진의사를 위한 대진의사를 구할 수는 없어요." 그가 말했다.

"저도 압니다만…, 그렇게 해주실 수는 없을까요?"

"지금 휴직하면 2월에 빈자리가 생길 경우 언제든 돌아올 수 있어요. 하지만 지금의 자리를 지키고 싶다면 계속 있어야 해요."

"내년에는 아버지의 육아휴직이 법제화될 겁니다." 내가 말했다.

"법이 통과될 수도 있지만 아닐 수도 있죠." 원장이 말했다.

나는 회피하고 싶은 마음에 집으로 돌아와 저녁을 먹는 내

내 휴직에 대해서는 한 마디도 하지 않았다. 식사를 끝낸 후 소파에 함께 앉아서야 병원장을 만났다는 얘길 꺼냈다.

"오, 잘됐네." 앙네타가 말했다.

"그래. 하지만 휴직하면 지금의 자리로 돌아올 수 없대." 내가 설명했다.

"그래도 대진의사 자리는 구하기 쉽잖아."

"그렇겠지만, 이번 가을에는 일을 계속하는 게 최선일지도 모르겠어."

앙네타는 그저 나를 쳐다볼 뿐이었다.

"이번 가을에 당신이 집에 있어주면 나는 추가 자격을 얻을 수 있어. 수련의 자리에 지원할 때 도움이 될 거야." 내가 계속해서 말했다.

"그러면 내 연수는 어쩌라고?" 앙네타가 말했다.

"내년에 하면 되지 않을까?"

그 순간 그녀는 자리에서 일어나 침실의 옷장으로 갔다. 그리고 잠시 후 작은 여행 가방을 들고 거실로 돌아왔다. 그녀는 가방을 현관 앞에 내려놓았다.

"당신 거야." 그녀가 단호하지만 침착하게 말했다. 앙네타는 절대 목소리를 높이는 법이 없었다.

"그게 뭔데?" 나는 어리둥절해서 물었다.

"당신 짐이야. 속옷, 양말, 셔츠 같은 것들을 쌌어. 지금 당장 내 인생에서 나가도 좋아. 돌아오지 마. 우리는 육아휴직에 대해 합의했고, 나는 담당자에게 이미 통지도 했어."

다음 날, 나는 병원장을 다시 찾아가 9월 마지막 날 사실상 사직하겠다고 말했다. 그리고 약속한 대로 집에서 안나를 돌보았다. 아내가 짐을 싸서 현관 앞에 내려놓으며 꺼지라고 말했을 때 비로소 이 사실을 깨달았다는 게 유감이지만, 나는 내가 집에서 첫아이를 돌보는 걸 진심으로 원하고 있었다.

◌✑

안나가 태어난 후 몇 년 동안 스웨덴의 반反아파르트헤이트 운동 조직은 모잠비크 보건부를 포함한 아프리카 국가 기관들의 요청에 따라 채용 센터를 설치했다. 아프리카채용기구Africa Recruitment Organization, 약자로 ARO였다. 나는 그 기구의 창설에 매우 적극적으로 참여했다. 무혈 군사 쿠데타가 포르투갈의 식민화 전쟁을 끝낸 날 아침부터 앙네타와 내가 독립한 모잠비크에서 일할 준비를 마치기까지는 4년이 더 걸렸다.

1975년 11월에 아들 올라가 태어났고, 그때 우리 가족은 스웨덴 북부 도시 후딕스발Hudiksval에 살고 있었다. 앙네타는 조산사로 취직했고, 나는 인턴으로 일하고 있었다. 우리 둘 다 스웨덴의 작은 병원에서 일하는 것이 모잠비크로 떠날 준비를 하기에 안성맞춤이라고 생각했다.

준비 과정은 매우 힘들었다. 우리는 스톡홀름에서 북쪽으로 약 400킬로미터 떨어진 산되Sandö에 있는 전문학교에서 위기관리와 구호 조직 같은 주제들에 대해 공부하는 1년 과정을 이수했다. 포르투갈어도 배웠는데, 그것은 단연코 가장 중요한 단계 중 하나였다. 수료하는 데 10주가 걸린 또 하나의 매우 중요한 과정은 가난한 나라에서의 보건 의료 관리에 대해 배우는 웁살라대학에서의 연수였다. 그리고 이 모든 과정의 마무리로 우리는 ARO가 운영하는 2주짜리 세미나에 참석했다. 이제 계약서에 서명만 하면 되었다. 관계 당국의 승인이 떨어지자마자 즉시 모잠비크 보건부가 나를 고용했다. 이 무렵 나는 전문의 과정을 시작한 상태였고, 우리 둘은 각자 의사와 조산사로 3년간 경험을 쌓았다. 그리고 1978년 8월에 출발하는 비행기 티켓을 받았다.

준비는 다 되었다. 그때 느닷없이 잔인한 제동이 걸렸다.

1978년 5월, 나는 저녁 늦게 샤워를 하다가 심상치 않은 것을 발견했다.

"한스, 이런 말을 하게 돼서 유감인데, 악성종양이야."

고문 외과 의사이자 외과 과장인 라세 빅스트룀Lasse Wickström이 그달 말 내게 결과를 알려주었다. 자기 방에서 좀 보자고 해서 갔더니 앉으라고 말하는 그의 얼굴이 심각했다.

병리 검사 결과가 노란색 종이에 인쇄되어 있었다. 그는 녹색 고무로 만든 책상 깔개 밑에서 그 종이를 꺼냈다. 라세 빅스트룀이 다음 일을 의논하기에 앞서 내 반응을 기다리는 동안, 나는 그저 책상 깔개를 보며 그 녹색이 책상의 연한 목재와 어울리지 않는다는 생각만 했다.

아마도 샤워실에서 문제를 발견한 지 열흘이 지났을 것이다. 그날 몸에 분주히 비누칠을 하던 나는 순간 손을 멈추었다. 오른쪽 고환 표면으로 손가락을 다시 가져갔다. 작은 혹이었다. 그것은 음낭 피부 깊숙한 곳에 있었기 때문에 고환 자체에서 발생한 게 틀림없었다. 나는 양쪽을 비교해보았다. 왼쪽은 매끈했다. 그 순간 정신이 아득하고 겁이 났다. 고환암의 일종임이 거의 확실했다.

그날은 나 혼자 아이들과 함께 집에 있었다. 안나는 네 살, 올라는 두 살이었다. 앙네타는 2주간 포르투갈어 강좌를 들으러 가고 없었다. 그 무렵 우리는 스웨덴의 직장에서 휴직을 했고 후임자도 구한 상태였다. 2년 동안 우리 아파트를 빌려줄 임차인과의 계약서에 서명했으며, 모잠비크행 항공편이 8월로 예약되어 있었다. 지금은 5월이었다. 그런데 내가 몇 년 안에 죽을 수도 있는 병에 걸린 것이다.

다행히 문제를 발견했을 때 아이들은 잠들어 있었다. 나는 그날 밤을 어떻게 보냈는지 말할 수 없는데, 나도 기억이 나지 않기 때문이다. 다음 날 아침, 라세 빅스트룀이 회진 후 나를 진찰한 일은 기억이 난다.

"자네가 모잠비크에 간다니까 100퍼센트 확실하게 해야겠어. 더 자세한 검사를 할 거고, 뭘 할 수 있는지 볼 거야." 라세가 말했다. 그러고는 간호사에게 수술장을 예약해달라고 요청했다. 수술은 이틀 뒤로 잡혔다. 나 혼자만 알고 있기로 하고, 앙네타에게는 아무 문제 없으니 포르투갈어 과정을 중단하면 안 된다고 말했다. 수술 당일 나는 평소와 다름없이 아이들을 어린이집에 맡겼다.

수술 후 눈을 떴을 때, 라세가 나를 내려다보고 있었다. 그는 심각해 보였다.

"내 말 들리나, 한스?" 나는 고개를 끄덕였다. "종양 덩어리만 잘라내는 건 불가능했네." 그가 말했다. "대부분이 생식선 안에 있어서 오른쪽 고환 전체를 제거했어. 그걸 병리과로 보냈으니 결과가 나오면 연락할게."

수술 후 걷는 게 고통스러웠지만, 그것만 빼면 하루가 여느 때와 다름없이 흘러갔다. 앙네타는 어학연수를 계속했다. 나는 아침에 아이들을 어린이집에 데려다주고 낮에는 내과에서 일했다.

그리고 이제, 새로 확인된 사실을 듣기 위해 라세의 사무실에 앉아 있었다.

"지금부터 내가 하는 말 잘 들어." 라세가 말했다. "정상피종 seminoma, 精上皮腫이야. 고환암 중에서 착한 종류지. 방사선치료에 잘 반응해. 그러니 전이가 좀 있다 해도 완치 확률이 높아. 웁살라의 방사선 전문의들에게 말해뒀어. 그들이 자네를 맡아서 몇 가지 검사를 더 할 거야. 방사선치료는 다음 주에 시작할 수 있어. 내가 석 달 동안 자네 병가를 신청하긴 했는데, 모잠비크 여행은 미뤄야 할 거야."

라세 빅스트룀은 정말이지 친절하고 사려 깊은 사람이었다. 그가 우리 과에 미리 연락해둔 덕분에 일 처리를 쉽게 할 수 있었다. 수술 병동에서 내과 병동까지 총 130미터를 걸어간 나는 마침 환자를 보고 있지 않던 동료 페르Per와 잡담을 나누었다. 그가 수술 결과를 묻고 상황을 듣더니 그날 오후 꽉 차 있던 내 진료 스케줄을 사려 깊게 조정해주었다. 동료들이 내 몫의 진료를 나누어 맡았다. 나는 어린이집에서 아이들을 데려오고 싶었기 때문에 그길로 병원을 떠났다.

아이들의 저녁을 준비할 때도, 마루에서 쌓기 놀이를 할 때도 나는 울지 않았다. 나는 우리가 함께 있는 지금 여기에 충실했다. 평소처럼 아이들에게 책을 읽어주고 노래를 불러주었다.

하지만 그날 저녁 앙네타가 집에 돌아왔을 때 결국 무너지고 말았다. 그녀는 아이들에게 아빠가 오늘 직장에서 몹시 힘들었고, 그래서 쉬어야 한다고 둘러댔다. 아이들은 무슨 일인지 이해하기에는 너무 어렸고, 그저 아빠가 집에 일찍 와 함께 놀아줘서 좋을 뿐이었다. 게다가 엄마까지 일찍 와서 기분이 굉장히 좋았다.

하지만 그때는 우리도 무슨 일이 일어나고 있는지 정확히 파악하지 못했다. 내가 사형선고를 받은 건가? 나는 스물아홉 살의 남자, 두 아이의 아버지였다. 그리고 암에 걸렸다.

아이들이 자라는 것을 볼 수 있을까? 과연 살 수 있을까? 앙네타와 나는 서로 부둥켜안고 울었다. 내 마음은 캄캄한 혼돈과 뜨거운 사랑으로 터질 듯했다.

인생이 통째로 바뀌면 계획이 필요하다. 앞으로 무슨 일이 벌어질까? 지금 당장은? 내일은? 앙네타가 모든 것을 처리했다. 그녀는 심사숙고해 문제를 해결해나가면서, 내가 시련의 나날을 헤쳐나갈 수 있도록 도왔다.

앙네타가 직장에서 3개월의 무급 휴가를 얻는 데는 한 시간밖에 걸리지 않았다. 그녀는 웁살라 근처에 있는 자신의 이모 에다Eda의 농장으로 가기로 결정했다. 아이들에게는 아프리카 대신이라고 설명했다. 늘 에다 이모 집에서 크리스마스를 보내곤 했기 때문에 아이들은 순순히 받아들였다. 우리는 함께 짐을 싸서 차에 실었다. 내 몫은 아이들과 함께 장난감을 싸는 것이었다. 앙네타는 운전면허를 딴 지 얼마 되지 않은 터라 웁살라까지 운전하는 걸 내키지 않아 했지만 그래도 해냈다.

우리는 일요일에 도착했다. 웁살라에 거의 다 와서 내가 자란 곳의 성城과 성당의 탑들을 보니 가슴이 뭉클해졌다. 갑자기 몹시 슬퍼졌다. 내가 차에서 내려 진정할 수 있도록 앙네타가 자동차를 세웠다.

검사와 방사선치료는 다음 주부터 시작되었다. 지옥 같은 나날이었다. 림프절에 암세포가 존재할 가능성이 있고, 간으로 전이됐다는 의심 소견도 있었다. 간 검사 수치 중 일부가 비정상이었기 때문이다. 방사선요법은 침윤된 림프절을 치료할 수 있을 뿐이었다. 간 전이가 있다면 1년 안에 죽을 터였다.

내 인생 전체가 멈춰버렸다. 모잠비크는 더 이상 존재하지 않았고, 중요한 건 생존뿐이었다.

앙네타가 아이들을 돌보고 나를 위로하는 동안 나는 몇 날 며칠을 울었다. 병에 걸리니 주변 사람들에게 상처를 주고 싶은 마음이 들었다. 그들은 내가 불행과 고통에 허덕이고 있는 동안에도 즐겁게 인생을 살아갔다. 나는 마당의 해먹에 누워 '매그레 경감Inspector Maigret' 시리즈를 모조리 읽어치우는 것 외에는 아무 일도 하고 싶지 않았다. 어머니는 차마 내 곁에 있지 못했다. 너무 상심한 나머지 어떤 종류의 도움도 줄 수 없는 상태였다.

반면 에다와 그녀의 남편 페르는 나를 환자 취급하지 않았는데, 그래서 오히려 편했다. 그들은 내게 몸은 좀 어떠냐고 묻는 일 없이 실질적인 도움을 주는 데 집중했다. 시그투나Sigtuna 정박지의 항만 관리 부소장이던 페르는 우리를 위해 작은 돛단배를 구해주었다. 그들의 집은 넓었고 우리는 2층의 방 두 개를 썼다. 그 농장에서 웁살라 종양내과까지는 멀지 않았다.

나는 아이들이 학교에 들어갈 때까지 사는 것을 목표로 정했다. 그런데 새로운 생활을 하며 며칠을 보냈을 때 뭔가가 뇌리를 스쳤다. 에다 이모 집 2층의 내 침대에 앉아 창밖의 사과나무를 내다보고 있는데, 그때 갑자기 중요한 사실이 기억난

것이다. 10년 전 한 의사가 내게 간 기능 수치가 상승했다며 과음하지 말라고 충고한 적이 있었다. 그건 나와는 관계없는 조언이었는데, 나는 술을 전혀 마시지 않았기 때문이다. 어쨌든 추적 관찰을 해야 했지만 그러지 않았다.

당시 내가 일하던 감염 병동에 내 기록이 아직 있을 터였다. 나는 그 병동의 수간호사를 알고 있었는데, 그녀는 매우 유능한 사람이었다. 내가 뭘 해야 하는지 결정하는 데는 1분도 걸리지 않았다. 그 간호사에게 말해서 의무 기록을 찾아내고, 검사 결과가 정확히 뭐였는지 알아봐야 했다.

나는 알고 싶은 게 있으면 절대 포기하지 않는 사람이었다. 이 때문에 주변의 많은 사람이 나를 못 견뎌 했다. 이런 성향은 이미 10대 때부터 드러났다. 유럽에서 히치하이크를 할 때 마르세유의 한 유스호스텔에 머문 적이 있었다. 나는 배낭여행객 중 가장 어렸고 혼자 밖에 앉아 스웨덴자동차협회에서 발행한 《유럽 지도Atlas of Europe》를 정독했다. 다른 여행객들이 나를 '파란 책을 읽는 소년'으로 부르기 시작했다. 그 지도책의 절반은 유럽 도시와 마을에 관한 사실들로 구성되어 있었다. 나는 많은 것을 암기했고, 그래서 사람들이 대화 중에 하는 말이 사실인지 확인해가며 유용한 코멘트를 할 수 있었다. "아뇨, 틀렸어요. 프라하는 그것보다 훨씬 오래됐어요."

내 '팩트 체크' 욕구는 연구할 때뿐만 아니라, 내 인생 대부분을 바친 교육에서도 중요한 역할을 했다.

나는 차를 몰고 병원으로 갔다. 한 시간 후 지하 문서보관소를 둘러봐도 좋다는 허가를 받았고, 그 수간호사에게 손으로 쓴 오래된 기록을 찾는 방법을 안내받았다. 우리는 마침내 그것을 찾아 문서보관소의 작은 테이블 위에 올려놓았다. 한 줄기 빛이 머리 위의 좁은 창문을 통과해 우리에게 닿았다. 그래, 있었어. 10년 전에도 지금과 똑같은 패턴으로 간 기능 수치가 증가했다. 그러므로 현재의 결과는 간 전이 때문이 아닐 것이다.

살 희망이 생겼다. 하지만 나는 지나치게 감정적으로 흐르고 싶지 않았다. 나는 여전히 암흑 속에 있었다. 진실은 무엇일까? 일주일 후 나는 새로운 진단을 받았다. 간암이 아니라 만성간염이었다. 그것은 커다란 진전이었다.

그러고 나서 2주 후 림프절 검사 결과가 나왔다. 암세포의 림프절 침윤은 보이지 않았다. 전이가 없다고? 2차 방사선치료는 취소되었다. 다시 한번 모든 것이 뒤집히고 있었다. 인생이 다시 시작되는 걸까?

우리는 후딕스발의 아파트로 돌아왔다. 나는 한 달에 한 번 진료를 받다가 그다음에는 두 달에 한 번씩 받았다. 시간이 흘러도 암은 재발하지 않았다.

복직하고 나서 한동안은 몹시 성가셨다. 많은 동료는 내가 아팠다는 것조차 모르고 있었다. 엘리베이터에서 만난 누군가가 내게 반갑게 물었다. "벌써 돌아온 거야? 아프리카는 어땠어?" 만나는 사람마다 사실을 알리고, 또 어떤 경우에는 알리지 않기로 하는 건 여간 귀찮은 일이 아니었다.

인생은 덜컹거리며 계속 굴러갔고, 모잠비크로 가겠다는 내 소망은 점점 강렬해졌다. 1년이 지났다. 이제 다른 질문들에 답할 때가 되었다. 방사선치료로 내 병이 완치된 것인가? 새로 진단받은 만성간염이 아프리카에 가서 일하는 데 영향을 줄 것인가?

저녁마다 앙네타와 나는 서로를 깊이 염려하며 이야기를 나누었다. 갈 것인가 말 것인가? 우리는 어떤 인생을 살고 싶은가? 우리 둘 다 가기를 원했다. 그것이 우리가 해야 할 일이라고 느꼈고, 우리는 그 준비를 위해 아시아 여행, 직업 훈련, 그리고 ARO와의 계약까지 많은 노력을 기울였다. 만일 내가 몇 년밖에 못 산다면 원하는 일을 하면서 그 시간을 보내는 게 가장 좋지 않을까? 아니면, 집에서 아이들과 함께 시간을 보내야 할까? 가까운 사람들은 우리가 스웨덴을 떠나는 것을 말렸다.

결국 우리는 다른 사람들의 생각과 관계없이 결정을 내렸다. 가기로 했다.

건강 보증을 받는 것이 관건이었다. 종양내과 의사들은 필요한 건강 보증에 서명할 수 없다고 결정했다. 그 일은 내가 전에 일한 감염내과의 과장 폴케 노르드브링Folke Nordbring에게 맡겨졌다. 내가 노르드브링에게 상황을 요약한 편지를 보냈더니 그가 약속을 잡아주었다. 그의 사무실에 들어서면서 나는 이 사람의 판단이 내 남은 직업 인생을 좌우할 것이란 사실을 의식하지 않을 수 없었다. 하지만 폴케 노르드브링은 내가 진심으로 신뢰하는 사람이었기에, 그 사람 밑에서 훈련받는 수련의라면 믿고 평가를 맡겨도 좋을 것 같았다.

"앉게. 검사는 필요 없어. 그냥 얘기만 나눌 걸세. 자네 기록을 이미 훑어봤어." 그가 말했다. 그리고 자신의 오른손을 책상 위 서류 더미에 올려놓았다.

그는 모잠비크에서 내가 하려는 일의 종류와 그곳의 조건에 대해 물었다. 오염된 음식이나 물을 통해, 또는 모기나 다른 곤충에 의해 감염병에 노출될 가능성이 있는가? 나는 모든 가능성에 그렇다고 답했다. 병에 걸리면 효과적인 의료 서비스를 받을 수 있는가? 의사들은 나를 치료할 준비가 되어 있는가? 훌륭한 병리검사실은 있는가? 나는 이 모든 질문에 아니라고 답했다.

그는 조용히 고개를 끄덕였고, 내가 말을 계속 이어가도록 했다. 말을 하고 있는 나도 가망 없는 시도를 한다는 생각이 들었다.

다음으로, 그는 왜 그런 곳에서 일하고 싶은지 물었다. 나는 최근 독립한 모잠비크는 자격을 갖춘 의사들을 절실히 필요로 하고, 나는 그곳에서 일하기 위해 많은 시간과 노력을 들였다고 설명했다. 내 아내 또한 그곳에서 조산사로 일할 준비를 마쳤다고 말했다.

그는 나를 계속 쳐다보았을 뿐 당장 대답하지 않았다. 그러고 나서 그가 말했다. "가지 말아야 할 이유를 찾을 수 없군. 필요한 모든 서류에 서명하겠네."

수년 뒤 나는 베트남에서 열린 항생제 학회에서 폴케를 다시 만났다. 나는 그에게 그런 중요한 결정을 내려줘 고맙다고 인사했다. 그의 첫 반응은 나를 놀라게 했다. "우아! 아직 살아 있군!" 그가 외쳤다.

"물론이죠! 방사선치료가 효과 있었고 제가 건강하다는 걸 확인해주셔서 고맙다는 말씀을 드리고 싶었어요." 나는 말했다. "덕분에 모잠비크에 가서 일할 수 있었죠. 그리고 나서는 지금 하고 있는 국제적인 일을 계속할 수 있었고요."

"이봐, 한스. 나는 사실 자네가 건강하다는 보고서에 서명해도 되는지 망설였다네. 오히려 악성종양이나 그 밖의 병으로 곧 죽을지도 모른다고 생각했지. 하지만 나는 자네 눈에서 진심을 알 수 있었다네. 거기 가서 자네 부부가 그동안 준비해왔던 일을 하길 원한다는 걸 말일세. 그래서 생각했지. '몇 년밖에 못 살 거라면 가장 원하는 일을 하지 못할 이유가 있을까?' 그래서 자네가 모잠비크에 가도 좋다는 거짓 확인서를 써주었던 걸세."

폴케 노르드브링은 과감하게 책임을 진 것이다.

그리하여 1979년 10월 23일, 앙네타, 안나, 올라 그리고 나는 모잠비크의 수도 마푸토Maputo행 비행기에 몸을 실었다.

3 나칼라로

우리가 탄 비행기가 마푸토의 소박한 공항에 착륙한 건 오후였다. 뜨거운 공기 속으로 발을 내디디며 주위를 둘러보니 야자수가 보였다. 강한 햇빛이 활주로의 회색 시멘트에 반사되었다. 아이들은 흥분에 들떠 있었다. 오는 내내 우리 부부는 아이들이 잠들 때까지 스웨덴 작가 바르브로 린드그렌Barbro Lindgren이 쓴 소다수에 관한 괴상한 이야기를 읽어주었다. 이제 아이들은 어떤 것이든 준비가 되어 있었다. 할머니가 만들어준 작은 배낭을 하나씩 멘 아이들은 입국장에 들어설 때 자신의 여권을 직접 들고 싶어 했다.

비행기 옆면에 포르투갈어 슬로건이 적혀 있었다. "우리는 승객뿐 아니라 연대solidarity를 실어 나릅니다." 실제로 승객의 약 절반이 구호단체 소속이었다. 모잠비크로 사람들이 밀려들고 있었고, 우리는 스스로를 '연대하는 노동자'라고 자랑스럽게 불렀다.

12년 전, 나는 모잠비크 독립운동을 이끈 첫 지도자에게 언젠가 그의 나라에 가서 의사로 일하겠다고 약속했다. 1년 전 그 약속을 지킬 준비가 되었지만 고환암이 제동을 걸었다. 아이들이 옆에 있는 사람까지 전염시킬 정도로 기뻐하지 않았다면 나는 북받쳐 오르는 감정에 압도되었을지 모른다. 아이들은 내게 생각에 잠길 시간을 한시도 허락하지 않았다.

국경사무소 직원이 우리의 여권을 확인하면서 보건부가 발급한 2년짜리 계약을 보더니 따뜻한 미소로 우리를 반겨주었다. 앙네타와 나는 의사와 조산사로 일하게 되리라는 건 알았지만 어디서 일할지는 알지 못했다. 어디든 우리를 가장 필요로 하는 곳으로 가겠다고 동의한 상태였다. 따라서 수화물을 찾기 위해 기다리는 동안 가장 궁금한 질문은 '어디로 가는가'였다.

우리는 공항에서 스웨덴 조직의 현지 코디네이터 닌니 우루스Ninni Uhrus를 만났다. 닌니는 완벽한 계획을 세워두었다. 그녀는 우리를 차에 태우고 곧장 마푸토의 유일한 아이스크림 가게로 갔다. 아이들의 첫 아프리카 체험은 파라솔 그늘 아래서 아이스크림을 먹는 것이었다. 그것은 효과 만점이었다. 또한 나와 앙네타에게 질문할 시간을 주었다.

우리는 한 노르웨이인 부부의 집에 며칠 동안 머물게 되었는데, 그 집에는 안나와 올라 또래의 아이가 있었고 무엇보다 정원이 있었다. 앙네타와 나는 다음 날 보건부에 출석해 우리가 갈 장소를 의논해야 했다. 인터뷰 없이는 외국인을 보내지 않으며, 모든 사람에게 원하는 바를 물어보는 게 원칙이었다.

"그 공무원들은 관료처럼 굴지 않아요." 닌니가 우리에게 말했다.

다음 날 인사과의 매력적인 여성이 우리를 맞이했는데, 그녀는 여러 다른 공무원들과 사무실을 함께 쓰고 있었다. 보건부가 입주한 건물은 현대식이었고, 갈색 문들에는 명패가 붙어 있었다.

그 여성은 우리 서류를 꼼꼼하게 살펴본 것이 분명했다. 첫 번째 질문이 내 암 치료에 대한 것이었다. 일을 할 수 있을 만큼 건강한가? 다음 질문은 우리 아이들이 모잠비크에서 사는 것을 좋아하는가였다. 그녀는 이 질문을 몇 번이나 했다. 우리는 스웨덴 친구들이 있는 베이라Beira로 가고 싶다고 말했고, 그녀는 그 내용을 기록했다. 베이라는 모잠비크에서 두 번째로 큰 도시이고 멋진 해변이 있었는데, 특히 이 부분이 우리에게 중요했다. 일이 힘들다는 건 알고 있었지만 얼마나 힘들지는 알 수 없었다. 가족 모두를 위해 알맞은 장소를 찾는 것이 무엇보다 중요해 보였다.

며칠 후 우리는 다시 보건부로 갔다. 이번에는 인사과의 훨씬 더 높은 사람을 만났다. 그는 매우 직설적이었다. 유감스럽게도 현재 베이라 근처에는 우리를 필요로 하는 곳이 없다는 것이었다. 그는 우리가 가능한 한 빨리 북부의 남풀라Nampula 지방, 더 정확히는 나칼라Nacala로 가주기를 바랐다. 나칼라는 모잠비크에서 네 번째로 큰 광역시이자 가장 분주한 항구였다. 그곳은 도시 지역과 그 주변의 시골 지역 모두 의사와 조산사가 절실히 필요했다. 나중에 안 사실이지만, 보건부는 처음부터 우리를 나칼라로 보낼 계획이었지만, 우리가 압박을 감당할 수 있을지 판단하기 위해 일단 먼저 만나보기로 한 것이었다. 그들이 보기에 나는 아직 경험이 부족한 수련의였다.

나는 모잠비크에서 최근에 자격증을 딴 몇 안 되는 의사들 중 한 명인 아나 에디테Ana Edite와 함께 일하게 되었다. 그녀는 이미 나칼라에서 일하고 있었다. 동료가 있다는 건 격일로 저녁 콜을 받는다는 뜻이었는데, 그건 커다란 장점이었다. 거처에 대해 물으니, 나칼라 당국이 알아보고 있다는 답변이 돌아왔다. 나는 마지막 질문으로 해변이 있는지 물었다. 그 공무원은 웃더니 앞으로 몸을 숙이며 말했다. "실망하지 않을 겁니다. 베이라보다 훨씬 더 좋답니다."

그의 말이 맞았다. 그 후로 2년 동안 그 해변은 우리에게 즐거운 피난처가 되어주었다.

○2

보건부 건물을 떠나기 전에 우리는 진격 명령guía de marcha을 건네받았다. 그것은 나칼라 지역 담당자에게 제출해야 하는 문서였다. 모잠비크에서 삶의 많은 측면들이 그렇듯이, 그 군사용어는 과거 식민지 시대 질서를 반영했다. 또한 갓 독립한 그 나라와 몇몇 주변국들 사이의 긴장을 나타내기도 했다. 특히 백인 소수당 지도자 이언 스미스Ian Smith가 여전히 총리로 있던 로디지아와 백인 정권이 인종차별 정책을 시행한 남아프

그래프를 작성하는 중.

리카공화국이 대표적이었다. 두 나라 모두 무력 분쟁에 시달리고 있었다.

그 서류는 우리가 젊은 이탈리아 의사를 대체해야 한다는 사실을 보여주었다. 그 사람은 나칼라에서 고작 일주일을 보낸 후 전근을 요청했다. 그 사실을 알고 걱정이 되었지만, 우리는 그가 아프리카에 대한 '순진하고 낭만적인' 이미지를 가지고 왔으며, "진짜 아프리카에서 사는 것을 기대했다"고 불평했을 것이라 생각하며 마음을 다독였다. 나칼라 당국은 대도시는 '진짜 아프리카'가 아니라는 암시에 충분히 불쾌감을 느꼈을 것이다.

나는 1년 뒤 그 젊은 의사를 만났는데, 처음엔 자신이 다소 순진했었다고 시인했다. 하지만 그 사람이 전근을 요청한 진짜 이유는 업무가 지나치게 과중했기 때문이었다. 나칼라는 인구 약 8만 5,000명의 대도시였고, 주변의 넓은 시골 지역 인구는 30만 명이 넘었다. 하지만 약 50개 병상을 갖춘 병원 하나가 그 일대를 전부 책임지고 있었다.

그리고 몇 달 만에 나는 이 거대한 지역사회를 책임지는 유일한 의사가 되었다.

그런 미래를 앞둔 채 우리는 나칼라로 차를 몰았다. 나칼라의 첫인상은 초가지붕을 얹고 흙벽돌을 쌓아 올린 오두막이 빽빽이 들어찬 판자촌의 모습이었다. 도심에 가까워질수록 인구밀도가 높아졌다. 길가에는 캐슈나무와 야자나무가 늘어서 있고, 그 사이로 난 길이 판자촌을 따라 구불구불 이어졌다.

우리는 높은 고원에 있었지만 곧 바다와 가까워지고 있다는 느낌이 들기 시작했다. 오른쪽으로 나칼라의 부유한 동네인 '시멘트 시티Cement City'가 나타났는데, 빌라와 3~4층짜리 건물이 그 도시의 공장에서 생산한 시멘트로 지어져 있었다. 언덕 아래로 더 내려가자 우리 눈앞에 바다가 펼쳐졌다. 만灣의 한쪽에는 축구장과 병원이 있고, 다른 쪽은 숲이 우거진 언덕이 솟아 있었다.

나칼라에는 약국과 우체국이 하나씩 있었지만, 의료 서비스는 턱없이 부족했다. 15년 전만 해도 이 도시가 존재하지 않던 터라 오래된 집이 거의 없고, 성인 인구 중 그곳에서 태어난 사람은 아무도 없었다.

우리는 멋진 1층짜리 시멘트 주택을 배정받았다. 내부 페인트칠을 포함해 약간의 수리가 필요했지만, 이 나라의 중앙 계획 시스템 때문에 색을 마음대로 고를 수 없었다. 선택지는 딱한 가지, 옅은 파란색뿐이었다.

우리가 살게 된 지역은 독립 이전에 포르투갈 사람들을 위해 건설되었다. 우리 집에서 병원까지 가는 길에는 주로 도구를 파는 작은 가게들, 판매용 상품이 거의 없는 페인트 가게, 코코넛 가판대가 길가를 따라 늘어서 있었다.

동료 의사 아나는 내게 꼭 차를 타고 오라고 단단히 일렀다. 매일 아침 8시 10분 전에 나를 데리러 차가 올 거라고 했다. 하지만 첫날 아침 운전사가 거의 한 시간이나 늦게 나타나는 바람에 그때부터는 걸어서 출근하기로 했다. 병원 사람들이 반대했지만 나는 고집을 피웠고, 다음 날 아침 출발할 때만 해도 마침내 내가 모잠비크에 와서 새로운 직장에 걸어가고 있다는 사실에 가슴이 설렜다. 게다가 길가에는 볼 것이 무지 많았다.

정원庭園 문에 도착하기 전에 누군가 나를 보고 반갑게 인사했다. 첫 번째 모퉁이를 돌자, 남녀노소를 막론하고 거의 모든 보행자가 나를 보고 걸음을 멈추었다. 많은 사람이 지나다녔는데 모두가 나를 뚫어지게 쳐다보았다. 내가 누군가를 막 지나치려 할 때면 그 사람이 내게 정중하게 인사를 했다. 병원으로 가는 내내 그랬고, 저녁에 집으로 걸어올 때도 마찬가지였다. 나는 그런 관심이 불편했지만 사람들이 곧 내게 익숙해질 거라고 생각했다. 사람들이 나를 쳐다보고 인사를 하기 시작한 지 며칠 후, 나는 로사Rosa 부인에게 내게 무슨 문제가 있는지 물었다. 조산사인 로사는 벌써 가장 친한 친구가 되어 있었다. 그녀는 다른 직원들보다 나이가 많았고, 자신감이 넘쳤으며 경험이 풍부했다.

로사 부인이 웃으며 말했다. "당신은 백인이잖아요. 걸어 다니면 안 돼요. 아나가 차를 기다리라고 말했을 텐데요."

나는 그녀가 과장하고 있는 것이 틀림없다고 생각했고, 한 주만 더 지나면 사람들이 내가 걸어서 출근하는 것에 익숙해질 거라고 확신했다.

그때 내게 새로운 아이디어가 떠올랐다. 스웨덴 물건으로 가득 찬 커다란 나무 상자를 열었을 때였다. 우리가 아프리카로 떠나기 전에 주변 사람들이 챙겨가라고 권한 물건들이었다. 출발하기 훨씬 전에 배편으로 마푸토로 발송한 것을 닌니가 받아 나칼라로 보내주었는데, 그것이 첫 번째 주말에 마침내 도착했던 것이다. 그것은 우리 가족에게 크리스마스 선물처럼 느껴졌다.

우리는 새로운 집에서 그 보물들을 풀며 첫 일요일을 보냈다. 아이들은 레고를 발견하고 엄청나게 좋아했다. 앙네타는 옷을 정리했고, 나는 최선을 다해 분해했던 자전거 두 대를 다시 조립하기 시작했다. 우리는 자동차를 사기에는 급여가 빠

큰 나무 상자가 도착한 날.

듯할 것임을 알고 있었던 데다 남들보다 부유하게 비치지 않아야 이웃들이 우리를 더 쉽게 받아들일 거라고 생각했다. 일부 모잠비크 사람들은 자동차를 굴릴 여유가 있었지만 그런 이들은 흔치 않았다. 게다가 우리는 스웨덴에서도 자전거를 자동차보다 훨씬 더 많이 이용했다. 자전거를 조립하고 있으니 마치 고국에 와 있는 듯했고, 정원에서 시험 삼아 타보니 아주 잘 작동했다. 행복한 가족은 이렇게 새집에서 첫 주말을 보낸 후 잠자리에 들었다.

월요일 아침, 나는 좀 늦게 집을 나섰다. 그래도 자전거가 있으니 좀 더 빨리 달리면 될 터였다. 속력을 내어 대문을 통과할 때 모든 것이 제자리를 잡은 것처럼 보였다. 우리 가족에게는 살 집이 있고, 나는 자전거를 타고 직장에 가고 있으니 말이다.

내 뒤에서 들려오는 이상한 소음이 머플러가 고장 난 트럭이 아님을 알아차리기까지는 몇 초밖에 걸리지 않았다. 그것은 왁자지껄한 웃음소리였다. 나는 쳐다보지 않을 수 없었다. 지난주에 나를 보고 너무나 예의 바르게 인사하던 거리의 사람들이 이제는 나를 가리키며 포복절도하고 있었다. 자전거를 타고 병원으로 향하는 동안 내 뒤에 있는 사람들이 다른 사람들에게 저것 좀 보라며 소리쳤다. 성인 여성들은 말 그대로 몸을 비틀며 배꼽을 쥐었다.

웃음은 대로까지 나를 쫓아왔다. 그때쯤 나는 몹시 당황했다. 뭐가 그렇게 우습지? 바지 지퍼가 열린 것도 아니었고, 머리카락이나 얼굴에 시선을 끌 만한 뭔가가 있는 것도 아니었다. 아마 얼굴이 벌게졌을 나는 페달을 더 빨리 밟았지만 그게 더 우스워 보인 모양이었다. 나는 병원 앞마당에 줄을 서서 기다리고 있는 환자와 그 가족들을 지나쳤다. 남녀를 막론하고 모두가 자지러지게 웃으며 주저앉았다. 웃음소리가 너무 컸는지 내가 자전거에서 내리기도 전에 병원 직원 몇 명이 밖으로 달려 나왔다.

다행히 로사 부인이 그 속에 있었다. 부인은 웃음기 없이 심각한 얼굴로 나를 쳐다보았다. 우리는 응급실 대기 구역으로 가서 잠시 사적 이야기를 나눌 수 있었다. 나는 혼란스럽고 당황해서 웃어야 할지 울어야 할지 몰랐다.

"왜 다들 나를 보고 웃습니까?" 나는 소리를 지르다시피 말했다.

"그러게 왜 병원에 자전거를 타고 왔어요?" 로사가 물었다.

"스웨덴에서도 자전거로 출근했으니까요."

"여기는 나칼라이고, 이곳 사람들은 백인 성인 남자가 자전거를 타고 출근하는 걸 본 적이 없어요. 병원 직원 중 누구도 그렇게 하지 않아요. 포르투갈 사람들은 보통 아이들한테 자전거를 주곤 했죠. 물론 부자 동네에 사는 한 포르투갈 남자가 술을 너무 많이 마셨을 때 자전거를 타긴 했지만요."

"이봐요, 자전거로 출근하는 게 제게는 하나도 이상하지 않아요. 전 포르투갈 사람이 아니고, 게다가 모잠비크는 이제 독립국가예요." 나는 하마터면 화를 낼 뻔했다.

로사 부인이 내 팔에 손을 얹으며 말했다. "잘 들으세요. 이 건 이상하고 말고의 문제가 아니랍니다. 선생님이 웃음거리가 되면 이곳에서 의사로 일하기 어려워요. 청소부 아메드Ahmed 씨에게 자전거를 선생님 집에 가져다놓으라고 할게요. 아이들을 데리고 소풍 갈 때는 자전거를 사용해도 되지만, 병원에 올 때는 절대 타지 마세요. 이제 이야기를 끝내야 합니다. 여성 한 분이 분만실에 있어요. 집에서 출산을 했고 아기는 죽었는데, 산모 상태가 심각해요. 파상풍에 걸렸어요."

파상풍은 무서운 병이다. 나는 앞으로 이곳의 모든 임신부를 설득해 예방접종을 받게 해야 하는데, 만일 내가 동네 광대로 알려진다면 목적을 이룰 수 없을 터였다. 선택을 해야 했다. 나는 자전거로 출근하는 것이 내 신뢰도에 영향을 미친다면 당연히 그만두어야 한다고 판단했다. 특히 그 지역 주민을 보호하기 위해 새로운 방법을 도입해야 할 때는 더 말할 것도 없었다.

내가 스스로 질문을 던져야 했던 건 그때만이 아니었다. 어떤 변화가 가장 중요한가? 그리고 어떤 변화가 쉬울까?

1년 뒤 예방접종 프로그램이 성공을 거둔 덕분에 임산부도 신생아도 더 이상 파상풍 증세로 병원에 오는 일은 없었다. 하지만 여전히 나는 자전거를 타고 출근할 수 없었다. 하나의 주문이 내 뇌리에 박혀 있었다. "바꿔야 하는 것부터 먼저 바꾸고 나머지는 때를 기다려라."

〇〇

아프리카에 오기 몇 년 전 만난 첫 번째 아프리카인 친구가 내가 새로운 방식으로 일하고 생각하도록 도왔다. 그는 시골 마을 출신이었다. 그보다 먼저 태어난 세 아이는 갓난아이 때 죽었다. 그래서 그가 태어났을 때 그의 어머니는 그에게 니헤리와Niheriwa라는 이름을 지어주었다. 그것은 아이가 곧 죽을지도 모를 때 그 지역 문화에서 쓰는 일종의 임시 이름으로, 대략 '무덤이 너를 기다리고 있다'는 뜻이었다.

그러나 니헤리와는 살아남았다. 작은 농장을 운영한 그의 부모는 열심히 일해 아들을 학교에 계속 보낼 수 있었다. 그는 성적이 뛰어났다. 니헤리와는 평생 자신의 임시 이름을 유지했는데, 그의 말에 따르면 힘들게 일한 어머니를 기리고 인생이 덧없다는 사실을 기억하고 싶었기 때문이다.

니헤리와는 10개 언어에 능통한 데다가 공부를 매우 잘해서 사제가 되기 위해 가톨릭 신학교에 들어갈 수 있었다. 하지만 모잠비크 독립 투쟁이 시작되자마자 신학교에서 도망쳤다. 그리고 그길로 탄자니아의 수도 다르에스살람까지 걸어가, 자유를 위한 싸움에 동참하기 위해 프렐리모의 독립운동 본부에 들어갔다.

우리는 1967년에 처음 연락했는데, 내가 정보를 요청하기 위해 프렐리모로 보낸 편지에 그가 답장을 보내왔다. 니헤리와는 프렐리모 사무실에서 몇 년간 일한 후 능력을 인정받아 동독에서 공부할 기회를 얻었다. 우리는 드문드문 편지 교환을 이어갔고, 그가 유럽에서 공부하는 동안 스웨덴으로 나를 찾아왔다. 그는 결국 자격증을 딴 광산 기술자가 되어 졸업했다. 독일에서 모잠비크 출신으로는 최초였다.

1979년에 우리는 우연히 다시 만났다. 가족과 함께 나칼라행 비행기를 타기 위해 마푸토 공항 터미널에 줄을 서 있던 나는 막 이동하려는 순간, 옆줄에 있는 니헤리와를 발견했다. 우리는 포옹하며 반갑게 인사를 나눴다.

"어디서 살 예정이야?" 니헤리와가 물었다.

"나칼라에서."

"그럼 내가 널 보러 갈게!"

이제 막 귀국한 니헤리와는 고향에 있는 광산에서 감독으로 일할 예정이었다. 큰 항구도시인 나칼라는 광산으로 가는 수입품과 광산에서 나오는 수출품이 선적되는 장소였다.

그 후 몇 년 동안 그는 정기적으로 우리를 보러 왔다. 니헤리와는 키가 크고 체격이 좋은 남자였다. 표정이 풍부한 그의 얼굴은 매우 심각한 인상부터 활기찬 유머까지 온갖 범위의 감정을 넘나들며 변화무쌍하게 변했다. 그는 착하고 믿음직

한 친구였으며 내게 많은 조언을 해주었다. 그는 구급차 운전 자들이 병원 몰래 차에 있는 여분의 새 부품을 낡은 것과 슬쩍 바꿔치기하는 것을 막는 요령도 가르쳐주었다. 그리고 무엇보다 해당 직종에 필요한 훈련을 받은 사람이 거의 없는 매우 가난한 나라에서 사람들의 보스가 되는 매우 힘든 일에 대해 가르쳐주었다.

또한 그는 왜 내가 일방적으로 말을 계속하면 안 되는지도 설명해주었다. 가장 좋은 건 입을 다물고 다른 사람들에게 말할 기회를 주는 거라고 했다. 질문을 하고 나서 사람들이 뭐라고 대답하는지 경청하면서 그들을 진정으로 괴롭히는 문제가 무엇인지 파악하라. 모두가 발언 기회를 가졌을 때 보스는 심사숙고해야 한다. 침묵의 순간은 직원들을 긴장시킬 테지만, 보스는 잠시 후 침묵을 깨면서 자신이 그들의 말을 이해한 후 팀으로서 할 일에 대해 어떤 결정을 내렸는지 말할 것이다. 그런 다음에 방법을 설명한다. 니헤리와는 이것이 지도자로 인정받고 규율을 세우는 방법이라고 주장했다.

oꝏ

니헤리와가 우리와 함께 머물던 어느 주말 우리는 해변으로 갔다. 나칼라는 아프리카 동해안에서 가장 수심이 깊은 항구 중 하나를 보유하고 있다. 굽이진 반도가 폭이 넓고 안전한

만을 만들어낸 덕분에 가장 큰 배도 그 항구에 들어올 수 있었다. 조금 더 가면 인도양의 가장 멋진 해변 중 하나가 나오는데, 거기가 그날 우리의 목적지였다.

해변에 도착해 소나무 그늘에 주차를 한 우리는 차에서 내려 눈앞에 펼쳐진 수백 미터의 햇살 가득한 해변을 보았다. 해변에는 평소보다 사람이 많았다. 아마 스무 가족쯤 되었을 것이다.

"오늘따라 사람이 많아서 유감이야." 나는 내 옆에 서 있는 니헤리와에게 말했다. "고즈넉한 다른 장소를 어서 찾아보자."

그는 한숨을 푹 내쉬더니 내 팔을 잡고 심각한 표정을 지었다. "저기 나칼라를 봐. 8만 명 넘는 사람이 살아. 우리가 있는 곳에서 불과 몇 킬로미터 떨어진 곳이지. 그 도시 인구의 대략 절반이 아이들인데, 여기 해변에는 아마 40명쯤 있을걸. 1,000분의 1이지! 그걸 많다고 하는 거야? 내가 독일에서 공부할 때 로스토크Rostock 근처의 발트해 연안에 자주 갔는데, 주말마다 해변이 아이들로 북적거렸어. 수천 명의 아이가 친구나 가족과 놀면서 즐거운 시간을 보냈지."

그러고 나서 그는 내 팔을 놓고 차로 걸어가더니 우리 아이들과 함께 장난감과 오리발을 가져왔다. 나는 깔개와 파라솔을 들었고, 앙네타는 소풍 바구니를 챙겼다. 텅 빈 것이나 마찬가지인 해변에서 앉을 장소를 찾기 위해서는 조금만 걸어가면 되었다.

내 아프리카인 친구들은 아프리카에 온 유럽인의 사고 패턴을 내가 그대로 따르고 있다고 말하면서 번번이 내 허를 찔렀다. 그 친구들의 의도와 니헤리와의 의도는 같았다. 그들은 내게 (그리고 유럽인 모두에게) 우리가 아프리카를 비참함에서 해방시키기 위한 투쟁에 아무리 열심히 참여한다 해도, 아프리카 사람들이 우리와 똑같은 삶을 꿈꾼다는 사실을 도무지 이해하지 못하는 것 같다고 지적했다. 세계 어느 곳에 살든 대부분의 가족이 윤택한 삶을 원한다는 사실, 먼 장소에서 휴가를 보내며 해변에서 만족스럽고 느긋한 하루를 즐기고 싶어 한다는 사실을 받아들이는 게 왜 그렇게 어려운 일이어야 하는가?

౭

어느 날 오후 늦게 다리가 골절된 할머니가 두 아들의 부축을 받으며 병원으로 들어왔다. 마을에서 나무가 쓰러질 때 미처 피하지 못한 것이다. 부러진 뼈의 끝부분이 피부를 뚫고 튀어나와 있어 뼈를 제자리로 밀어 넣어야 했다. 감염 위험이 심각할 정도로 높았고 자칫하면 목숨이 위태로울 수도 있었다. 엑스레이 기계가 없는 데다 하필 마취제마저 똑 떨어져 뼈를 제대로 맞추기 어려웠다. 할머니에게 치료가 몹시 고통스러울 것이라고 알렸다. 나는 상처 부위를 조심스럽게 닦았다. 그런 다음 간호사 두 명이 환자의 겨드랑이를 잡고 한 방향으로 세게 당기고, 힘센 신참 간호사가 반대 방향으로 발을 잡아당겼다. 한참을 붙들고 씨름한 끝에 나는 뼈들이 맞물려 서로를 지지하도록 골절 표면을 맞출 수 있었다. 나는 상처 부위를 닫고 주변의 피부를 꿰맨 후 사타구니에서 발가락까지 다리 전체에 석고를 씌웠다. 마지막으로 상처 부위를 소독해야 했기 때문에 그 부위를 덮고 있는 석고를 제거했다. 시술은 두 시간이 걸렸고 환자는 극심한 고통을 감내해야 했다. 나는 항생제 주사를 놓으라는 지시를 남긴 다음, 환자에게는 일주일 동안 침대에 누워 지내고 다리에 하중을 싣지 말라고 일렀다.

그날 저녁 나는 어떤 성취감을 느끼며 집으로 갔다. 그 치료는 내 능력을 훌쩍 뛰어넘는 정형외과 시술이었기 때문이다.

그런데 다음 날 아침 병원에 도착했을 때 내가 처음 본 사람이 그 할머니였다. 할머니는 입구에 서서 내게 손을 흔들고 있었다. 화가 난 나는 당장 그곳으로 갔다.

"침대에 계시라고 했을 텐데요." 내가 포르투갈어로 말했다.

하지만 할머니는 현지어인 마쿠아어Makua밖에는 알지 못했고, 그래서 나는 손짓으로 설명을 시도했다. 간호사가 눈물까지 글썽이며 그 환자에게 침상으로 돌아가라고 설득하는 중이었다. 간호사가 환자의 말을 통역해주었다. 누가 자기 집 암탉을 훔쳐갈지도 모르니 당장 집으로 돌아가야 한다는 것이었다.

"보세요, 깁스는 끄떡없어요." 할머니가 강조하듯 바닥에 발을 구르며 말했다.

할머니의 발을 내려다보았을 때 나는 일이 크게 잘못되었

병원 앞에서 찍은 직원 단체 사진.

음을 알았다. 고정해둔 발이 앞쪽이 아니라 옆쪽을 향하고 있었다. 정형외과 수련을 받을 때 고문 외과 의사가 했던 경고가 떠올랐다. "깁스로 고정하기 전에 정렬 상태를 확인하라. 다리가 부러진 경우, 발과 무릎을 올바로 정렬하라. 고통스러운 환자는 다리 윗부분을 안쪽으로 비트는 경향이 있다. 석고로 고정하기 전에 각 부위를 제자리로 돌려놓아야 한다."

나는 발을 바깥쪽으로 고정하는 전형적인 실수를 저지르고 말았다. 내가 이렇게 했다는 사실이 끔찍했다.

호기심 어린 환자들과 그 가족이 우리 주위를 둘러싸고 지켜보다가 할머니의 발이 엉뚱한 방향을 가리키고 있는 걸 알고는 키득거렸다. 나는 깁스를 제거하고 다리를 올바른 위치로 돌려놓은 후 깁스를 새로 할 거라고 말한 다음, 간호사에게 내 말을 통역해달라고 부탁했다. 그러고는 킬킬거리는 구경꾼들에게 둘러싸인 채 내 오른발을 바깥쪽으로 비틀고 느릿느릿 움직였다. 발을 제자리로 돌려놓지 않으면 앞으로 평생 절뚝거리게 된다는 걸 직접 보여주기 위해서였다.

하지만 내가 연기를 끝냈을 때 할머니는 웃으면서 내 팔에 손을 얹었다. 간호사가 다시 통역을 해주었다.

"선생님, 지금 보여주신 정도면 충분해요. 닭들한테 먹이를 주고 손자들을 보살피는 데 아무 문제가 없어요. 목숨을 건진 것만으로도 기뻐요. 그렇게 걸어도 괜찮아요. 걱정 말고 다른 환자들을 보세요. 간호사에게 약을 받으러 왔다가 집으로 가기 전에 감사 인사를 하려고 기다린 거예요."

할머니가 내 손을 잡고 흔들 때 주변에 있던 사람들이 동의한다는 듯 고개를 끄덕이며 뭐라고 중얼거렸다. 그리고 나서 할머니가 모래 깔린 병원 앞마당을 건너갈 수 있도록 옆으로 비켜섰다. 모래에 찍힌 할머니의 발자국이 대형 트랙터 타이어가 지나간 듯한 흔적을 남기는 걸 50명 가까운 사람이 지켜보았다.

나는 병원에서 그 할머니를 다시 보지 못했지만, 나중에 할머니가 무사하다는 소식을 들었다. 깁스는 한 달 후 금이 가서 떨어져 나갔고, 할머니의 발은 심하게 어긋나버렸다. 그래도 할머니의 닭들은 잘 자랐고, 그 덕분에 손자들에게 이따금 달걀을 먹일 수 있었다.

환자와 그 가족 그리고 병원 직원들은 내게, 시도한 모든 걸 해낼 수는 없다는 사실을 받아들이는 법을 가르쳐주었다. 또한 내가 받아들이기 가장 어려웠던 것 중 하나인, 결정은 결국 환자의 몫이라는 사실도 말이다. 모든 사람, 심지어 미신을 신봉하는 가장 가난한 사람들조차 인생의 가장 힘든 결정에 직면해서는 기본적으로 현명하다는 것을 나는 천천히 이해해갔다.

평생 선교회 의사로 일한 나의 멘토 잉에게르드 로트Ingegerd Rooth가 내게 이런 말을 한 적이 있다. "극단적으로 가난한 곳에서 일할 때는 완벽하게 하려고 하지 마라. 네가 하려는 일이 더 나은 곳에 쓸 수 있는 시간과 자원을 낭비하는 것일 수 있다." 다리 다친 할머니가 내게 가르쳐준 교훈이 바로 그것이었다.

그 교훈은 새로운 업무 방식을 만들어냈다. 바로 2×2 교차표였다. 그 아이디어가 구체화된 건 대략 한 달 후, 해변에서 또 다른 멋진 하루를 보낸 일요일 밤이었다. 나는 침대맡에서 아이들에게 책을 읽어준 후 일을 하기 위해 거실로 나왔다. 그날 저녁은 꽤 시원한 편이어서 선풍기를 틀 필요가 없었다. 나는 깨끗이 치운 식탁에 앉아 지난주의 '스트레스 줄이기 목록'을 검토하기 시작했다.

그 무렵 나는 작은 노트를 주머니에 넣고 다니며, 의료 제공이나 조직 구조에 변화가 필요한 점을 찾을 때마다 평정심을 유지하는 방편으로 아무 펜이나 잡고 한 단어나 간결한 문구를 적는 버릇이 생겼다. 처음에는 엉망이라고 생각하는 것이 있을 때마다 즉시 바로잡기를 고집하는 바람에 함께 일하는 사람들은 물론 나 자신조차 견딜 수 없게 만들었다. 내가 도달한 해결책은 일단 적기만 하는 것이었다.

그 일요일 밤, 나는 적어놓은 메모를 훑어보면서 바꿔야 할 것들의 우선순위를 정할 계획이었다. 먼저 내가 마주친 문제들의 목록을 일목요연하게 다시 적었다. 어떤 문제는 해결이 불가능했기에 즉시 줄을 그었다. 나머지 문제는 해결할 필요가 있었다. 나는 종이 위에 큰 사각형을 그리고 네 구역으로 나누었다. 세로줄 칸에는 각각 '쉽다'와 '어렵다'라고 적고, 가로줄 칸에는 각각 '중요'와 '중요하지 않음'이라고 적었다. 이제 그동안 메모한 것들을 네 개 칸에 집어넣을 차례였다. 20분쯤 곰곰이 생각한 후 왼쪽 상단의 '쉽다+중요'에 네 가지 항목을 넣었다. 첫 번째 항목은 외래환자의 경미한 부상을 치료할 때 '깨끗한 상처와 감염된 상처를 분리해서 드레싱하기'였다.

월요일에 출근하면 병원에서 가장 나이 많은 간호조무사이자 매우 친절한 사람인 엔리케Enrique 씨와 잠깐 이야기를 나눌 참이었다.

월요일 아침 회진을 마친 후, 병원 앞마당을 건너 엔리케 씨의 작은 사무실로 갔다. 그곳은 외래환자를 치료하는 긴 건물의 한가운데 위치했다. 그의 방은 아마 병원 전체에서 나쁜 냄새가 나지 않는 유일한 공간이었을 것이다. 그 밖의 모든 곳은 퀴퀴하거나 더 심한 냄새가 났다. 환자들의 상처가 곪고 있거나 몸의 일부가 썩고 있기 때문이기도 했지만, 단순히 환자들이 옷을 세탁할 시설이 없었기 때문이기도 했다. 병상에 누워만 있는 환자 중 일부는 제때 환자용 요강을 구하지 못했다. 환자의 식사 시중을 들러 온 가족이 바닥에 음식을 쏟기도 했다. 신발을 신든 신지 않든 모든 사람이 모래투성이로 들어왔는데, 그 마을에는 모래를 밟지 않고 지나다닐 수 있는 길이 없었기 때문이다. 수시로 청소가 필요했지만 우리가 가진 자원으로는 하루 한 차례밖에는 청소할 수 없었다. 효과적인 환기 시설도 없는 상황에서, 어떤 날은 숨이 턱턱 막힐 정도로 덥다가 우기가 되면 빨랫줄에 널어놓은 수건이 마르지 않을 정도로 습도가 높았다. 그럼에도 우리는 깨끗하게 보이려 애썼고, 창문마다 싱싱한 꽃을 꽂은 화병을 두기로 했다.

엔리케 씨의 처치실 문을 여는 순간, 청소 세제의 강한 냄새가 코를 찔렀다. 방 한쪽에 10여 명의 환자가 낮은 나무 벤치에 줄줄이 앉아 차례를 기다리고 있었다. 반대쪽에는 한 환자가 원래 흰색이던 얼룩진 비닐이 덮인 높은 테이블에 앉아 있고, 엔리케 씨가 그 환자에게로 몸을 기울여 손에 붕대를 감고 있었다.

그는 나를 보자마자 몸을 세우고 반갑게 인사했다. 나는 그에게 작은 변화가 필요하다고 말했다. 즉 깨끗한 상처를 먼저 처치하고 나서 감염된 상처를 처치할 수 있도록 환자를 분류하는 것이었다. 그는 곤란한 표정을 짓더니 깨끗한 상처와 감염된 상처가 뭘 말하는지 모르겠다고 말했다. 아무리 설명해줘도 소용이 없어서, 나는 붕대를 다 감으면 차이를 직접 보여주겠다고 말했다.

　대기하고 있던 환자 중 두 명이 하지에 상처가 있었다. 나는 그들에게 벤치에 나란히 앉으라고 했다. 둘 중 한 명은 최근에 큰 화상을 입었다. 그는 그날 아침 끓는 물이 담긴 큰 냄비 위로 넘어졌다고 말하며 고통스러운 표정을 지었다.

　"이건 감염된 상처가 아닙니다. 따라서 상처 부위를 닦고 붕대를 감을 때 감염을 일으키지 않도록 주의하는 것이 매우 중요합니다." 나는 엔리케 씨에게 설명했다.

　그러고 나서 하지에 상처를 입은 두 번째 남성에게로 눈을 돌렸다. 상처 상단의 작은 구멍에서 고름이 흘러나왔다. 끔찍한 골수염이었다. 감염된 뼈 안에서 고름이 생성되어 조직을 통과하는 통로인 누공을 통해 꾸준히 배출되고 있었다.

　나는 엔리케 씨에게 화상 입은 피부의 크지만 겉에만 잡힌 물집과 고름이 나오는 작은 구멍의 차이를 알겠느냐고 물었다.

　그는 상처를 꼼꼼히 들여다보더니 나를 올려다보며 걱정스러운 말투로 말했다. "구멍이 안 보이는데요."

"무슨 소립니까?" 나는 하마터면 소리를 지를 뻔했다. "고름이 흘러나오고 있는 구멍이 안 보여요?"

"네, 선생님. 눈이 잘 안 보여서요." 그가 작은 목소리로 대답했다.

나는 몹시 당황했다. 그때 어린 시절부터 근시여서 내 안경 도수가 꽤 높다는 사실이 떠올랐다. 나는 안경을 벗어 엔리케 씨에게 씌워주었다. 그는 두 환자의 다리를 흘끗 보더니 양팔을 흔들었다. 이제는 그가 소리를 지를 것처럼 목소리를 높여 말했다.

"이제 보입니다! 저건 그냥 물집이고, 여기는 작은 구멍에서 고름이 흘러나옵니다."

그는 안경을 벗고 다시 보더니, 내게 안경을 들어 보이며 외쳤다. "이게 없으니 구멍이 안 보입니다."

나는 점심 식사 후 여분의 안경을 가져와 엔리케 씨에게 주었고, 그는 고마워 어쩔 줄 몰라 했다. 그 선물은 그에게 엄청나게 중요했다. 나는 그에게 보여줄 게 있어서 연신 고마움을 표하는 그의 말을 가로막았다.

"이 두 종류의 메모를 보세요. 이건 앞으로 제가 상처 드레싱을 위해 환자를 보낼 때 적어드릴 메시지입니다."

메시지는 간단했다. 하나는 '깨끗한 상처'이고, 또 하나는 '불결한 상처'였다. 나는 두 개의 쪽지를 엔리케 씨에게 건넸고, 그는 그걸 받아보더니 또다시 곤란한 표정을 지었다.

"전혀 어렵지 않아요. 걱정 마세요." 내가 말했다. 방이 잠시 비었기에 나는 벤치를 가리키며 깨끗한 상처를 먼저 처치하라고 설명했다. 매일 아침, 상처가 깨끗한 환자가 처치를 받을 때까지 상처가 불결한 환자는 기다려야 했다. 그리고 처치가 한 차례 끝나면 강력한 소독약으로 벤치를 세척해야 했다.

이때쯤 엔리케 씨의 이마에 깊은 주름이 잡혀 있었다. 그는 난처한 표정을 지으며 머뭇머뭇 말했다. "선생님, 말씀드릴게 있는데요, 저는 글을 못 읽습니다."

나는 석 달 가까이 그 병원에서 일했지만 거의 모든 간호조무사가 문맹이라는 사실을 알아채지 못했다. 나는 저개발 사회의 복잡성을 이해하는 긴 여정에서 겨우 한 발짝을 내디뎠을 뿐이었다.

그날 오후 나는 로사 부인에게 불평했지만, 부인은 중간에 내 말을 끊었다.

"식민지 시대의 상황을 선생님이 알고 계시는 줄 알았어요. 대부분의 모잠비크 사람들은 학교에 갈 기회가 없었답니다. 글을 배운 사람은 간호조무사보다 더 나은 직업을 구했죠. 요즘 많은 사람이 저녁에 글 읽기 수업에 다녀요. 우리에게 몇 년만 시간을 주세요. 그러면 모든 직원이 글을 읽을 수 있을 거예요. 엔리케 씨도요. 특히 선생님이 그에게 안경도 주셨으니까요. 안경을 살 수 없는 사람은 글도 읽을 수 없거든요." 로사 부인이 말했다.

엔리케 씨에게 안경이 생긴 그달, 나는 병원에서의 하루를 짙은 녹색 랜드로버에 환자를 태우며 마무리하게 되었다. 그 차는 당시 30만 명 이상을 돌보던 우리 병원이 소유한 유일한 차량이었는데(다른 때에는 두 대가 있었다), 그날 밤 우리는 그 차를 이용해 남풀라의 지역 병원으로 응급 환자들을 이송할 예정이었다. 그 병원까지는 200킬로미터였고, 도로는 포장된 곳도 일부 있었지만 여기저기 구멍이 파여 있었다. 그날은 비까지 심하게 내려 길이 더 험난했다.

그럼에도 불구하고 그 차는 가능한 한 빨리 출발해야 했는데, 나칼라에서는 치료할 수 없는 환자들을 태우고 있었기 때문이다. 그중 한 명은 조현병을 앓는 남자였다. 그는 전날 심한 정신병적 환각 상태로 병원에 왔다. 그의 가족은 너무 겁이 난 나머지 그를 묶어서 병원에 데려왔다. 그는 남풀라의 정신 병동에서 치료받아야 했다. 내가 할 수 있는 일은 그가 저항을 멈추고 졸음에 빠질 때까지 대용량의 진정제를 투여하는 것뿐이었다. 나중에 그는 거의 의식을 잃었지만, 나는 다른 중환자들을 기다리는 동안 그를 진정시켜야만 했다. 조금 지체하더라도 한 번에 환자를 한 명만 실어 보낼 수는 없었다. 정신병증 남자는 밤새도록 대기해야 했다.

다음 날 거의 만삭이 된 임신부가 도착했다. 하혈하는 것으로 봐서, 낮은 위치에 있는 태반이 아기 머리가 나오는 통로를 막고 있는 듯했다. 제왕절개로 아기를 꺼내지 않을 경우 자궁 수축이 시작되면 산모가 과다 출혈로 죽을 수 있는 상황이었다. 나는 그 임신부도 기다리게 했는데, 랜드로버에는 세 명을 태울 수 있고 또 다른 응급 환자가 몇 시간 내에 나타날 수 있었기 때문이다.

그날 오후 늦게 한 중년 남성이 탈장에 심한 합병증까지 겹친 상태로 병원에 왔다. 그 환자는 10년 동안 왼쪽 사타구니의 불룩한 부분을 무시하고 살았다. 그러다 결국 장이 꼬이기 시작했고, 그대로 두면 12~24시간 내에 죽을 수 있었다. 응급수술이 필요했다. 이제 랜드로버가 출발할 시간이었다.

운전사가 자리를 배정했다. 진정제에 취한 남자는 앞자리 승객석에 앉혔다. 탈장 환자는 승객석 건너편인 뒷자리의 들것에 눕혔다. 임신한 여성과 그 가족은 뒷좌석에 남은 두 자리에 앉았다. 임신부의 가족은 탈장 환자가 구토를 하면 돕겠다고 약속했다.

왜 우리가 간호사 대신 임신부의 가족인 늙은 여성을 데려가는 데 동의했을까? 이유는 단순히 그 임신부가 가족이 동행하지 않으면 처음 가보는 시내의 큰 병원에 가지 않겠다고 했기 때문이다. 로사 부인은 가족을 동행시키기로 결정했다.

환자의 소지품을 챙겨 넣자 차가 꽉 찼다. 나는 차에 기름을 가득 채웠는지, 정신병증 환자에게 최대 용량의 진정제를 투여했는지 확인했다. 해가 뉘엿뉘엿 넘어갈 즈음 우리 병원의 유일한 차가 남풀라로 가는 세 시간의 여정을 시작하기 위해 대로를 내려갔다. 나는 병원에서 처치가 필요한 응급 환자가 더 이상 없는 것을 확인한 후, 큰 병원이 내 환자들을 살리길 바라며 가족과 평온한 저녁을 먹기 위해 집으로 갔다. 나는 숙면이 필요했고, 밖에는 아직 비가 내리고 있는 가운데 천장을 두드리는 빗소리를 들으며 잠이 들었다.

똑, 똑, 똑. 잠결에 노크 소리를 들었다. 실제로 누군가 우리 집 대문을 두드리고 있었다. 나는 가운을 걸치고 불을 켰다. 그리고 문의 안전장치를 풀고 밖을 내다봤다. 한 남자가 빗속에 서 있었다. 나를 보자 그의 눈이 빛났다.

"안녕하세요, 선생님." 그가 말했다.

놀랍게도 랜드로버 운전사 마누엘Manuel이 돌아온 것이었다. "벌써 남풀라에서 돌아온 겁니까?" 내가 물었다.

"아뇨, 선생님. 타이어 때문에 왔어요. 구멍이 났어요. 오늘 밤 타이어를 수리할 수 있도록 선생님이 도와주셨으면 합니다. 환자들이 내일 아침까지 기다릴 수 있을 것 같지 않아요." 그는 겨드랑이 밑에 낀 자동차 타이어를 가리키며 말했다.

나는 너무 당황해서 차가 어디 있는지 물었다. 그는 댐 건너편에 세워두었다고 말했다. 나칼라에서 불과 15킬로미터 떨어진 곳이지만 그래도 시골 한복판이었다.

"환자들은 어디 있어요?" 나는 소리를 지를 뻔했다.

"오, 모두 거기 있어요. 안에요."

"어디 안이요?"

"차 안에요. 노부인이 딸이 다시 피를 흘리기 시작했다면서 서둘러야 한다고 말했어요. 그래서 선생님을 깨우는 게 좋겠다고 생각한 거예요."

마누엘은 스크루드라이버가 없어서 타이어를 떼어내는 데 시간이 많이 걸렸다고 설명했다.

"왜 스페어타이어를 챙기지 않았죠?" 내가 물었다.

"이게 스페어예요. 이걸로 운전했어요. 지난달에 새 타이어가 필요하다고 말씀드렸는데 기억 안 나세요? 아직 도착하지 않았어요."

이제 상황이 얼마나 심각한지 분명해졌다. 폭우가 내리는 밤 인적이 끊긴 곳에 위독한 환자 세 명이 차 안에서 오도 가도 못 하고 있었다.

나는 옷을 입고 스크루드라이버와 구멍 난 타이어를 내 차에 넣은 다음 24시간 열려 있는 항구로 차를 몰았다. 그리고 항만소장을 찾아냈다. 그는 가족의 건강 문제를 잠시 의논한 후, 항구의 기계 작업장에서 일하는 정비공에게 타이어 수리를 지시하겠다고 했다. 그는 그 일을 감독하는 건 내게 맡기고 자신은 타이어를 실어다 줄 차편을 구하러 나갔다. 그리고 퍼붓는 빗속에서 남풀라로 막 떠나려던 대형 트럭을 붙잡았다. 한 시간 뒤, 운전사 마누엘이 수리한 타이어를 들고 그 트럭에 탔다. 나는 차를 몰고 집으로 와서 잠깐 눈을 붙였다.

　다음 날 오후에 마누엘이 돌아왔다. 나는 모든 환자가 지역 병원에 무사히 도착했다는 소식을 듣고 가슴을 쓸어내렸다.

　한정된 자원이 우리에게 어떤 식으로 영향을 미칠지 일일이 예측하기란 언제나 어려웠다. 연료와 의약품의 불충분한 공급, 숙련된 의료진과 좋은 장비의 부재는 우리의 일 처리 능력을 제한하는 것으로 끝나지 않았다. 그것은 우리가 무엇을 해낼 수 있는지 예측하는 것마저 거의 불가능하게 만들었다.

♋

　죽을 뻔했던 그날 저녁, 나는 스즈키 지프에 비집고 들어가 운전석과 조수석 사이에 있는 턱 위에 무리하게 끼어 탔다. 남풀라 지역 보건 서비스 책임자들과 18개 지역구 장長들을 만나는 매우 유익한 금요일 회의에 다녀오는 길이었다. 다른 의사 몇 명과 나는 주최자들에게 당일 밤에 집으로 돌아갈 수 있게 해달라고 졸랐다. 나칼라에서 나 외에 유일하게 의학 훈련을 받은 동료인 아나 에디테도 우리와 함께였다. 우리는 시장에 들러 밀가루 포대와 아보카도를 자루째 사서 차에 실었다.

　말라위Malawi에서 시작하는 그 도로는 모잠비크 북부를 가로질러 나칼라까지 이어졌다. 도로 상태는 비교적 양호했다. 하지만 도로에 파인 커다란 구멍들에 고여 있던 빗물이 흘러넘

치며 길 가장자리를 쓸어내리고 있었다. 길을 따라 산재한 마을들 주위를 카사바밭이 둘러싸고 있었는데, 구획을 나누는 도랑이 없어 마치 낮은 버드나무 관목 숲을 지나가는 것 같았다.

빨리 자라는 관목인 카사바의 뿌리는 먹을 수 있어, 모잠비크를 포함한 많은 열대 국가에서 기본 식품으로 이용한다. 카사바 뿌리는 녹말 함량이 높지만 긴 준비 과정을 제대로 거치지 않으면 독성이 있을 수 있다.

사탕수수처럼 생긴 몇백 미터 높이의 아름다운 언덕들이 지평선을 에워싸고 있었다. 나는 그 언덕들이 태초부터 거기 있었던 것 같은 느낌이 들었다.

운전사는 면허증이 없는 전기 기술자였는데, 운전대를 잡고 반쯤 졸면서 시속 110킬로미터로 차를 몰았다. 나칼라까지 절반쯤 왔을 때 다리가 무너져 있어 더 이상 갈 수 없었다. 협곡 약 50미터 앞에, 그 지역에서 흔히 쓰는 장치인 잔가지를 쌓아놓아 돌아가라는 표시도 해놓은 상태였다. 그것이 표지판을 대신한 이유는, 양철 표지판은 세워놓는 즉시 도난당했기 때문이다.

이곳에는 전방의 위험을 강조하기 위해 인부들이 도로를 가로질러 50센티미터 높이의 진흙 벽을 추가로 만들어놓았다. 모잠비크의 이 지역에서 흙은 짙은 적갈색을 띠었다. 나는 해질 녘 젖은 맨땅이 얼마나 아름다운지 볼 때마다 감탄했다.

우리는 어둠 속을 쏜살같이 달려가고 있었다. 운전사는 첫 번째 경고 신호를 놓쳤고, 나는 겨우 30미터 앞에서 도로 위에 쌓아둔 진흙 벽을 보았다. 나는 적당한 포르투갈 말을 찾을 수 없어서 무작정 고함을 질렀다.

운전사가 할 수 있는 일은 운전대를 트는 것뿐이었다. 그러고 나서 그는 통제력을 잃었고, 그래서 진흙 벽을 박았을 때 차는 이미 미끄러지고 있었다. 차는 회전하면서 동시에 공중으로 튀어 올랐다. 그 힘이 너무 강력해서 내 몸에 원심력이 걸렸다. 세상이 뒤집혀 있는데도 거꾸로 있다는 느낌이 들지 않았다. 녹색 풀은 머리 위에, 별이 총총한 까만 하늘이 발아래 있었다.

우리는 공중으로 날아올랐다. 그 순간 '이제 죽는구나' 하고 생각했다.

몇 초 후, 나는 놀랍게도 처박히지 않았다. 충격이 오지 않았다. 대신 뒤집힌 차의 지붕이 물 위의 서핑보드처럼 미끄러졌다. 젖은 풀과 부드러운 진흙은 차를 멈춰 세우는 데 전혀 도움이 되지 않았다. 앞으로 움직이는 힘 때문에 나는 앞 유리가 있던 틈을 통과해 화살처럼 튕겨 나갔다. 그러고는 등을 대고 계속 미끄러졌다. 도무지 말이 되지 않았다. 잠시 후 나는 키 큰 풀 사이에 가만히 누워 있었다. 손으로 천천히 몸을 일으켜 세웠더니 헤드램프의 불빛이 정면으로 들어왔다. 차 엔진이 여전히 돌아가고 있었다.

내 정신은 오른발에 고정되었다. 맨발인 데다 엄지발톱이 빠져 있었다. 왼발에는 양말과 신발이 그대로 신겨져 있었다. 나는 거의 아무 생각 없이 차 쪽으로 걸어가기 시작했다. 오른쪽 신발을 발견해 신은 다음 안경을 찾아 썼다. 그때 처음으로 차가 생각났다. 차는 라이트에 불이 들어와 있고 엔진이 켜진 채 뒤집혀 있었다. 나는 곧 불이 붙어 폭발할 거라고 생각했다. 자동차가 전복되면 잠시 후 폭발하는 것을 영화에서 보았기 때문이다.

그때까지는 내 상태를 돌아볼 경황이 없었는데, 다행히 나는 말짱해 보였다. 운전석을 보니 텅 비어 있어서 손을 집어넣어 시동을 껐다. 주위가 조용해졌다.

"왜 끕니까? 아무것도 안 보이잖아요." 옆에서 작은 목소리가 들렸다.

다른 지역에서 온 의사였다. 내가 풀밭에서 일어나 잃어버린 신발을 찾아 신는 동안 그는 뒷문으로 기어 나와 다른 사람들에게 말을 걸 수 있었다. 그들도 모두 무사했다. 우리는 운전사가 없어진 걸 알았다. 도망친 것이 분명했다.

"우리 셋은 가벼운 부상을 입었을 뿐이에요." 내 동료가 말했다. "지금 차 뒤에 앉아 있어요."

그때 차 안에서 흐느끼는 소리가 들렸다. 아나 에디테가 밀가루와 아보카도가 든 자루 밑에서 자동차 루프바에 짓눌린 채 갇혀 있었다. 우리가 산 물건들이 아나의 몸 위와 주변에 흩어져 있어 우리는 처음엔 그 물건들을 끄집어낸 다음 그녀를 꺼내면 되겠다고 생각했다. 그래서 차를 좌우로 밀어봤는데, 아나 에디테의 비명 소리를 듣고는 그것이 끔찍한 생각이었음을 깨달았다. 그때 부드러운 진흙을 파내 그녀를 꺼낼 수있을지도 모른다는 생각이 머릿속에 떠올랐다. 나는 주머니에서 찾은 열쇠로 땅을 팠다. 아나의 몸이 약간 움직였을 때 우리는 천천히 발부터 먼저 앞으로 끌어당겼다.

그러고 나니 한밤중이었다. 모잠비크 시골을 지나는 이 도로에는 자동차가 30분에 겨우 한 대 지나갔다.

길 건너 오두막에 사는 사람들이 파라핀 램프를 들고 나와준 덕분에 우리는 동료들의 부상을 좀 더 자세히 볼 수 있었다. 나는 아나를 진찰했는데, 그녀가 왼쪽 복부에 통증이 심하다고 말했다. 내부에 출혈이 일어나고 있다는 생각에, 나는 차를 기다리는 동안 그녀 옆에 앉아 맥박을 체크했다. 맥박이 빨라지고 있었는데, 그건 환자가 피를 많이 흘리고 있을 때 나타나는 신호였다.

나는 아나의 손가락, 얼굴, 머리카락 밑을 포함해 몸에 손상이 있는지 살펴보았다. 손상은 보이지 않았지만, 내가 그녀를위해 해줄 수 있는 게 아무것도 없었다. 운에 달렸다는 생각이들었다. 운이 없으면 곧 죽을 것이고, 운이 좋으면 제시간에 병원에 갈 수 있을 터였다.

"사람들이 오고 있어요. 그들이 당신을 남풀라로 데려다줄거예요." 나는 그녀를 진정시켰다.

"남편한테 연락해줘요." 아나가 말했다.

그때 차가 왔다. 겨우 몇 킬로미터 떨어진 모나포Monapo의 병원에서 일하는 동료 한 명이 그 차에 탄 가족을 알고 있었다. 그날 밤늦게 아나 에디테는 수술대에 올랐다. 재활에 수년이 걸릴 것이고, 제 기능을 못 하는 발로 남은 생을 살아가야 했다. 그래도 목숨은 건졌다.

나는 파라핀 램프를 들고 도로를 건너온 마을 주민들이 고마워서 아보카도 한 포대를 선물로 주려고 했는데, 터무니없는 생각이었다는 걸 에디테의 남편이 나중에 말해줘서 알았다. 그는 그 마을 사람들이 저마다 소규모 아보카도 재배자라고 설명하며 껄껄 웃었다.

그날 밤 나 자신을 저주했다. 나는 차편을 마련하는 것을 돕는 과정에서 너무나도 잘 아는 규칙을 깼기 때문이다. 가난한 국가에서는 절대 밤에 차를 몰아서는 안 된다. 특히 폭우가 내린 후에는. 나는 그런 식으로 여러 명의 친구를 잃었다. 그래도 앙네타가 집에서 초조하게 나를 기다리고 있지 않아서 다행이었다. 앙네타는 다음 날 점심시간까지는 내가 돌아오지 않는다고 알고 있었다. 나는 동료의 집에서 잤고, 다음 날 아침 발을 씻고 찢어진 셔츠를 빨았다.

내가 우리 집 밖에 내렸을 때 앙네타가 열린 부엌문 앞에 서서 웃고 있었다. 죽다 살아난 일이 떠오르며 눈물이 핑 돌았다. 문 안쪽에서 우리는 서로를 꼭 껴안고 서 있었다. 하지만 문을 두드리는 소리 때문에 그 강렬한 순간은 오래가지 않았다. 앙네타는 짜증을 내며 누군지 보러 갔다.

당원들로 구성된 지역 단체인 사찰단Grupos Dinamizadores이 몰려들었다. 그들은 토요일마다 주민들의 집을 찾아다니며 모든 것이 제대로 되어 있는지 확인했다. 핵심은 반역자xiconhoca, 즉 암시장에서 물건을 사고파는 괘씸한 반혁명주의자를 색출하는 것이었다.

앙네타는 지금은 검사받기 곤란하다고 설명하려 했지만, 사찰단은 아랑곳하지 않았다. 그들은 나를 보더니 거기 서서 설명하려 하지 말고 침대로 가서 쉬라고 말했다. 내가 침대에 누워 흐느껴 우는 와중에 그들은 온 집 안을 들쑤시고 다녔다. 그러더니 딱 한 가지에 관심을 보였다. 바로 아보카도 포대였다. 그럴 만도 했는데, 그건 못 보던 것이었기 때문이다. 우리가 나칼라에 사는 2년 동안 한 번도 아보카도를 살 수 없었다. 그들은 암시장에서 구했느냐고 물었다.

이 터무니없는 밤과 낮이 끝나갈 때 나는 앞으로 나칼라 생활을 계속하는 데 결정적 영향을 미치게 될 사실과 맞닥뜨렸다. 집에 와 몇 시간을 보낸 후 안정을 되찾았을 때 서서히 그 생각이 떠올랐다. 아나 에디테는 병원에 돌아오지 못할 것이다. 나는 이제 이 지역 전체에서 유일한 의사가 되었다. 24시간 콜을 받아야 했다.

보건 서비스 자원은 이미 최소인 반면, 보건 수요는 최대였다. 그날부터 나는 아침에 출근하는 길에 점점 더 자주 스웨덴의 보건 통계와 비교해서 생각해보게 되었다. 내 생각은 이런 식으로 흘러갔다. '오늘 내가 할 일은 스웨덴에서 의사 100명이 할 일과 맞먹는다. 나는 어떻게 하면 좋을까? 각각의 환자를 100배 빠르게 봐야 할까? 아니면 100명 중 한 명을 골라야 할까?'

날마다 나는 이 두 가지 선택지 사이에서 어떤 식으로든 타협점을 찾아야 했다.

사실을 말하자면, 많은 환자가 병원은 고사하고 어떤 치료 시설에도 발을 들여놓지 못했다. 그도 그럴 것이 치료 시설은 병상이 50개 정도로 상당히 규모가 작고, 그마저도 항상 차 있었다. 심지어 입원 환자 중 일부는 바닥에 누워야 했다. 하지만 우리의 돌봄을 제한하는 건 병상 수가 아니었다. 진짜 부족한 것은 우리, 즉 의료진이었다. 질적으로뿐만 아니라 양적으로도 마찬가지였다. 나는 경력이 2년 조금 넘는 수준이었다. 몇 안 되는 모잠비크 간호사들은 학교에서 4년을 배운 후 1년간 간호 훈련을 받았다. 나머지 직원 중 절반 이상이 문맹이었다.

스웨덴이었다면 의사 100명이 이 정도 인구의 치료를 담당했을 것이다. 또한 아동 사망률이 100배는 낮았을 것이다. 이제부터 내가 할 일은 우리가 실제로 보유한 자원이 무엇이고, 그것을 최선의 방법으로 사용하려면 어떻게 해야 하는지 파악하는 것이었다. 병원을 떠나 훨씬 더 어려운 문제는 시골 인구를 위한 보건 자원이 거의 전무한 현실을 이해하는 것이었다. 사실상 시골 사람들 전부가 지독히 가난하게 살았다. 그들은 충분한 먹을거리를 구하는 데 힘과 정력을 모두 쏟았지만 그래도 굶는 날이 허다했다.

내 포부가 얼마나 비현실적인지 몇 번이고 인정하지 않을 수 없었다. 병원 직원뿐 아니라 환자까지 모든 사람이 내게 무엇이 가능하고 합리적인 수준인지를 보여주려고 애썼다. 그것은 스웨덴 의학 교육이 내게 심어준 기대치에 한참 못 미쳤다. 스웨덴보다 100배 높은 필요를 스웨덴 자원의 1퍼센트로 충족시켜야 했다. 이는 환자 한 명당 자원이 약 1만 배 적다는 뜻이었다. 무려 1만 배나!

솔직히 이 격차에 적응하고 대처하려고 시도할 때면 마치 외상 후 상태에 있는 것처럼 느껴졌다. 나는 그것을 '1만 배의 뇌 외상'이라고 불렀다.

일반화된 결핍의 심리 상태는 나 자신을 알게 해주었다. 이제까지는 내가 흔들리지 않는 특정 가치관에 따라 인생을 살아가는 줄 알았다. 예를 들어, 나는 도둑을 죽이면 안 된다고 믿었다. 하지만 어디까지나 그건 통제 불능 상태에 내몰리기 전까지였다. 어느 날 밤 누군가 우리 병원 구급차 두 대 중 한 대에서 헤드램프 덮개를 벗겨 전구를 훔쳐갔고, 그날부터 해가 진 후에는 그 구급차를 사용할 수 없게 되었다. 나는 증오로 폭발할 것만 같았다. 만일 도둑을 잡았다면 그를 죽였을지

교실에서 아이들과 함께.

도 모른다. 실제로 우리 집 오리를 훔친 도둑을 죽일 뻔한 적
도 있었다.

아이들이 오리를 좋아하기도 했지만, 우리가 오리를 기른
가장 큰 이유는 식품 공급이 들쭉날쭉한 중앙 관리 경제에서
오리가 작게나마 귀중한 육류 공급원이 되었기 때문이다. 어
느 날 밤 오리들이 시끄럽게 꽥꽥거리는 소리에 앙네타가 잠
을 깼다. 앙네타는 창밖을 내다보았고, 누군가 오리 우리에 침
입하는 것을 목격했다. 앙네타가 소리치자 도둑은 도망쳤다.
나는 차에 뛰어올라 그를 뒤쫓았다. 길에서 내 앞에 있는 그를
발견했을 때, 나는 액셀을 더 세게 밟으며 모퉁이를 돌아 그를
뒤쫓았다. "저 개자식이 우리 오리를 훔쳐가게 두나 봐라" 하

는 소리가 머릿속에서 메아리치고 있었다. 정신을 차려보니 내가 그를 차로 치어 죽이기 일보 직전이었다. 나는 마음을 가라앉혀야 했다. 도둑은 옆길로 빠져나가 사라졌다. 그는 운이 좋았다. 그 나라는 사법제도가 기능을 하지 못해서 사람들이 흔히 자력으로, 때로는 잔인하게 정의를 실현하곤 했다. 절도는 사람들에게 헤아릴 수 없는 피해를 입혔기에 응징은 때로 가혹했다. 한 가지 흔한 방법은 자동차 타이어에서 잘라낸 고무로 도둑의 손을 등 뒤로 묶는 것이었다. 누군가 재빨리 끊어주지 않으면 혈액순환이 안 돼 손을 영원히 쓸 수 없게 된다. 손이 묶인 채 병원에 오는 사람이 한둘이 아니었는데, 그때마다 나는 그런 사람들한테 시간을 허비해야 하는 것에 화가 치밀었다.

우리가 병원에서 다뤄야 했던, 극심한 가난의 잔인한 위험을 보여주는 상해가 또 하나 있었다. 나칼라 시내에는 식료품점이 '인민의 상점loja do povo' 하나뿐이었고, 그마저도 선반이 비어 있는 날이 많았다. 가끔 생선이 들어올 때는 출입구에 큰 철문이 있는 하역장을 통해 판매했다. 평소처럼 판매하면 고객이 한꺼번에 몰려들어 진열창이 깨질 수도 있기 때문이다. 상점 지배인은 철문을 열고 한 번에 약 50명씩 들여보냈다. 몰려든 사람들이 곧 뒤엉켰고, 항상 누군가 심하게 짓눌렸다. 골절 환자들이 병원에 줄을 서는 날이면 우리는 식료품점에 생선이나 설탕이 들어왔음을 알아차렸다.

우리 집 밖에 차가 멈추더니 스웨덴 친구들이 웃으면서 차에서 내렸다. 우리 집을 찾기는 어렵지 않았다.

"네가 말한 대로 사람들한테 의사가 어디 사느냐고 물었더니 일제히 너희 집 쪽을 가리켰어!"

우리 연배의 부부인 그들은 우리와 함께 주말을 보내러 온 터였다. 우리를 고용한 단체가 최근에 그들을 모잠비크로 불러들여 나칼라에서 200킬로미터 떨어진 남풀라의 큰 지역 병원으로 보냈다. 남편은 신생아 병동에서 소아과 의사로 근무했다.

손님이 와서 정말 좋았다. 우리는 대화에 굶주렸고, 무엇보다 우리 생활을 이해할 수 있는 사람들과 이야기를 나누고 싶었다. 할 얘기가 너무 많아서 점심 식사가 끝없이 이어졌다. 우리는 한참 동안 각자의 일터를 서로와 비교했다.

"솔직히 우리 간호사들 중 아무도 전문 자격을 갖추고 있지 않아." 그가 내게 말했다.

"우리 직원의 절반이 글을 못 읽어." 내가 말했다. 우리는 그런 식으로 주거니 받거니, 다소 남성적인 방식으로 동문서답을 계속했다.

나와 친구가 일하는 곳은 의료진과 장비의 수준이 확실히 차이가 났다.

그럴 수밖에 없었는데, 지역 병원은 의대생을 가르치는 일도 해야 했기 때문에 치료 수준이 어느 정도는 되어야 했다.

그때 누군가 현관문을 힘차게 두드리는 소리에 대화가 중단되었다. 전화가 고장 나서 간호조무사가 병원에서부터 걸어서 나를 데리러 온 것이다. 위독한 아기 환자가 방금 입원했다고 했다.

친구도 내 흰 가운을 빌려 입고 나와 함께 차에 탔다. 급성 입원 환자를 받는 작은 방으로 들어섰을 때, 쇠약한 아기한테 젖을 먹이려 애쓰는 어머니의 겁에 질린 눈과 마주쳤다. 태어난 지 몇 달 안 된 여아는 의식이 거의 없고 눈은 움푹 들어가 있었다. 설사가 심하다고 간호사가 내게 말했다. 두 손가락으로 아기 배 위 피부를 눌렀더니 손가락을 떼고 나서도 한참 동안 오목한 채로 있었다. 진단은 누가 봐도 분명했다. 아이는 탈수로 죽어가고 있고, 너무 허약해서 젖을 빨 수 없었다. 나는 가느다란 관을 가져와 코를 통해 위로 삽입하고 간호사에게 어떤 종류의 수액이 얼마나 필요한지 알려주었다.

친구는 충격을 받았다. 처치가 거의 끝나갈 무렵 그가 손으로 내 어깨를 잡는 것이 느껴졌다. 그는 나를 그 방에서 끌어내 복도에 세워놓고 몹시 화가 난 얼굴로 쳐다봤다.

"네가 방금 한 짓은 완전히 비윤리적이야! 저 아기는 올바른 처치를 받지 못했어. 네 자식이었다면 그렇게 하지 않았겠지. 즉시 정맥주사를 꽂아야 할 정도로 상태가 심각해. 아이의 목숨이 위태로운데 콧줄로 수액을 넣으면 어떡해. 구토를 시작하면 생명 유지에 필요한 수분과 염분을 잃고 말 거야. 넌 저녁 먹기 전에 해변에 가고 싶어서 빠른 방법을 택한 거야."

잔인한 현실 때문에 내가 어쩔 수 없이 받아들이고 있는 종류의 의술을 그는 받아들일 준비가 되어 있지 않았다.

"아니, 네가 본 건 이 병원에서는 표준 치료야. 우리는 이렇게 일해. 우리가 이렇게밖에 못 하는 건 우리가 가진 자원과 의료진 때문이야. 나도 거기에 포함돼. 난 일주일에 최소한 며칠은 제때 집에 가서 저녁을 먹어야 해. 그러지 않으면 나와 내 가족 모두 한 달도 더 버티지 못할 거야. 저 아이한테 정맥주사를 꽂으려면 30분은 걸려. 게다가 간호사가 계속 지켜보지 못할 테니 수액이 전혀 들어가지 않을 위험도 높아. 하지만 콧줄로 수액을 투여하는 건 간호사도 할 수 있고, 그쪽이 더 간단해. 우리의 치료 수준이 가능한 선에서 최선일 수밖에 없는 현실을 받아들여야 해."

"아니, 난 못 해." 친구가 주장했다. "지금 저 아기한테 콧줄로 수액을 주는 건 비윤리적이야. 내가 정맥주사를 꽂을 테니 막지 마."

나는 그를 막지 않았다. 대신 어린아이의 정맥에 적합한 가느다란 바늘을 가져다주었다. 의국醫局 벽장에 몇 개 비축해둔 게 있었다. 여러 번의 시도에도 불구하고 친구는 아기의 정맥에 바늘을 꽂지 못했다. 그래서 그는 절개에 필요한 장비를 달라고 했다. 깊은 혈관을 노출시키기 위해서였다. 그는 간단한 수술을 시작했고, 간호사가 최선을 다해 그를 도왔다. 나는 그들을 남겨둔 채 집으로 돌아와 가족, 그리고 그 친구 아내와 함께 저녁을 먹었다. 최근에 일이 너무 많아 집에서 저녁을 먹는 게 며칠 만인지 몰랐다.

식사를 마친 후 나는 친구를 데리러 병원으로 다시 갔다. 수차례 시도한 끝에 그는 마침내 정맥주사로 수액을 넣는 데 성공했다. 아기는 조금 나아 보였지만 여전히 젖을 빨지 못했다.

그날 저녁은 휴식을 허락하지 않았다. 아이들이 잠들었을 때 친구와 나는 소파에 앉아 우리가 하고 있는 일의 윤리에 대해 깊고 솔직한 이야기를 나누었다.

"너를 찾아온 모든 환자에게 언제나 최선을 다해야 해." 그가 말했다.

윤리 논쟁에서는 숫자가 매우 중요하다. 환자 한 명을 놓고 말할 때는 무엇이 옳고 그른지 정의하는 것이 의외로 간단해 보인다.

"나는 그렇게 생각하지 않아." 내가 대답했다. "시간을 포함한 모든 가용 자원을 입원 환자를 살리는 데 다 쓰는 건 비윤리적이야."

이어서 나는 일선 보건 시설, 즉 동네 보건소와 소규모 진료소에서의 치료를 개선하는 데 더 많은 시간을 쓴다면 아동 사망률을 더 줄일 수 있을 거라고 설명했다. 시내와 그 주변까지 포함한 도시 전체의 아동 생존율과 건강을 증진하기 위해 할 수 있는 모든 걸 하는 것이 내가 할 일이었다. 나는 예방 가능한 원인으로 죽는 사람 대부분이 집에 머물 뿐 병원에 오지 않았다고 확신하게 되었다. 병원을 최대한 좋게 만드는 데 우리가 가진 모든 자원을 쏟으면 예방접종을 받는 어린이는 더 줄어들 것이고, 기존 보건소에서 일하는 유능한 의료진의 수가 더 적어질 것이며, 그 결과 종합적으로 더 많은 어린이가 죽을 것이다. 나는 내가 진료하는 아이들뿐 아니라 병들어 죽는 것을 내 눈으로 보지 못하는 아이들에게도 책임이 있었다. 우리의 열악한 자원을 고려하면 나는 병원에서 우리가 제공하는 낮은 의료 수준을 감수해야 했다.

친구는 이에 동의하지 않았다. 대부분의 의사도, 아마 대다수 대중도 마찬가지일 것이다. 의사는 자신이 진료하는 모든 환자에게 할 수 있는 모든 것을 해야 한다고 그는 주장했다.

"어딘가 다른 곳에서 더 많은 아이를 구할 수 있을지도 모른다는 가정은 단순히 잔인한 이론적 추측일 뿐이야." 그가 말했다.

이쯤에서 나는 논쟁을 그만뒀지만 속으로는 이렇게 생각했다. '어떻게 하면 그리고 어디서 가장 많은 생명을 구할 수 있는지 철저히 조사하는 것보다 본능에 따라 행동하는 것이 더 윤리적일 수는 없어.'

다음 날 한 여성의 출산을 돕는 동안에도 이 생각이 떠나지 않았다. 진통이 이틀째에 접어들었는데 아기가 나오지 못하고 있었다. 팔이 끼여 꼼짝도 하지 않아서 누군가 아기를 꺼내기 위해 팔을 잡아당겼더니, 혈액 공급이 안 되어 팔이 시꺼멓게 변했다. 손은 망가져서 절단해야 할 것이다. 태아의 심장박동 소리를 들을 수 있는 걸로 봐서 아기는 아직 살아 있었지만, 산모의 체온이 높았다. 자궁이 언제든지 파열될 수 있었다.

산모를 검진해보니 아기 머리가 산도에 있었다. 몇 센티미터만 올라가도 만져졌다. 서둘러야 했다.

분만이 진행되면 임상의(대개는 조산사)가 한 시간마다 상태를 체크해서 그 데이터를 '분만경과표'에 입력해야 한다. 나는 내가 정한 규칙에 따라 나만의 분만경과표를 만들었다. 그 규칙은 '출산하는 산모에게 해가 두 번 뜨면 절대 안 된다'는 것이었다. 내가 만든 분만경과표는 야간용은 검게 칠하고 주간용은 흰색으로 남겨둔 종이였다. 회진을 돌 때 나는 주간용 또는 야간용 종이를 찢었다. 종이가 모두 없어지면 조치에 나서야 했다.

24시간 주기가 세 번째로 시작될 때까지도 분만이 계속 이어지면 전쟁을 선포해야 한다는 뜻이다. 어떤 식으로든 아기를 꺼내야 했다. 산모는 응급수술이 필요한 전쟁 피해자였고, 나는 전쟁터에 있는 의무병이었다. 나칼라에서 일하다 보면 이따금 그런 정신 상태에 내몰릴 수밖에 없었다.

'이제 어떻게 하지?' 나는 생각했다.

산모를 살리려면 아기를 죽여야 하는 건 분명했다. 더 구체적으로 말하면, 태아를 해체해 꺼내야 했다. 나는 적절한 도구가 없어서 가위를 들고 들어갔다. 가위 끝을 아기의 정수리 숨구멍에 밀어 넣었다. 두개골이 쪼개져 태아의 뇌가 떨어져 나왔다. 아기는 이제 사망했다. 나는 죔쇠로 산도를 벌려놓고, 자궁이 파열되지 않도록 조심하면서 아기를 팔부터 꺼냈다. 그다음으로 중요한 일은 방광에 카테터를 고정하는 것이었다. 그렇게 하지 않으면 배설강이 생길 위험이 있었다. 배설강은 질과 항문관을 분리하는 벽이 파열되어 생기는 공간이라서, 배설물이 질을 통해 배출될 수 있었다. 보통은 카테터가 방광 안에 들어가면 풍선을 부풀려 카테터를 고정하지만, 이번에는 주의가 필요했다. 그래서 나는 바늘땀으로 카테터를 고정했다.

산모는 세심한 보살핌을 받고 무사히 회복했다. 그리고 충분히 회복했을 때 자녀들이 있는 집으로 돌아갔다. 하지만 산모를 살리기 위해 살아 있는 만삭의 태아를 죽일 수밖에 없었던 건 기술적으로나 정신적으로 매우 힘든 일이었다. 내 결정이 과연 옳았을까?

이 경우는 옳았다. 그런 판단을 내리는 법을 배우는 것은 어렵지만, 그 판단을 실행에 옮기기는 훨씬 더 어렵다. 분만은 특히 극적인 사건이다. 분만 과정이 시작될 때는 사랑하는 아이를 기다리는 건강한 여성과 함께한다. 그런데 48시간 후에는 그 여성이 지옥에서 사투를 벌인다.

이 산모를 위해 뭘 해야 할까? 그리고 뭘 하지 말아야 할까? 그 순간 이런 결정을 과감하게 내리기 위해서는 정확히 어떤 원칙에 따라 행동할 것인지, 즉 왜 그런 선택을 하는지 스스로 납득할 수 있어야 한다. 나는 산모를 살리기 위해 내가 해야 했던 일이 끔찍했지만, 그것이 옳은 결정이라고 판단했다.

동시에 전날 밤 탈수 증상으로 치료받은 아기를 떠올리면서 나는 두 집단, 즉 병원에 와서 사망한 나칼라 아이들과 집에서 사망한 아이들의 수를 비교하는 것은 아무리 끔찍해도 내가 꼭 해야 하는 일임을 인정했다. 병원에 온 환자에게 제공하는 보살핌은 여러 가지 한계에도 불구하고 개선되어 아동 사망률이 서서히 줄어들고 있었다. 사람들도 이 사실을 알아챈 듯했는데, 병원에 오는 아이들 수가 꾸준히 증가했기 때문이다. 그들 대부분이 말라리아, 폐렴, 설사 등 생명을 위협하는 질환을 앓았다. 대개 그 아이들은 그 지역에 만연한 영양실조뿐 아니라 십이지장충 감염에 의한 빈혈로 허약한 상태였다.

병원에 머무는 아이들은 1년에 약 1,000명이었다. 하루에 대략 3명이 새로 입원하는 셈이었다. 나머지 아이들은 치료를 받고 집으로 돌아갔다. 입원한 아이들은 모두 중증이고, 그중에서 20명당 한 명이 최선을 다했음에도 사망했다. 다시 말해, 아이의 죽음은 병원에서 매주 일어나는 사건이었다. 의료진과 자원이 더 있었다면 거의 전부가 막을 수 있는 죽음이었다.

나는 가장 끔찍한 네 가지 아동 살인마인 폐렴, 설사, 말라리아, 홍역으로부터 어린 생명을 구하는 것이 어떤 일인지 결코 잊지 못할 것이다. 설사 때문에 탈수된 아이에게 너무 늦기 전에 충분한 식염수를 줄 수 있는 단 몇 분의 시간을 얼마나 원했던가. 폐렴에 걸린 어린 환자를 살리기 위해 페니실린 정맥 주사를 제때 투여할 수 있기를 얼마나 바랐던가.

그럼에도 진행된 말라리아를 앓던 의식 없는 아이들의 사례가 가장 기억에 남는다. 말라리아는 건강한 아이를 하루 만에 생명이 위급한 환자로 만들 수 있는 병이다. 주사만으로 그들을 살릴 수 있을까? 그들은 대개 집중 치료가 필요했지만, 그것은 우리가 제공할 수 없는 종류의 보살핌이었다. 그날은 병원 마당을 가로질러 구불구불 이어진 아픈 아이들과 그 가족의 대기 줄이 줄어들 줄 몰랐다. 그늘 없는 땡볕을 가득 메운 어머니들이 아픈 아이를 안고 차례를 기다렸다. 대개는 흘긋 보기만 해도 아이 상태를 판단할 수 있었다. 어떤 아이는 똑바로 앉아 있었던 반면, 어떤 아이는 제대로 걷지도 못했다.

우리 병원에서 유일하게 6년제 학교를 다니고 2년 동안 임상 실습을 한 간호사 도냐 귀타Doña Guita가 대기 줄 맨 앞에 앉아 있었다. 도냐는 그 병원의 스타였다. 그녀의 임무는 모든 아이를 두 집단으로 나누는 것이었다. 아프지만 대기실로 갈 수 있는 상태인지, 아니면 고열이 있고 병상이 필요한 중환자인지. 두 번째 집단은 당장 치료해야 했기에 마당 건너편의 응급실로 보내졌다.

아이 어머니가 얼마나 걱정하고 있는지 눈을 보면 알 수 있었다. 아이가 너무 힘이 없어서 젖을 빨지 못할 때 어머니의 시선에는 절망과 죽음에 대한 공포만이 담겨 있었다.

우리는 체온계를 가지고 다니며 항상 체온을 기록했다. 말라리아에 걸린 아이들 중 일부는 정상 체온인 37도보다 크게 높은 41도까지 열이 올랐다. 나는 아이 어머니에게 숨 쉬는 건 어떠냐고 질문했고, 그러면 "숨 쉬는 건 괜찮은데 아이 몸이 너무 뜨거워요" 같은 대답이 돌아왔다. 나는 '피를 토한다' '배가 심하게 아프다' 같은 중요한 마쿠아어 표현을 익혀두었다.

아이를 제대로 진찰하는 게 중요했다. 눈을 맞추지 못하는 건 나쁜 신호였다. 나는 아이 어머니 앞에 쭈그려 앉거나 낮은 의자에 앉아 어머니가 아이를 안고 있는 동안 아이를 진찰했다. 그것은 어머니를 안심시키는 방법이었다. 나는 나와 어머니 사이의 거리가 되도록 가깝기를 원했고, 질문은 되도록 짧고 차분하게 했다.

진단은 대부분 말라리아였다. 이 병은 순식간에 생명을 위협할 수 있지만, 제대로 치료하면 몇 시간 안에 예후가 바뀔 수 있었다. 폐렴도 마찬가지였다.

하나의 사례가 특히 강렬한 기억으로 남아 있다. 응급실 야간 근무를 선 날이었다. 그날 밖에는 비가 내리고 있었다. 절망에 빠진 한 어머니가 두 살배기 아들을 팔에 안고 왔다. 그만큼이나 슬퍼 보이는 아버지가 그들 옆에 서 있었다. 어린 소년은 숨을 가쁘게 몰아쉬었고, 헤모글로빈 수치가 낮았으며, 안색이 극도로 창백했다. 약물 치료 외에도 수혈을 하지 않으면 안 되는 상황이었다. 하지만 그 병원에는 혈액은행도, 익명의 공여자에게 혈액을 채취할 자원도 없었다. 수혈이 필요하면 환자의 혈액형과 맞는 혈액형을 가진 친척에게 피를 받았다.

"저는 아이에게 피를 줄 수 없어요." 아버지가 말했다.

"왜 안 되죠?" 내가 물었다. 우리에겐 시간이 없었다.

"제 일가 중 누군가가 피를 필요로 할지도 몰라요."

나는 어찌할 바를 몰랐다. 다행히 현명한 조산사 로사 부인이 내 뒤쪽의 문간에 서 있다가 설명을 해주었다. 그들의 사회는 모계사회라서 아이에 대한 책임이 어머니의 일족, 대개 어머니의 남자 형제에게 있다고 여겼다. 그 순간 나는 이런 사회 구조에 무슨 장점이 있는지 이해하기 어려웠다.

"하지만 아이한테 삼촌이 여러 명 있으니 그들이 아이에게 피를 줄 겁니다." 아이 아버지가 말했다.

기겁할 노릇이었다. "이봐요, 그래도 혈액형을 검사해보면 안 될까요?"

로사 부인은 말해봐야 소용없다고 설명했다. 그 아버지는 아들에게 피를 주는 걸 절대 받아들이지 않을 것이다. 아들은 그와는 다른 일족에 속했고, 다른 일족에게 피를 주는 건 건강하지 못한 일이었다. 나는 항복했다.

아이 아버지가 빗속으로 급히 뛰어가더니, 얼마 되지 않아

땀과 비에 흠뻑 젖은 삼촌 둘을 데리고 돌아왔다. 한 삼촌의 혈액형이 조카와 일치했다. 수혈한 지 10분이 지나자 아이의 호흡이 안정되고 기침이 나오기 시작했다. 몇 시간 후에는 열이 내리기 시작했다.

○‿

　내가 모잠비크의 병원에서 한 일은 대부분 공공 보건을 지향했다. 병동 회진은 의사가 말만 잘한다면 공공 보건을 증진할 엄청난 기회가 될 수 있다. 환자들이 퇴원하고 돌아가서 동네 사람들에게 의사의 말을 널리 알릴 테니 말이다. 세계 많은 곳에서 병원에 다녀온 일은 몇 주 동안 화젯거리가 되곤 한다.

　내게 그것은 정체성의 문제가 되었다. 나는 이곳에 뭘 하러 왔는가? 단지 내 앞의 환자를 치료하기 위해서? 아니면 지역 사회 전체의 건강을 증진하기 위해서?

　나는 이 문제를 수치적으로 분석해 올바른 접근 방식을 찾을 때가 되었다고 판단했다. 데이터 수집은 인터뷰 기반 조사로 할 생각이었다. 일을 수월하게 하기 위해 나칼라시에서 사망한 아동 수에 초점을 맞추고, 시골 오지는 제외하기로 했다. 이렇게 한 이유는 시 자체에 보건소가 세 곳 있었기 때문인데, 설령 인구 대부분이 열악한 환경에서 살고 있다 해도 대부분의 사람이 세 보건소 중 한 곳에 들렀다 병원으로 보내지거나,

아이가 갑자기 심하게 아프면 곧바로 병원 응급실로 올 수 있었다.

남풀라의 지역 병원에서 일하는 동료와 의료 윤리에 대해 토론하던 그날 저녁, 나는 이런 조사가 꼭 필요하다고 느꼈다. 이미 존재하는 정보를 이용한 대략적인 추정값은 있었다. 1980년의 인구조사는 나칼라에 8만 5,000명이 살고 매년 약 3,000명의 아기가 태어났음을 보여주었다. 지난 한 해 동안 우리 병원에 총 946명의 아이가 입원했고, 의료진이 제공할 수 있는 최선의 치료를 받았음에도 52명이 사망했다. 입원한 아이들의 거의 전부가 5세 미만이었다.

내 다음 질문은 나칼라의 5세 미만 아이들 중 몇 명이 병원에 오지 못하고 집에서 사망하는가 하는 것이었다. 전국의 5세 미만 아동 사망률은 26퍼센트였다. 최근의 인구조사에 따르면 나칼라시의 신생아 수가 연간 약 3,000명이었지만, 주변 시골을 포함한 나칼라 지역 전체 인구는 도시 인구의 5배였다. 따라서 우리는 신생아 수도 다섯 배인 1만 5,000명으로 추산했다. 이 중 26퍼센트는 3,900명이다. 이것이 바로 내가 예방해야 하는 아동 사망자 수였다. 병원에서 매주 한 명씩 아이가 죽지만, 그건 아동 사망자 총수의 작은 일부에 불과했다. 나는 내 도움이 필요한 아이들의 1.3퍼센트(52×100/3,900)만을 진료하고 있었다.

병원 직원들과 이야기하면서 나는 많은 아이가 병에 걸렸을 때 병원에 오지 않는다는 사실을 알았다. 가장 큰 이유는 환자 가족이 24시간 이용할 수 있는 '전통 의사'와 상담했기 때문인 듯했다. 그러지 않은 경우에는 주중에만 문을 여는 시 보건소 중 한 곳을 찾거나 병원 응급실로 들어왔다.

나는 앙네타와 함께 조사를 계획했다. 앙네타는 동네에서 조산사로 일하고 있었으며, 우리가 나칼라시의 여러 지역에 정기적으로 제공하는 아동 예방접종 프로그램도 담당했다. 그 무렵 우리 친구이자 동료인 안데르스 몰린Anders Molin이 병원 일을 나눠 맡고 있었다. 안데르스는 스웨덴에서 의사 수련을 받은 후 나칼라에 배치되었다. 이제 나칼라시에는 의사가 두 명이었고, 이는 우리에게 큰 변화를 가져다주었다. 안데르스 는 우리와 숙소를 함께 쓰며 우리 아이들에게 또 한 명의 삼촌 이 되어주었다. 그리고 내게는 업무를 덜어주는 귀중한 존재 였다.

가진 자원이 별로 많지 않았기 때문에 계획은 매우 간단해 야 했다. 우리는 나칼라시에서 마타푸헤Matapuhe라는 지역을 선택했는데, 인구조사에 따르면 그곳에는 3,700명이 살고 있 었다. 그다음으로 우리는 지역사회 지도자들을 만나 조사를 실시하는 데 따른 도움을 요청했다.

1981년 여름, 모두 우리 보건 의료팀 소속인 일곱 명의 인터 뷰 요원이 그 지역의 가임기 여성들을 만났다. 우리가 알고 싶 은 중요한 수치는 지난 열두 달 동안 태어난 아이와 죽은 아이의 수였다. 여성 대부분이 학교에 다닌 적이 없어 달력의 날짜를 계산하지 못했기 때문에 우리는 날짜를 확인하는 다른 방법을 사용했다. 즉 신성한 달인 라마단에 인터뷰를 함으로써 어머니들이 작년 라마단 이후 열두 달 동안 무슨 일이 일어났는지 기억할 수 있게끔 했다. 우리는 이런 민감한 질문을 할 때 태도와 표현 방법에 주의를 기울였다.

인터뷰는 신속하고 순조롭게 진행되었다. 아마 인터뷰를 하는 동시에 일반 건강 문제를 다루는 작은 치료소를 운영하면서 어린이들에게 예방접종을 제공했기 때문일 것이다. 그 자리에서 바로 보건 의료 서비스를 이용할 수 있는 것이 참여를 독려했다. 데이터 수집이 끝났을 때, 나는 마타푸헤가 대표성을 띠는 지역이라는 가정하에 도시 전체에 대한 수치를 추론했다.

결과는 의심스럽거나 모호한 구석이 조금도 없이 분명했다. 1년 동안 나칼라시에서 52명의 아이가 병원에서 죽은 반면, 집에서는 672명이 죽었다. 열 배 이상 많았다. 이론의 여지없이 훨씬 더 중요한 관찰은, 집에서 죽은 아이 중 절반가량이 생애 마지막 주에 어떤 치료 시설에도 가지 않았다는 것이었다. 다시 말해, 우리는 아이들이 위급한 상태에 이르기 전에 설사 · 폐렴 · 말라리아를 다룰 수 있는 지역 치료소를 조직하고 지원 및 감독할 필요가 있음을 밝혀냈던 것이다. 그렇게 한다면 병원에서 죽어가는 아이들에게 정맥주사를 놓는 것보다 훨씬 더 많은 생명을 구할 수 있을 터였다.

나칼라시의 아동 사망률은 내가 처음에 추정한 약 10퍼센트가 아니라 약 20퍼센트로 밝혀졌다. 우리는 그 지역 인구의 4분의 3이 사는 시골은 아동 사망률이 더 높을 것으로 예상했다. 나는 매년 3,000명 이상의 아동 사망을 예방할 방법을 찾아야 했는데, 그 가운데 52명만이 병원에서 죽었다. 인구 대다수가 기본적인 보건 의료를 이용할 수 없는 상황에서 병원에 더 많은 자원을 쓰는 건 심각하게 비윤리적인 일이었다.

1978년부터 세계보건기구는 '모두를 위한 기본 의료'를 기본 정책으로 삼고, 수십 년 동안 최대한 많은 국가에서 최대한 많은 아동에게 예방접종과 기초적인 의료를 제공하는 것을 최우선 과제로 정했다. 나는 운 좋게도, 독립 직후 이런 정책을 시행하기 시작한 국가인 모잠비크에서 일하고 있었다. 내가 모잠비크에서 지내는 동안 나칼라시는 많은 마을 대표를 초청해 단기 교육을 시켰다. 모든 지역에 아기와 어린아이를 둔 어머니들을 위해 걸어갈 수 있는 거리 내에 작은 보건 의료 단위를 만드는 것이 교육의 주된 초점이었다. 그 시설들은 아동 사망을 초래하는 주요 질환들에 대해 예방접종과 치료를 제공할 것이다.

윤리적으로 옳다고 간주되는 것을 지침으로 삼기보다는 아동 사망의 끔찍한 실상을 맨 앞에 놓고 병원 치료를 관리한 것은 옳은 일이었을까? 그렇다. 내가 모잠비크에서 일할 때 아동

나칼라에서 동료 안데르스 몰린(왼쪽)과 함께.

사망률은 약 26퍼센트였지만, 35년이 지난 지금은 8퍼센트로 감소했다. 스웨덴에서 아동 사망률이 26퍼센트에서 8퍼센트로 떨어지는 데는 1860년부터 1920년까지 60년이 걸렸다.

그 35년 동안 모잠비크는 10년간의 피투성이 내전을 견뎌냈고, 에이즈 바이러스의 심각한 유행에 대처했다. 그럼에도 아동 사망률은 거의 100년 전의 스웨덴보다 거의 두 배나 빠르게 감소했다. 유럽과 아프리카를 전체적으로 비교해도 마찬가지다. 아프리카는 아동 보건과 관련한 문제들에서 유럽을 따라잡고 있는데, 그것은 증거에 기반을 둔 정책과 투자 목표를 받아들인 덕분이다.

감정보다는 생각에 우선순위를 두라고 자신을 설득하는 것은 어려울 수 있지만, 데이터를 세심하게 집계하고 명료하게 분석한다면 충분히 가능하다.

하지만 아직 숫자를 통해 파악하지 못한 게 한 가지 있었다. 그것은 극단적인 가난의 깊이였다. 가장 강렬한 감정인 두려움 앞에 놓였을 때 나는 그것을 비로소 이해하게 되었다.

༼༽

나칼라에 사는 동안 온갖 비극과 극적인 사건이 일어났지만 좋은 일도 많았다. 안데르스 몰린이 와준 덕분에 그가 근무할 때 쉬고, 일요일에는 해변에서 가족과 즐거운 시간을 보낼 수 있었다. 매일 밤 당직을 설 필요가 없었기 때문에 아이들과 함께 저녁 시간을 보내고 밤에 푹 잘 수도 있었다.

나칼라 시절은 우리 인생에서 가장 힘들었지만, 그 와중에도 우리는 행복한 가족이었다. 우리는 집 마당의 푸석푸석한 모래흙에서 파파야를 기르고 오리를 키웠다. 어려운 일들이 있었지만 그래도 건강했다. 어느 마법 같은 밤, 앙네타가 나를 껴안고 내 귀에 속삭였다. "아이가 하나 더 있으면 좋겠어." 우리에게 아이들은 기쁨의 원천이자 인생의 의미였다. 우리는 앞으로도 오랫동안 그러기를 바랐다. 앙네타의 그 소망은 물론 사랑에서 비롯되었지만, 암 극복 후 인생에 대해 같은 비전을 공유한 데서 비롯된 것이기도 했다.

아이는 생각보다 빨리 찾아왔고, 임신은 순조롭게 진행되는 듯했다. 우리는 조산사가 정기검진을 오는 매주 토요일에 함께 배가 얼마나 불렀는지 추적 관찰했다. 그런데 1980년 말 어느 토요일, 지난 일주일 동안 배 둘레가 증가하지 않았다는 걸 알았다. 다음 주에도 변화가 없었다. 그것은 심각하게 받아들여야 하는 경고였다.

다음 주 동안 우리는 중대한 결정을 내려야 했다. 위험을 무릅쓰고 모잠비크에서 출산할 것인가? 아니었다.

1981년 1월 앙네타와 아이들이 마푸토 공항에서 스웨덴으로 가는 비행기를 탔고, 나는 혼자 나칼라로 돌아왔다. 우리의 계획은 아마도 앙네타의 출산 직후가 될 한 달 뒤 내가 스웨덴으로 가서 가족과 합류하는 것이었다.

앙네타와 아이들이 떠난 다음 날, 우리 병원의 통원通院권 안에서 콜레라가 발생했다. 콜레라는 진행이 빠른 병이다. 일단 설사가 시작되면 몇 시간 안에 죽을 수도 있다. 나는 즉시 세 명의 의료진을 모으고 필요한 도구를 챙겨 나칼라를 떠났다. 내가 배운 대로 우리는 콜레라의 최초 발생지에 임시 진료소를 설치했다. 이 기본적인 집중 치료실은 아주 멀리 떨어진 마을들에서 콜레라와 싸우기 위해 2주 동안 운영되었다.

어느 날 저녁, 의식 없는 아들을 업은 남자가 도로에서 우리 차를 멈추어 세웠다. 소년은 콜레라 환자였다. 소년의 누이가 이미 콜레라로 죽었기 때문에 아버지는 둘째마저 잃을지도 모른다고 생각했다. 소년이 설사를 시작하고 얼마 후 아버지는 멀리서 우리 차의 엔진 소리를 들었다. 그는 우리가 같은 길을 따라 되돌아오리라는 것을 알고, 집이 멀리 언덕 위에 있었음에도 아들을 등에 업고 그 도로를 향해 출발한 것이다. 아버지가 아이를 땅바닥에 내려놓았을 때, 나는 헤드라이트 불빛 속에서 모래가 순식간에 젖는 것을 보았다. 아이가 너무 많은 체액을 잃고 있었기 때문에 빨리 집중 치료실로 옮겨야 했다.

우리는 카시트에 콜레라균이 묻을까 봐 아이를 차 바닥에 내려놓았다. 아이는 의식이 없었고, 맥박은 너무 약해서 잡히지 않았다. 물을 마시게 할 방법도 없었다. 소년은 30분밖에는 버티지 못할 터였다.

아버지는 전혀 동요하지 않고 침착하게 온 신경을 아이에게 쏟았다. 우리가 다른 콜레라 환자들을 치료한 적이 있으며, 꺼져가는 아들의 생명이 우리 손에 달려 있다는 걸 아는 그는 어떻게든 도우려고 했으며 정신을 똑바로 차렸다.

집중 치료실에 도착했을 때는 날이 어두웠다. 그래서 주차는 했지만 헤드램프는 켜두었다. 나는 소년의 숨소리를 들을 수 있도록 운전사에게 엔진을 꺼달라고 부탁했다. 어둠과 정적을 깨는 건 소년의 숨소리와 우리를 둘러싼 캄캄한 숲에서 들려오는 밤의 소리뿐이었다. 주로 개구리와 도마뱀붙이의 울음소리였다. 소년의 아버지는 가만히 앉아 있고, 간호사는 내 뒤에 서 있었다. 모두가 침묵을 지켰다.

나는 이곳저곳을 더듬으며 맥박을 찾아보았다. 아이는 이미 죽은 것일까?

마침내 사타구니에서 희미한 동맥의 박동을 포착했다. 그 동맥 옆에 있는 큰 정맥에 바늘을 꽂아야 했다. 곧 바늘이 정맥 벽을 뚫는 느낌이 났다. 바늘이 들어갔기 때문에 소년에게 정맥주사를 놓을 수 있었다. 우리는 교체용 수액 주머니와 모니터링 장치(수액이 들어가는 속도를 보여주는 작은 상자)를 장착했다. 수액이 들어가기 시작했다. 나는 소년 앞에 쭈그리고 앉아 손가락으로 맥박을 짚으며 모니터를 보았다. 그리고 간호사에게 수액이 들어가는 속도를 최대로 올리게 했다.

"다리가 움직이지 않도록 아이를 꽉 잡으세요." 소년의 아버지에게 지시했다.

소년이 몸을 움직여 바늘 꽂힌 혈관을 손상시키지 않도록 아버지가 아들의 다리를 꽉 붙잡았다. 나는 한참을 쭈그리고 있었더니 몸이 결리기 시작했다. 모두가 말없이 수액이 흘러 들어가는 것을 지켜보았다.

몇 분이 지났다. 5분, 10분, 아무 일도 일어나지 않았다. 11분, 12분, 눈꺼풀이 움직이더니 소년이 눈을 떴다. 그리고 고개를 들었다. 의식을 회복하고 있었다.

그래도 소년의 아버지는 긴장을 풀지 않았다. 간호사가 소년의 첫 움직임을 통제하기 위해 아이 몸 위에 엉덩이를 깔고 앉을 때 그것을 지켜보던 아버지가 숨을 깊이 들이쉬는 소리가 내 뒤에서 들렸다. 식염수와 포도당 수액 1리터가 소년의 혈관에 들어갔을 때, 나는 바늘을 제거한 후 사타구니의 바늘 구멍에 석고를 발랐다. 그러고 나서 아버지에게 소년을 어떻게 먹여야 하는지 보여준 다음 경구용 수액제를 건네주었다. 그는 내가 설명하는 것을 열심히 지켜보는 동안에도 내내 아들에게 무슨 말인가를 부드럽게 속삭였다.

나는 소년의 아버지에게 도와줘서 고맙다고 인사했다. 그는 어쩔 줄 몰라 하며 할 말을 찾지 못했다. 다음 날 아침, 나는 그들을 보러 갔다. 소년은 한결 좋아졌다.

때로는 유행병을 멈추는 것이 환자 한 명 한 명을 치료하는 것에 달려 있기도 했다. 내 동료 루치아Lucia 수녀는 "콜레라에 대해 신께 감사하라"고 외치곤 했다. 콜레라 덕분에 의료진이 생명을 살릴 수 있다는 걸 구경꾼들에게 분명하게 보여줄 기회가 생겼다는 뜻이었다. 환자 한 명을 치료할 때마다 의사와 간호사에 대한 신뢰가 올라가고, 그 결과 이런저런 공공 보건 조치들이 더욱 잘 받아들여진다. 지역사회의 믿음을 얻기 위해서는 의료진과 환자 가족 사이에 신뢰의 분위기가 조성되어야 한다. 콜레라 발병 후 누군가의 사랑하는 사람을 살리는 것은 신망을 얻는 확실한 방법이다.

내가 그것을 확실히 깨달은 건 유행이 끝나갈 즈음 먼 시골 지역의 또 다른 마을에서 콜레라와 싸우던 어느 날이었다. 그 날 나는 극심한 가난이 무엇을 의미하는지 제대로 알았다.

우리가 그곳에 도착했을 때는 해 질 무렵이었다. 우리의 하얀색 소형 지프는 곧바로 시선을 끌었다. 주차할 곳을 찾는 동안 한 무리의 10대 소년들이 우리 차를 따라 달리기 시작했다. 내가 차에서 내렸을 때, 밖에는 점점 불어나는 모든 연령대의 사람들이 호기심 어린 얼굴을 우리에게 고정한 채 지켜보고 있었다.

우리 팀의 남자 간호사가 현지어인 마쿠아어를 할 줄 알았다. 그가 우리를 막 소개하려는데, 모여 있는 사람들이 무슨 말인가를 하기 시작했다. 나는 포르투갈어 단어 두 개를 알아들을 수 있었다. '키다리 의사doctor comprido.' 내 신체 특징을 딴 별명이었다. 나는 나칼라의 두 의사 중 키가 더 컸고 동료 안데르스는 턱수염이 있어서 우리는 각각 키다리 의사와 턱수염 의사로 통했다. 하지만 그 지역에서 가장 외진 마을 중 하나이며, 한 번도 방문한 적 없는 곳에서 사람들이 나를 알고 있다는 사실에 나는 어리둥절했다. 이 마을에서 온 환자를 병원에서 치료한 적이 있는지 기억나지 않았다. 이 마을은 우리 병원의 예방접종 차량이 다니는 곳도 아니었다.

간호사는 우리를 정식으로 소개하는 대신, 놀라서 던진 내 질문을 통역해야 했다. "저를 어떻게 알죠? 이곳에는 한 번도 온 적이 없거든요."

태도로 미루어보아 지도자인 듯한 남성이 한 걸음 나와 차분하게 대답했다. "선생님은 이곳에서 아주 유명하고 존경받고 있습니다. 이 마을 사람 모두가 나칼라의 의사를 안답니다."

나는 당연히 우쭐한 기분이 들었지만 여전히 의심스러웠다. "이 마을 사람을 치료한 기억이 안 납니다."

그 지도자는 나보다 잘 알고 있었다.

"아뇨, 치료했습니다. 두 달 전 출산에 어려움을 겪던 부인을 가족이 병원으로 데려갔죠. 선생님이 그 부인을 치료했어요. 부인의 가족은 물론 마을 전체가 선생님이 해준 일에 대해 매우 감사하고 있답니다. 그게 선생님이 이곳에서 사랑받는 이유죠."

이런 말을 듣고 기쁘지 않을 젊은 의사는 없다. 나는 지프 옆에 그대로 선 채 그 부인에 대해 물었다. "분만이 까다로웠습니까?" 간호사가 내 질문을 통역했을 때, 사람들은 고개를 끄덕이며 심각한 얼굴로 무슨 말인가를 웅얼거렸다. 잘 알아들을 수는 없었지만 출산이 매우 어려웠다는 얘기 같았다.

지난 일주일 동안 콜레라와 힘겹게 싸워온 터라 나는 마치 내가 이 지역의 유명 인사이자 유능한 산과産科 의사라도 된 것만 같았다. 그래도 거기 모인 사람들에게 최종 확인을 받고 싶었다. 그때쯤 사람들은 약 50명으로 불어나 있었다. 분만이 그렇게 어려웠다면, 내가 병원에서 그 부인에게 제공한 치료에 정말 만족하는지 물었다. 통역을 듣고 나서 사람들은 웃으며 고개를 끄덕이며 그렇다고 중얼거렸다. 하지만 그다음에 내가 "그 부인을 만날 수 있을까요?"라고 물었을 때, 뜻밖에도 한동안 침묵이 이어졌다. 나는 통역에 뭔가 문제가 있나 보다 생각했는데, 그때 마을 지도자가 침묵을 깨며 짧게 답했다.

"아뇨, 부인을 만나는 건 불가능합니다. 선생님이 부인의 배 속에서 아기를 꺼낼 때 죽었습니다." 나는 여태 그렇게 놀라보기는 처음이었다. 내가 들은 말을 믿을 수가 없었다. 똑같은 질문을 다시 했다. 대답은 길이만 더 길 뿐 사실상 같았다. 분만이 시작되었을 때 아기의 팔이 먼저 나왔다. 하지만 그다음에 아기가 산도에 걸려 꼼짝도 하지 않았다. 동네 산파들이 아기를 꺼내기 위해 그들이 아는 모든 방법을 시도했다. 심지어 아기의 피부가 벗겨질 지경까지 팔을 잡아당기기도 했다. 이 단계에서 부인의 남편과 오빠는 그녀를 병원으로 데려가기로 결정했지만, 그 마을에는 교통수단이 없었다. 자전거조차 없었다.

그들은 긴 천과 막대 두 개로 들것을 만들어 부인을 그 위에 실었다. 그리고 숲을 통과해 비포장 해안도로까지 20킬로미터를 옮겼고, 그 도로에서 마침내 지나가는 트럭을 멈춰 세울 수 있었다. 그들은 들것을 트럭 뒤에 싣고, 동틀 무렵 병원에 도착했다.

그들이 도착했을 때 '키다리 의사'가 나와 말을 걸더니 부인의 생명이 위태롭다며, 잘 왔다고 했다. 그러고는 오는 동안 이미 사망한 아기를 조각조각 잘라 끄집어냈다. 그러고 나서 산모도 과다 출혈로 사망했다. 이것이 내가 부인을 만날 수 없는 이유였다.

이 끔찍한 이야기가 통역을 통해 내게 한 문장씩 전달되었다. 나는 그제야 기억이 났다. 열이 나고 탈수된 여성을 살리려던 무의미한 시도를 어떻게 잊겠는가. 아기의 몸을 절단해 꺼내야 했던 또 하나의 사례였지만, 지난번과 달리 이번에는 너무 늦었다. 산모가 극도로 쇠약했고 오랜 진통 후 이미 패혈증이 진행되고 있었다. 죽은 아기를 꺼내다가 자궁이 파열되었고, 산모는 과다 출혈로 거의 즉시 사망했다. 어쩔 수 없는 일이었으나 나는 그때도 지금처럼 부인의 가족과 이웃 앞에서 죄책감을 느꼈다.

지도자는 마을을 대표해 다시 한번 감사를 표하고, 내가 와줘서 얼마나 기쁜지 말하면서 설명을 마쳤다. 나는 너무 오래전 일이라 그들이 정확히 뭣 때문에 고맙다고 하는지 알 수 없었다. 혼란한 내 머릿속에는 한 가지 이유밖에 떠오르지 않았다. 마침내 나를 죽일 기회가 생겼기 때문 아닐까. 이렇게 짧은 시간에 자부심이 공포로 변한 적은 내 인생에서 없었다. 나는 아무 말도 하지 못했다. 틀림없이 무서워 죽을 것처럼 보였을 것이다.

아무도 움직이지 않았다. 그들은 계속 웃기만 했다. 나는 운전사에게 차에 뛰어올라 전속력으로 도망쳐달라고 부탁할까도 생각했다. 하지만 그 무렵 마을 사람들이 사방에서 차를 에워싸고 있었다. 그래서 나는 간호사에게 몸을 기울이며 물었다.

"부인이 죽었는데 왜 고맙다고 하는지 알아요?"

"모르겠어요. 말도 안 돼요. 제가 물어볼까요?"

나는 대답하지 않았지만, 그래도 간호사는 사람들에게 질문을 했다. 그들은 서로를 보며 무슨 말인가를 하기 시작했다. 그때 마을 지도자가 다시 한번 입을 열었다. 사람들은 이내 조용해졌다. 지도자의 대답은 느리고 발음이 분명했지만, 나는 전혀 알아들을 수 없어 통역을 기다려야 했다.

"오, 선생님, 상황이 매우 심각했고, 부인을 살리는 게 거의 불가능했다는 것을 우리 모두 잘 알고 있습니다. 그래도 선생님이 부인을 위해 해준 모든 일에 진심으로 감사합니다. 그 일로 인해 마을 전체가 감사하고 있고, 우리는 선생님을 잊지 않을 겁니다."

나는 뭐가 뭔지 도무지 알 수 없어 아마 이렇게 중얼거리지 않았을까 싶다. "도대체 내가 뭘 했기에?"

내 질문에 마을 지도자가 연설하는 것 같은 목소리로 답했고, 모인 사람들의 호응에 연설조는 더욱 강해졌다. 나는 한 문장씩 통역된 그의 말을 지금까지도 기억한다.

"선생님이 부인을 위해 해준 일은 부인과 그 가족에게 매우 중요했습니다. 멀고 지독히 가난한 우리 마을에서 그런 배려는 기대할 수 없는 일이었습니다. 큰 도시의 의사처럼 중요한 사람이 우리를 위해 그런 일을 해줄 거라고 누가 생각이나 했겠습니까. 부인이 죽은 후 선생님은 부인의 가족에게 개인적으로 애도를 표했습니다. 그러고 나서 병원 앞마당으로 걸어가 예방접종 차량의 운전사에게 말했지요. 차가 막 떠나려던 참이었지만, 선생님은 운전사에게 기다리라고 지시한 다음, 부인의 시신을 가족이 묻을 수 있도록 집까지 실어다 주라고 했습니다. 부인의 남편에게 아내의 시신을 덮을 수 있는 깨끗한 시트도 주었죠. 그리고 죽은 아기의 몸을 덮을 더 작은 시트도요. 부인의 남편과 오빠도 그 예방접종 차량을 타고 집으로 왔습니다. 덕분에 그들은 그날 오후 집으로 돌아올 수 있었고, 저녁 무렵 온 가족과 마을 사람들이 모여 죽은 부인과 아기의 장례를 잘 치를 수 있었지요. 어려울 때 받은 호의는 잊지 못하는 법입니다. 선생님도, 운전사도 대가를 전혀 요구하지 않았죠. 이제야 말씀드리는데, 솔직히 부인의 남편과 오빠에겐 망자를 운송한 대가를 지불할 돈이 없었습니다. 키다리 선생님이 아니었다면 그들은 밤새도록 망자를 운반해야 했을 겁니다."

내가 목격한 많은 고통 중에서 이 특별한 경험은 지독한 가난을 무엇보다 강렬하고 구체적으로 보여주는 사례다. 사람들은 순전히 돈이 없어서 인간의 가장 기본적 품위를 박탈당한다.

그러나 이 슬픈 이야기의 가장 중요한 대목은 이제부터이다. 내가 마을 사람들에게 이런 칭찬을 받은 것은 다른 누군가의 결정 덕분이었다. 물론 나는 부인이 죽은 후, 남편과 오빠를 만나 깊은 애도를 표하는 것 정도의 도리는 했다. 하지만 그들이 시신을 집까지 실어가는 게 거의 불가능에 가까운 일이라는 생각까지는 하지 못했다.

내가 가족을 잃은 두 남성과 간단히 이야기를 마쳤을 때, 누군가 내 팔을 잡고 옆으로 끌고 갔다. 이전에도 수차례 그랬던 것처럼 로사 부인은 내게 할 말이 있었다. 그녀는 조용히 그리고 매우 진지하게 말했다. "저 두 남자가 부인을 여기까지 데려온 걸 몰라요? 그들은 밤새도록 산모를 옮겼고, 먹지도 자지도 못했어요. 저들한텐 돈이 없다고요!"

나는 이 중 어떤 것도 생각하지 못했다.

"저 사람들이 장례를 치르기 위해 부인의 시신을 먼 마을의 집까지 어떻게 옮길지 생각해봐야 하지 않겠어요?" 나는 아무 말도 못 한 채 그저 로사 부인의 지시를 들었다.

"얼른 나가서 예방접종 차량이 떠나기 전에 세우세요. 그리고 운전사한테 두 남자를 집까지 데려다주라고 말하세요. 죽은 여인과 아기도요. 안 그러면 저 마을의 다른 임신부가 문제가 있을 때 병원을 찾기까지 10년은 걸릴 거예요. 서둘러요! 차가 짐을 꾸리고 떠날 준비를 하고 있어요."

평생 수도 없이 그랬듯 나는 다른 사람이 한 일로 칭찬을 받았다. 그곳에 선 채 마을 사람들을 마주 보며 나는 로사 부인의 무한한 지혜를 떠올렸다.

로사는 그들에게 처음으로 가난을 넘어선 삶이 어떤 것인지 알게 해주었다. 그들은 난생처음 보건 의료와 구급차가 평범한 인생의 일부가 되는 것이 무엇을 의미하는지 알 기회를 얻었다.

◌ଵ

마침내 콜레라 발생을 통제했을 때 나는 나칼라의 직장으로 돌아왔다. 곧 스웨덴에 있는 내 가족에게 갈 날이 왔다. 나칼라의 우리 집에서 국제전화를 거는 것은 불가능했다. 시내 중심가에 있는 전화국에서 수도 마푸토로 전화하는 것조차 쉬운 일이 아니었다. 스웨덴 소식을 들은 건 마푸토에 내렸을 때였다. 몹시 충격적인 소식이었다. 우리 딸이 태어난 지 몇 시간 만에 죽었다고 했다. 선천적 기형이었다. 앙네타는 응급 제왕절개 수술 후 심각한 합병증으로 병원에 있었다.

나는 다음 날 스웨덴으로 가는 비행기에 올랐다. 파리의 공항에서 마침내 앙네타와 통화할 수 있었고, 그날 늦게 웁살라 병원에 도착해 그녀의 침상 곁을 지켰다. 비극 앞에서 감정이 북받치는 와중에도 병동 안의 모든 것이 깨끗하다는 데 얼마나 깊은 인상을 받았는지 기억난다. 침대의 스테인리스스틸관이 얼마나 반짝거리던지. 바닥에는 금 간 곳이 전혀 없고, 시트는 찢어진 데도 기운 데도 없었다. 공기에서 나쁜 냄새도 나지 않았다. 내가 앙네타를 안고 입맞춤한 후 함께 흐느껴 우는 동안 나를 사로잡은 강렬한 감정 중 하나는 우리가 얼마나 운이 좋은가 하는 것이었다. 아기는 죽었지만 앙네타는 살아 있었다. 만일 그녀가 모잠비크에서 출산했다면 출산에 따른 합병증으로 무사하지 못했을 것이다. 우리는 비행기를 탈 돈이 있었고, 세계 최고 수준의 보건 의료를 누릴 권리와 특권이 주어지는 나라에서 태어났다.

다음 날 앙네타는 침대에서 일어나도 좋다는 허락을 받았다. 우리는 병원 뒤편의 영안실로 가서 죽은 딸과 함께 한 시간을 보냈다. 그러고 나서 아이를 화장해 유골을 도시 변두리의 한 공동묘지에 마련된 가족 묘소에 묻었다. 앙네타와 나 둘만 갔고, 우리는 어느 때보다 가까워진 느낌이었다. 그 병원에서 우리는 모잠비크 생활과는 멀리 떨어져 있었지만, 딸의 무덤 앞에 섰을 때 어린 자식을 잃고 우리만큼 깊은 슬픔에 빠졌던 모잠비크의 많은 부모에게 깊은 연민을 느꼈다.

나칼라로 돌아온 우리는 위로의 온도에 차이를 느꼈다. 스웨덴에는 아이를 잃는 젊은 부부가 드물었다. 스웨덴에서 주변 사람들은 우리에게 어떻게 다가와야 할지, 우리를 어떻게 위로해야 할지 잘 모르는 듯했다. 하지만 모잠비크에서는 이웃과 동료 대부분이 비슷한 상실을 경험했고, 위로를 건네는 그들만의 전통적 방식이 있었다. 그들은 나칼라의 직장으로 돌아온 우리를 감사와 큰 동정으로 맞아주었다.

4

의료에서
연구로

나칼라에 계신 의사 선생님께. 즉시 이곳으로 와주세요. 지난 며칠 동안 여성과 어린이 30명이 다리 마비 증세로 입원했습니다. 소아마비일까요? 카바Cava 보건소에서 루치아 수녀.

1981년 8월 어느 아침, 나는 이 편지를 받았다. 오래된 영화표 뒷면에 휘갈겨 쓴 것이었다. 루치아 수녀는 카바라는 외딴 지역 보건소에 본부를 둔 작은 가톨릭 선교 단체에서 일했다. 지금까지 모잠비크에서 일하는 동안 나는 기존 의학 지식의 기본 원리를 적용하고 실행하는 것 이상의 필요를 느끼지 못했다. 루치아 수녀의 편지가 그런 나를 변화시켰다.

그녀는 매우 존경받는 이탈리아 출신 간호사이자 수녀로, 카바에서 다른 두 명의 수녀와 함께 20여 년을 일해왔다. 카바 주변 전 지역에 널리 알려진 루치아 수녀는 여성들이 칭찬하고 남성들이 존경하는 인물이었다. 무엇보다도 250cc 오토바이를 타고 다니는 것과 도움을 요청하지 않는 것으로 유명했다. 그래서 나는 그녀의 우려가 뭔가 특별한 일 때문임이 틀림없다고 느꼈다.

다음 날 우리는 지프에 의료진, 의학 서적, 의료 장비를 가득 실었다. 모랫길을 따라 하루 종일 운전한 후 해 질 녘에야 그곳에 도착했다. 루치아 수녀가 우리를 맞이하기 위해 사무실 밖으로 나와 있었는데, 나는 모잠비크 의료진이 그녀를 '마마 루치아'라고 부른다는 사실을 곧바로 알아차렸다.

나는 당연히 도착 즉시 환자를 보려고 했다. 하지만 루치아 수녀는 내 말대로 하지 않았다. 그녀는 그곳 책임자로서 지금은 잠을 자야 할 시간이므로 오늘은 더 이상 환자를 보지 않을 거라고 말하며, 우리를 소박하지만 깨끗한 손님방으로 데려갔다. 내 방 창으로 보건소가 내다보였다. 베란다에 펼쳐놓은 짚더미 위에서 잠을 자고 있는 마비된 여성들과 아이들이 달빛 아래 어렴풋이 보였다. 그날 밤 내 꿈에는 수백 명의 마비된 사람들이 나왔다.

나는 문 두드리는 소리에 잠이 깼다. 우리는 기도하고, 아침을 먹었다. 루치아 수녀는 우리한테 8시 정각에 환자를 보기 시작할 거라고 말했다.

환자들은 모두 똑같은 이야기를 했다. 갑자기 두 다리를 못 쓰게 되었다는 것이었다. 통증도, 열도, 그 밖의 다른 증상도 없었다. 모두가 지난 몇 주 동안 증세가 나타났고, 대부분은 지난주에 발병했다. 다리에 감각은 여전히 있었다. 적어도 내가 이곳저곳 촉진하는 것을 느낄 수 있었다. 그들 중 일부는 기댈 것이 있으면 일어설 수 있었지만, 곧 두 다리에 경련(발작과 연축)을 일으켰다. 소아마비는 확실히 아니었다. 하지만 소아마비가 아니라면 뭐란 말인가? 관찰한 증상은 두꺼운 신경의학

교과서에 기술된 어떤 질병과도 일치하지 않았다.

내가 조사를 계속하는 동안 같은 증상을 보이는 더 많은 사람이 인근 마을들에서 왔다. 갈수록 이상하다는 느낌이 들었다. 그때 한 가지 생각이 뇌리를 스쳤다. 바이러스일 수도 있었다. 혹시 감염이 아닐까? 생각이 꼬리에 꼬리를 물며 파도처럼 나를 덮쳤다. 나는 두려웠다. 혹시 나도 감염되는 건 아닐까? 그게 뭐든 이미 감염되었으면 어쩌지?

내 마음은 두려움의 볼모가 되었다. 그 밖에는 아무 생각도 할 수 없었다. 환자들의 반사 반응을 확인하려 했지만 집중할 수 없었다. 관찰한 것을 적으려고 하면 기억이 나지 않아 다시 해야 했다.

오후 내내 내 머릿속에 의문이 밀려왔다. 왜 내가 여기 있지? 이건 계약에 없는 일이다. 이 정도 규모의 긴급 상황에 대처하려면 우리가 이용할 수 있는 것과는 아주 다른 도구가 필요하다. 혹시 이것이 완전히 새로운 유형의 유행병은 아닐까? 분명 이 문제에 나보다 더 잘 대처할 수 있는 사람이 어딘가에 있지 않을까? 비행기를 타고 올 수 있는 누군가가?

나는 남아프리카공화국 잠수함이 카바 근해에 떠올랐다는 소식을 들었다. 절망적인 아파르트헤이트 정권이 생물학 무기로 우리를 공격했을까? 환자들에 대한 조사를 계속했지만 나도 마비될 수 있다는 두려움, 어쩌면 죽을 수도 있다는 두려움이 나를 큰 소리로 질책하고 있었다.

'여기서 나가!' 내 두려움이 말했다. '본 것을 보고만 하고 넌 뒤로 빠져. 이 문제를 조사하는 위험을 감수하는 건 전문가한테 맡겨.'

머릿속에서 격렬한 논쟁이 멈추지 않았다.

'아니, 여기 있어. 지금 당장 최대한 많은 정보를 수집하는 것이 네 직업적 의무야. 이 유행병이 멈추느냐 마느냐는 오늘 네가 하는 일에 달렸어.'

'이봐, 난 외국인 의사야. 난 여기에 진료하러 왔지, 위험한 데다 감염병일지도 모르는 미지의 질병에 나 자신을 노출시키겠다고 서명하지 않았어. 미안하지만 그게 요점이야. 난 인권 단체를 위해 일하는 게 아니라, 지역 보건 시스템에 임시로 고용된 의사야. 계약대로 해.'

나는 두려움을 억누르고자 안간힘을 썼다. 내적 논쟁이 점점 극으로 치닫고 있을 때 루치아 수녀가 점심을 먹으라며 나를 안으로 불렀다.

"점심 먹을 시간이 없어요." 나는 무례하게 대답했다.

수녀는 거절을 용납하지 않고 엉덩이에 손을 짚은 채 가슴을 펴고 똑바로 섰다.

"아뇨. 있어요." 루치아 수녀가 완강하게 말했다. "시간이 있어요. 이곳 카바에서는 무슨 일이 있어도 12시 정각이 되면 함께 모여 기도하고 식사를 해요. 그러지 않았다면 우리는 20년이란 시간을 버티지 못했을 거예요. 모잠비크에서 일한 지 열마나 되었죠?"

"2년 가까이 되었습니다." 내가 우물거렸다.

"그러면 아직 초보군요. 내가 말한 대로 하세요."

루치아 수녀의 뭔가가 나를 복종하게끔 만들었다. 수녀의 표정은 꿋꿋하고 진지했다. 그녀는 웃는 법도 없고 지쳐 보이는 법도 없었다. 루치아 수녀가 대장이었다. 뭘 해야 할지 결정하는 건 나일지 모르지만 어떻게 할지 결정하는 건 그녀였다.

나는 시키는 대로 흰 가운을 벗고 손을 씻었다. 깨끗한 타월과 깨끗한 접시에 담긴 비누 그리고 물 양동이가 대야 옆에 놓여 있었다. 루치아 수녀가 대야에 물을 부었다. 그녀는 이렇듯 항상 주변의 질서를 바로잡았다.

12시 정각에 나는 수녀 세 명과 함께 점심을 먹기 위해 식탁 앞에 앉았다. 루치아 수녀의 긴 기도를 들으니 마음이 편해졌다. 그녀는 내가 온 것에 대해 신께 감사했다. 나는 신의 존재는 느끼지 못했지만 세 수녀의 평온한 모습을 보며 존경심이 우러났다. 나도 그 평온함에 물들기 시작했다. 그날 수녀들과 첫 점심을 나누며 나는 휴식의 가치를 이해했다. 때때로 성찰의 시간을 갖는 건 중요하다. 어쩌면 산책할 시간도.

모잠비크에서 지내는 몇 년 동안 체중이 줄었다. 나는 그곳에서 균형 잡힌 생활 리듬을 유지할 수 없었다. 하지만 루치아 수녀는 그걸 해냈다. 그녀는 온전한 그녀 자신, 자기 삶의 선택에 어떤 의심도 없이 보이는 완전하고도 확고한 사람이었다.

그녀는 결정을 내렸고, 이제 만족했다.

수녀들은 카바와 그 주변에 사는 한 세대 사람들에게 교육과 보건 의료를 제공해왔다. 수녀들은 긴 독립전쟁을 견뎠고, 독립 후 어려운 시기에도 제자리를 지켰다. 마쿠아어를 유창하게 구사하는 루치아 수녀는 21년 동안 고국 이탈리아에 딱한 번 다녀왔다. 그리고 현재 끔찍한 유행병이 코앞에서 퍼지고 있는데도 수녀들은 위엄과 끈기로 자신의 일을 계속했다. 그들은 다리가 마비된 사람들을 위해 지팡이를 만드는 등 매우 실용적인 생각을 했다.

루치아 수녀가 기도하는 조용한 순간, 내 책임감이 두려움을 이겼다. 나는 나 자신에게 물었다. 그저 지나가는 사람일 뿐이고 증거를 믿는 무신론자인 나, 그런 나는 대체 어떤 사람이기에 두 시간 만에 겁을 집어먹고 내빼겠다는 거지? 이 여성들이 이곳에서 20년 동안 버틸 수 있는 끈기를 가지고 있다면, 나도 이틀쯤은 버틸 용기를 낼 수 있지 않을까? 루치아 수녀가 "아멘"이라고 말한 바로 그 순간, 나는 이 암울한 병의 원인을 찾을 때까지 여기 남아 발병에 대해 조사하기로 결심했다.

이후 며칠 동안 환자들이 대부분 가족의 부축을 받으며 수녀들의 진료소에 속속 도착했다. 주별 유행 추이를 검토했을 때 나는 다시 겁이 덜컥 났다. 신규 사례 수가 매주 두 배씩 증가하고 있었기 때문이다. 하지만 꼭 생물학 전쟁이라고 볼 이유는 없었다. 1981년에 가뭄이 들었다. 사람들은 야생식물을

루치아 수녀(오른쪽).

먹기 시작할 정도로 배가 고팠다. 혹시 영양부족과 자연 발생적인 독의 결합이 마비를 일으켰을까?

나는 나칼라로 돌아와 앙네타와 이 상황을 의논했다. 점점 더 많은 마을에서 신규 사례 보고가 들어오고 있었다. 우리는 신속하게 두 가지 결정을 내렸다. 광범위한 조사를 이끌어야 하는 나와 달리, 아내와 아이들은 매우 위험한 바이러스일지도 모르는 것과 접촉할 위험을 감수할 의무가 없었다. 그들은 남풀라에서 친구들과 함께 지내기로 했다.

우리의 의견이 일치해서 정말 다행이었다. 만일 식구들이 이곳에 함께 머물렀다면 나는 견딜 수 없는 불안에 끊임없이 시달리느라 일을 제대로 해내지 못했을지도 모른다. 앙네타가 아이들에게 정말 즐거운 시간을 보낼 거라고 설명한 후, 우리는 한 달간 머물 것을 염두에 두고 함께 짐을 싸서 차에 실었다. 앙네타는 아이들에게 좋아하는 장난감을 챙기라고 말했다. 차가 떠날 때 식구들이 내게 손을 흔들었다. 나는 앙네타의 침착함에 감탄했고, 덕분에 안도감을 느꼈다. 차가 모퉁이를 돌아 시야를 벗어났을 때, 나는 더 이상 아이들이 감염될 걱정은 할 필요가 없었다.

∽

새로운 형태의 질병을 조사하는 방법은 원리상 복잡할 게 없다. 먼저 환자가 그 병에 걸린 게 맞는지 간단한 검진을 통해 판단할 수 있도록 증상을 정의한다. 우리가 알아낸 증상은 단순했다. 양쪽 하지에 갑자기 경련성 마비가 시작되고, 무릎 아래와 발뒤꿈치 힘줄을 톡톡 치면 다리와 발이 움찔했다. 다른 검사들은 모두 정상으로 나왔다. 피부 민감도는 변화가 없었고, 다른 신경학적 결손이라든지 결핵처럼 척추에 영향을 미치는 병의 징후도 없었다.

다음 단계는 최대한 많은 사람을 조사에 포함시키는 것이다. 앞으로 몇 주 동안 우리 목표는 이곳 행정구역과 이웃한 두 개 구역에서 약 50만 명을 검진하는 것이었다. 비록 세계에서 가장 가난한 지역 중 한 곳이긴 했지만, 우리는 이 일이 그리 어렵

목발을 짚은 카바의 환자들.

지는 않을 거라고 예상했다. 먼저 25개 주요 마을의 장로들을 찾아가서 지난 우기 이후 걷는 데 문제가 생긴 사람이 있는 마을 하나당 400~500가구를 방문하는 것에 동의를 받았다.

어떤 종류의 보행 곤란이 우리의 진단 기준에 맞는지 알아내는 일은 더 어려웠다. 우리는 현지어를 할 줄 아는 실력 좋은 간호사들을 선발해 신경학적 검사 방법을 가르쳤다. 그들은 검사 결과를 간단한 서식에 입력했고, 매일 밤 우리 의사들 중 한 명과 환자의 사례를 검토했다. 그 결과 우리의 작은 '전쟁 상황실' 벽에 붙여둔 지도에 유행병 확산 그래프를 그릴 수 있었다.

최대 난관은 환자의 연령과 발병 날짜를 알아내는 것이었는데, 왜냐하면 이곳 사람들은 달력을 사용하지 않았기 때문이다. 간호사들은 시간을 가늠하는 현지 방식에 차츰 익숙해졌다.

하지만 거의 넘을 수 없는 난관이 있었다. 간호사들을 시골로 실어 갔다가 다시 데려오기 위해 필요한 오토바이와 엔진 연료를 구하는 문제였다. 우리는 주 당국자들에게 자동차 두 대와 연료를 가득 채운 오토바이 10여 대를 보내달라고 했다. 또한 의사 두 명, 간호사 열 명, 그리고 신경학 전문가와 식물 독 전문가도 요청했다. 그리고 우리가 유행병 발생을 조사하는 동안 병원 진료소에서 우리를 대체할 임시 인력도 필요했다.

보건부의 줄리 클리프Julie Cliff가 어느 날 저녁 주州 보건국장에게 우리의 요구 사항을 전달하고 보건 당국과 제네바에 있는 세계보건기구에 발병 사실을 알리기 위해 길을 떠났다. 안데르스 몰린과 나는 직원들과 함께 무작정 기다릴 뿐, 필요한 도움이 금방 도착할 거라고는 기대하지 않았다.

∼

어느 이른 아침 나는 사무실에 혼자 있었다. 이 방은 어느 모로나 생물학전일지도 모르는 사건의 발생을 긴급 조사하는 본부로는 보이지 않았다. 나는 회색 페인트가 칠해진 내 작은 철제 책상 위로 몸을 반으로 접다시피 구부렸다. 바닥에는 갈색 리놀륨이 깔려 있었다. 창문 격자를 통해 내다보이는 모랫길로 사람들이 계속 지나갔다. 병원 진료소 앞의 줄은 점점 늘어났고, 그 줄에 와서 서는 사람은 대부분 어린아이를 동반한 여성이었다.

나칼라의 이 작은 병원은 보건 행정 사무실이 입주한 건물 옆에 있었다. 사무실이라고 거창하게 표현했지만, 한방에서 빅터Victor와 비서 그리고 나 셋이 일하는 곳일 뿐이었다. 빅터는 식민지 시대에 타이피스트로 일하다가 독립 후 지역 보건청의 행정 책임자로 승진했다.

그날 아침 나는 빅터와 비서에게 조사에 필요한 기초 서식을 작성해달라고 요청했다. 수백 장이 필요했지만 물론 복사기는 없었다. 빅터는 한 장의 원본과 먹지로 뜬 복사본 세 장을 이용하면 한 장 가격으로 네 장을 얻을 수 있다고 계산했다.

이 불길한 유행성 마비를 조사하기 위한 준비는 매우 실용적인 것들이었다. 우리는 서식뿐 아니라, 각 행정구역의 지도와 사례 정보가 매일 업데이트되는 발생 현황 그래프를 붙일 벽 공간이 필요했다. 나는 네 벽 중 한 곳에 붙일 큰 판지 몇 장을 구할 수 있었다. 이 프로젝트 전체가 매우 불안했던 터라 가시적인 어떤 일을 하는 게 도움이 되었다. 이 일은 나 혼자서 생각할 기회를 주었다.

이 계획이 과연 잘될까? 필요한 오토바이가 도착하기까지 몇 주, 아니 몇 달이 걸릴까? 빅터는 주 전체에 판매용 오토바이가 한 대도 없다고 말해주었다. 주 보건 당국이 할 수 있는 일은 다른 행정구역에서 오토바이를 징발해 우리에게 제공하는 것뿐이었는데, 이것이 오토바이 소유자들을 화나게 만들었다. 바로 그 일이 일어난 날 아침, 나는 나칼라시에 있는 행정구역장에게 상황을 설명하고 있었다. 그는 내가 제안하는 방식으로 유행병을 조사하는 건 결코 좋은 생각이 아니라고 말했다.

"당신 직원들이 이 망할 놈의 병을 시내로 옮기면 어떡합니까? 피해 마을들을 고립시키고 유행이 멈출 때까지 기다리는 게 낫습니다."

그는 유행병에 대한 소문이 이미 퍼지고 있으며, 사람들이 두려워하기 시작했다고 덧붙였다. 그래서 남폴라에 있는 주지사를 찾아가 강압적 수단을 동원해서라도 피해 지역을 격리할 필요가 있다고 설득할 작정이었다. 그에게는 지역 주민의 복지보다 자신의 정치적 앞날이 더 중요했다.

나는 벽에 판지를 붙이는 동안 스트레스가 점점 더 심해져 갔다. 갓 독립한 모잠비크공화국에는 우리에게 충분한 오토바이를 조달해줄 현명하고 강한 지도자가 없는 것 같았다.

하지만 불과 몇 분 후 내가 틀렸다는 게 밝혀졌다.

자동차 브레이크를 밟는 날카로운 소리가 내 주의를 끌었다. 먼지가 가라앉았을 때 나칼라 경찰청 소유의 트럭이 보였다. 트럭에는 오토바이가 가득 실려 있었다. 경찰 두 명이 뛰어내리더니 오토바이를 내리기 시작했다. 믿을 수가 없었다. 보통 고장 난 오토바이 부품 하나를 구하는 데도 몇 주에서 몇 달을 기다려야 했다. 그때 나는 그것들이 공공 보건 서비스 소속의 흰색 오토바이가 아니라는 걸 알았다. 경찰들이 트럭에서 내리고 있는 오토바이는 각양각색에 대체로 낡은 것들이었다. 나는 미심쩍은 마음에 밖으로 나가 어떻게 이 많은 오토바이를 그렇게 짧은 시간에 구했는지 물었다. 한 젊은 경찰관이 어깨를 으쓱해 보이며 말했다.

"주지사가 명령을 내렸습니다. 긴급 상황이 발생해 선생님에게 오토바이가 필요하다고요. 10대쯤 필요한 거 맞습니까?"

"네, 맞아요. 그런데 어떻게 구했어요?"

"쓸 수 있는 오토바이는 모두 길에 있어요." 그가 말했다. "우리는 그 오토바이들을 불러 세울 수 있고, 그래서 그렇게 했습니다. 국유화했다고나 할까요. 주지사의 명령이니 별 수 없죠." 경찰들은 계속해서 오토바이를 내렸다. 나는 그들이 등에 칼라시니코프 소총을 메고 있는 것을 보았다.

빅터와 나는 이제 어떻게 할 것인지 논의했다. 나칼라에서 태어난 빅터는 그 오토바이들을 알아보았고, 누구 것인지도 알았다. 우리는 조만간 주인들이 오토바이를 찾으러 올 거라고 생각했다.

그들은 생각보다 더 빨리 왔다. 잠시 후 악에 받쳐 소리를 지르는 사람들의 목소리가 쩌렁쩌렁 울려 퍼졌다. 한 무리의 남자들이 길을 따라 병원으로 달려와 경찰 트럭 반대편에 멈춰 섰다. 경찰이 내게 부지런히 전달하고 있는 오토바이의 소유자들임이 분명했다. 권위주의 정권은 효율적일 수 있지만, 통치자의 미봉적 조치는 조화로운 일상에는 도움이 되지 않기 십상이다.

나는 그 남자들과 오토바이 사이에 서서 먼저 그들을 안심시켰다.

"여러분은 오늘 중으로 오토바이를 돌려받을 겁니다."

포르투갈어를 유창하게 하는 한 남자가 내게 자초지종을 설명해도 되겠느냐고 정중하게 물었다. 그들이 출근하는 길에 무장 경찰이 총을 들이대며 오토바이를 세웠다는 것이다. 그러고는 오토바이를 빼앗아 경찰 트럭에 실었다고 했다. 이유를 물은 오토바이 주인들은, 의사에게 운송 수단이 필요하니 이의 있으면 의사한테 가서 얘기하라는 말을 들었다.

오토바이는 이 사람들에게 필수적인 노동수단이었다. 그들의 소득과 저축은 물론 그들이 가진 모든 것이 오토바이에서 나왔다. 오토바이를 빼앗기는 건 예삿일이 아니었다. 나칼라에는 오토바이를 가진 사람이 40명이었는데, 우리가 그중 4분의 1을 빼앗은 것이었다.

"지금부터 내 말을 잘 듣고 내가 부탁하는 대로 해주세요." 내가 말했다. "지금 유행병이 퍼지고 있는데, 곧 여러분에게까지 닥칠 겁니다."

그들은 모두 유행병에 대해 들은 적이 있었다.

"저는 그 유행병을 멈춰야 하는 책임을 맡고 있어요. 경찰이 한 말은 사실이에요. 오토바이가 필요해요. 하지만 경찰이 여러분의 오토바이를 빼앗아 올 줄은 몰랐어요. 오늘은 오토바이를 찾아가고, 내일 다시 오토바이를 가지고 병원으로 오세요. 우리 간호사들을 태우고 시골로 가야 해요. 각자 자신의 오토바이를 몰 거고, 간호사들이 뒤에 탈 거예요."

그들에게 가장 두려운 일은 오토바이를 빼앗기는 것이었다. 그럴 일은 없다는 걸 그들이 이해했을 때 협상을 시작할 수 있었다.

"그럼 직장은 어떻게 합니까?"

나는 유급 휴가가 주어질 테니 자기 소유의 오토바이를 운전해주기만 하면 된다고 말했다.

"그러면 오토바이 마모는요?"

"엔진오일을 드릴 겁니다."

내가 타협할 수 없는 부분은 유행병 조사에 오토바이를 사용하는 것이었다. 그들이 타협할 수 없는 부분은 주인 외에는 아무도 오토바이를 운전하지 않는 것과 주인이 매일 밤 오토바이를 집에 가져가는 것이었다.

협상의 나머지 부분을 타결하기까지 두 시간이 좀 넘게 걸렸다. 이후 몇 주에 걸쳐 오토바이 주인들이 매일 아침 병원 사무실로 와서 간호사를 뒤에 태우고 먼 시골 마을로 출발했다. 나는 오토바이 주인들에게 임금을 계속 주도록 그들의 직장 상사들을 설득했다. 보건부는 오토바이 주인에게 '감사의 표시'로 엔진오일을 매주 1리터씩 주었다. 모잠비크의 계획경제에서 엔진오일은 달러와 교환 가능한 통화였지만, 병원에서 쓸 수 있는 것보다 많은 기름이 할당되는 것도 국가 계획의 불가결한 부분이었다. 우리에게 오일이 남은 이유는 물론 우리가 보유한 차량이 항상 국가가 계획한 수에 미달했기 때문이다.

그날 오후, 의사 둘과 새로 자격증을 취득한 간호사 한 무리가 미니버스를 타고 도착했다. 그리고 다음 날 주 보건 당국이 우리에게 차를 보냈다. 어느 사회나 심각한 새로운 병이 유행하면 언론이 떠들어대지 않아도 겁을 먹게 마련이다. 1981년 8월의 이 며칠 동안 우리는 상황을 조사하는 데 필요한 자원을 얻기 위해 두려움을 이용할 수 있었다. 모잠비크 외부에서는 아무런 도움도 받지 못했다. 단 1달러도, 단 한 명의 전문가도. 나중에 알았는데, 우리에게 필요한 것을 제공하기 위해 자신의 권력으로 할 수 있는 모든 일을 한 사람은 보건부 장관 파스콜 모쿰비Pascoal Mocumbi 박사였다.

각 마을 지도자들은 걷는 데 문제가 있는 사람을 모두 불러모았다. 간호사들이 한 사람씩 검진했고, 의사가 그 결과를 검토했다. 지도와 판지로 뒤덮인 내 사무실 벽에 데이터가 쌓이기 시작했다. 조사가 진행되고 있었다.

모든 확진 사례가 데이터 세트에 입력되었다. 간호사들은 오토바이 진료를 마치고 돌아오면 곧장 내 사무실의 그래프와

지도 앞에서 그날의 결과를 보고했다. 대규모 조사팀은 현지 지도자들의 도움을 받아 6주 만에 50만 명을 검진한 끝에 총 1,102건의 마비 사례를 찾아냈다. 게시판에 표시된 정보에서 두 가지 분명한 패턴이 나타났다.

각 사례마다 우리는 증상이 나타난 날이 언제인지 신중하게 판단했고, 그 결과 시간에 따른 유행의 추이를 알 수 있었다. 유행은 8월 말에 정점을 찍은 후 9월 동안 감소했으며, 10월에는 신규 사례가 극소수로 줄었다.

지리적으로는 해안에서 약 10~40킬로미터 떨어진 내륙의 농업 지역에 국한되어 발생했다. 나칼라시나 반도시인 각 행정구역의 수도에서는 단 한 건의 사례도 없었다. 피해 지역은 북쪽 해안선을 따라 형성된 어촌과 강우량이 많은 비옥한 고지대 사이에 있었다. 실제로 이 병이 발생한 지역은 원래도 여름부터 초가을까지 비가 적게 오지만 올해는 비가 전혀 오지 않았다. 가뭄으로 옥수수, 땅콩, 콩이 죽었다. 수확할 만한 식물은 한 종류뿐이었고, 그것이 사람들을 기아에서 구해냈다. 바로 아프리카 남부의 많은 지역에서 주식으로 먹는 카사바였다.

성별과 연령이 중요한 요인이라는 것도 차츰 분명해졌다. 이 병은 특히 어린이가 잘 걸렸지만, 2세 이하에서는 나타나지 않았다. 성인 중에서는 주로 여성이 걸렸다.

유행병을 조사할 때 숫자를 집계하고 분석하는 것은 일의 절반에 불과하다. 가장 시급한 일은 그 병이 감염성인지 아닌지 확인하는 것이다. 우리는 나칼라에서 발생한 단 하나의 사례도 놓치지 않기 위해 할 수 있는 모든 방법을 동원했다. 나는 교외에 떠도는 소문을 수집하기 위해 평상복을 입은 직원을 파견했지만, 그들은 단 한 사례에 대한 증거도 찾을 수 없었다. 3주 후 우리는 이 병이 사람 간 접촉으로 전염되는 질환이 아니라고 결론 내릴 수 있었다. 왜냐하면 발병 지역에 사는 많은 사람이 도시의 친척을 방문했고, 도시 사람들도 6~8월에 시골에 가서 머물렀지만 아무도 그 병에 걸리지 않았기 때문이다.

나는 우리가 다루고 있는 병이 감염성 질환이 아니라는 사실에 점점 더 확신을 얻어가고 있었다. 어느 날 저녁, 나는 내 사무실 철제 책상 앞에 앉아 있었다. 조금 전 마지막 간호사들이 돌아와 그날 보고를 했고, 사무실 벽의 지도와 그래프에 데이터가 추가되었다. 우리는 시내 보건소들의 기록을 꼼꼼히 훑어보았지만 단 하나의 사례도 찾을 수 없었다.

판지가 붙은 벽을 쳐다보고 있던 나는 갑자기 이런 생각이 들었다.

'한스, 이제 수색을 멈출 때가 되었어. 바로 여기 결정적 증거가 있잖아. 앞에 있는 증거를 보면 한 사람에게서 다음 사람에게로 전파되는 질병과는 맞지 않아. 답이 뻔히 보이잖아.'

발병 지역은 가뭄 지역과 일치했다. 마비는 영양실조와 어떤 관련 독소가 합쳐진 결과일 가능성이 높았다. 그것은 발병 지역에 사는 사람들한테서만 찾을 수 있는 조합이었다.

개인적으로 이 결론은 매우 중요했다. 그것은 내가 마비에 걸릴 위험이 없다는 뜻이었기 때문이다. 해방감이 느껴졌다. 그날 저녁 나는 지도 앞에 앉아서 앙네타에게 편지를 썼다. 그동안에도 계속 소식을 전했기 때문에 내가 어떻게 결론에 도달했는지 설명하기만 하면 되었다. 확신이 꽤 있었다. 나는 일단 어떤 문제를 철저히 검토해 답을 알아내고 나면 그것을 믿는다. 감염 위험이 없으므로 이제 앙네타와 아이들이 집으로 돌아올 수 있었다.

가족이 도착했을 때 우리는 서로 오랫동안 포옹했다. 나는 가족을 집에 데려오는 것이 옳은 일인지 조금도 의문을 품지 않은 채 함께 먹고 함께 잤다. 다시 가족과 지내면서 안데르스뿐 아니라 앙네타와도 조사에 대해 의논할 수 있어 일이 더 수월해졌다.

우리는 마비가 사람 간 전염으로 발생하지 않는다는 사실을 입증했지만, 여전히 원인을 규명하지 못했다. 원인을 알아내기 위해서는 탐정 수사가 필요했고, 나는 온전히 이 일에 전념했다. 여기에 집중하느라 다른 모든 일을 제쳐놓았지만, 그래도 하루하루는 평온하고 질서 있게 굴러갔다. 병원 일은 남풀라 주립 병원에서 빌려온 의사, 간호사들과 함께 안데르스가 맡아서 운영했다. 하루하루가 체계적이고, 단조롭고, 미치도록 신났다. 스트레스는 전혀 없었다. 내게는 생각할 시간이 있었다. 데이터 지도를 채우며 전체 그림이 점점 더 명확해지는 것을 보는 건 흥분되는 일이었다.

가장 유력한 용의자는 가뭄이었다. 발병은 여름에 비가 전혀 오지 않은 시기 및 장소와 일치했다. 우리는 숫자를 분석하는 것에 더해, 사람들이 무얼 먹었고 그들의 식품 섭취가 예년과 달랐는지 알아보기 위해 시골로 갔다.

그들의 주요 작물이자 주요 식품 공급원은 쓴 유형의 카사바 뿌리였다. 쓴맛이 나는 이유는 씁쓸한 아몬드와 마찬가지로 시안화물을 형성할 수 있는 천연 성분의 함량이 높은 탓이다. 이 독성 성분은 뿌리를 햇빛에 널어 몇 주에 걸쳐 천천히 말리면 대개 불활성화한다. 그런 다음 뿌리를 갈아 걸쭉한 죽으로 만든다. 해독 과정에 대한 여성들의 지식은 가장 흔한 세 종류의 도둑인 원숭이, 멧돼지, 배고픈 남자들로부터 카사바 밭을 지키는 보이지 않는 자물쇠 역할을 한다.

굶주린 사람에게 식습관에 대한 설문지를 작성해달라고 요청하는 게 얼마나 무의미한 일인지 깨닫는 데는 오래 걸리지 않았다. 그래서 나는 재빨리 인류학자로 변신했고, 앙네타가 내 조사를 도왔다. 몇몇 가족으로부터 신뢰를 얻은 다음 훌륭하고 친절한 통역사를 동반하고 각 가족과 차례로 생활하는 것은 개인의 습관과 믿음을 이해하는 가장 효과적인 방법이다.

우리는 같은 이야기를 반복해서 들었다. "뿌리가 원래 쓴데 건기에는 훨씬 더 써요. 그래서 우리는 비가 오기를 바라면서 뿌리를 땅에 가능한 한 오래 내버려두고 더 크게 자랄 시간을 주었죠. 하지만 남편이 일자리를 구하러 시내에 갔다가 먹을거리를 좀 사왔는데도 먹을 게 곧 떨어졌어요. 그래서 카사바를 몇 개 뽑아 속성으로 독을 제거했죠. 갓 뽑은 뿌리를 잘게 부숴 햇빛에 반나절 널어 말린 다음 좀 더 쨌어요. 이튿째 되는 날, 그걸 갈아서 아이들에게 죽을 만들어주었어요."

검진을 수천 번 하는 동안 어떤 환자도 언급하지 않은 생활방식이 대화를 나누는 가운데 드러났다. 우리는 병원에서 수십 년을 일해도 알지 못했을 자급자족 농업의 현실을 비로소 알게 되었다.

그 여성들이 우리에게 필요한 설명을 제공할 수 있었으므로 우리는 그들과 신뢰 관계를 맺었다. 우리에게 필요한 정보는 "집에 먹을 게 없고, 돈도 없고, 밭에서 뽑을 농작물도 없다면 어떻게 하는가?"였다.

"그럴 때는 일손이 필요한 가족을 찾아갑니다. 나무 그늘에 앉아 땅을 보고 있으면 그 사람들이 무슨 뜻인지 알고 내게 와서 카사바 뿌리를 뽑는 걸 돕고 싶은지 물어요."

여성 중 한 명은 이것이 시골의 전통, 즉 현지 문화에 뿌리 내린 일종의 사회복지 시스템이라고 설명했다. 일을 구하는 사람에게 그곳의 모든 카사바 뿌리를 수확할 수 있는 밭의 구역을 보여준다. 그 사람은 수확한 뿌리를 그 집 앞마당으로 가져가 껍질을 벗기고 머리와 꼬리를 쳐낸 후 중간 토막을 반으로 갈라 햇빛에 널어 말린다.

일을 해준 여성은 임금을 현물로 받는 것이 전통이었다. 뿌리에서 잘라낸 머리와 꼬리 부분을 가져갈 수 있는 것이다. 하지만 쳐낸 부분이 너무 크면 '손이 큰 사람'으로 알려진다.

"나는 절대 그렇게 하지 않아요. 그런 욕을 먹으면 창피하니까요. 하지만 올해는 수확을 도울 만큼 충분한 카사바를 기른 집이 거의 없다는 게 문제예요."

모두에게 먹을 것이 돌아가게끔 하는 이 오래된 제도에 대해, 그리고 이 제도가 어떻게 붕괴했는지 설명하는 것을 들으며, 나는 이 유행병을 일으킨 다른 배후 요인이 있지 않나 궁금해지기 시작했다. 하지만 흔히 그렇듯 통찰을 이끌어낸 건 생각이 아니라 임의적 관찰이었다.

나칼라로 돌아왔을 때 나는 사무실 창문을 통해 오토바이 운전자들이 가뭄 지역을 돌고 돌아오는 것을 보았다. 그런데 오토바이 뒤에 간호사만 타고 있는 게 아니라 자루가 묶여 있었다. 내가 그 자루 안에 뭐가 들어 있는지 묻자 그들은 대답을 얼버무렸다. 그때 한 간호사가 내게 햇빛에 말린 카사바 뿌리가 들어 있다고 말했다.

"뭐라고요? 식량이 심각하게 부족한 곳에 다녀오는 길 아닌가요? 그런 마을에서 카사바를 샀다고요? 어떻게 그럴 수 있죠?" 내가 따졌다.

이것은 분명 민감한 문제였지만, 간호사 한 명이 운전자들을 옹호했다.

"가격을 잘 쳐주니까요. 요즘 시내에서 카사바 가루가 얼마나 비싼지 상상도 못 하실 거예요. 가뭄이 들어서요."

이것은 중앙 계획경제의 최악을 보여주는 사례였다. 사회주의 정부는 식품의 민간 거래를 금지했지만, 중앙에서 보유한 재고로는 국민의 필요를 충족시킬 수 없었다. 이를 틈타 성장한 카사바 암시장이 공식·비공식 공급을 흡수하고 있었다.

우리는 마비에 가장 심각한 피해를 입은 마을로 차를 몰고 가서 그곳 사람들이 이웃을 돕는 대신 암시장에서 카사바를 팔고 있는지 알아보기로 했다. 그런 거래는 금지되어 있었기 때문에 이는 민감한 문제였다.

밭에서 일하고 있는 몇몇 가족과 함께 낮을 보낸 후 우리는 좋은 관계를 쌓았다. 하지만 내가 카사바 판매로 화제를 돌리려 할 때마다 그들은 그 이야기를 피했다. 결국 떠나야 할 시간이 되었다. 그런데 우리가 차로 걸어가고 있을 때 어느 집의 가장이 내 손을 잡고 옆으로 끌고 갔다. 전에도 몇 번 있었던 일이다. 정보의 많은 중요한 조각이 내가 막 떠나려 할 때, 때로는 작별 인사를 나눌 때 내게로 오곤 했다.

그 남자가 내 눈을 쳐다보며 말했다. "알고 싶은 게 뭔지 압니다. 선생님은 많은 걸 알고 계신다고만 말씀드리겠습니다. 카사바 판매 여부는 가족끼리만 아는 비밀입니다. 우리는 이것에 대해 누구와도 말하지 않을 겁니다."

그 남자가 한 말에서 그들이 손에 넣을 수 있는 모든 뿌리를 팔았음을 알 수 있었다. 그들 중 누구도 그걸 인정하지 않으려는 건 두 가지 이유 때문이었다. 마르크스주의 정부의 신조에 위배되고, 더 나쁘게는 지역 문화의 규칙을 어기는 일이었기 때문이다.

마침내 비가 왔고, 새로운 마비 사례는 더 이상 나오지 않았다. 우리는 데이터와 1차 결론을 신중하게 작성했다. 신경 손상은 영양실조와 비정상적으로 많은 천연 독소의 섭취가 합쳐진 결과였다. 근본 원인은 가뭄으로 먹을 게 부족한 시기에 식량을 얻을 다른 방법이 없는 것이었다.

우리는 보건부 장관 파스콜 모쿰비 박사에게 5쪽 분량의 보고서를 제출했다. 그는 몇 가지 궁금한 것을 간단히 물었다. 그러고 나서 우리의 노력에 감사를 표하고, 모잠비크에 관한 책에 서명을 해서 건네주었다.

유행병과의 싸움은 보이는 게 다가 아니다. 물론 즉각적이고 과감한 조치는 마땅히 칭찬받아야 한다. 하지만 가장 많은 생명을 구하는 방법은 더 나은 지역사회를 건설하고 관리하는 것이다. 이 일에 들어가는 꾸준하고 끊임없는 노력은 응당 받아야 할 관심을 거의 받지 못한다.

　이 유행병은 나를 그 지역 마을과 가정, 그리고 개인들 곁으로 더 가까이 데려갔다. 그들을 통해 나는 사람들의 생활 방식을 깊이 이해하게 되었고, 한 시스템이 어떻게 붕괴해 기능을 멈추는지 내 눈으로 직접 관찰할 수 있었다. 훗날 나는 한 사회를 극심한 가난에서 건져내려면 반드시 작동해야 하는 다양한 요소를 더 깊이 이해하고자 그런 붕괴한 시스템을 연구했다.

　이 모든 일은 나칼라에서의 계약이 끝나갈 때 일어났다. 그곳에서 일하기로 한 2년이 거의 마무리되어가고 있었다. 우리는 견뎌냈고, 임무를 완수했다.

　그때쯤 나는 탈진 상태였고, 가족도 매우 지쳐 있었다. 그래도 벽에 부딪혔을 때 우리는 포기하지 않고 그것을 뚫고 나갔다. 우리는 암, 아이를 잃은 일, 유행병을 극복했다. 또한 우리는 한 나라를 발전시키는 것이 얼마나 힘든지, 얼마나 오래 걸리는 일인지 제대로 공부했다. 유행병에 대해 아직 답하지 못한 질문들이 있었지만, 그 시점 내 머릿속에는 고국에 돌아가 오직 이 질문들을 연구하며 20년을 보내겠다는 생각은 없었다.

　우리 모두의 머릿속을 가득 채운 생각은 집에 돌아가 쉬는 것뿐이었다.

계획대로 1981년 10월 말, 우리는 직장과 집에서 짐을 쌌다. 많은 어려움이 있었지만 우리는 행복했고 가족으로서 끈끈했다. 하지만 누군가 내게 딱 일주일만 더 머물라고 했다면 나는 울음을 터트렸을 것이다.

우리는 어느덧 일곱 살과 다섯 살이 된 안나와 올라에게 집으로 돌아가기 전에 짧은 휴가를 보내기로 약속했었다. 모잠비크에서는 쉴 시간이 없으리라는 걸 알고, 제네바를 경유해 스웨덴으로 돌아가는 길에 짧은 휴가를 보내기로 결정했다. 제네바에 들러야 한 이유는 유행병을 조사하면서 채취한 혈액과 소변 샘플을 세계보건기구, 곧 WHO의 독물학 부서에 의뢰해 분석해야 했기 때문이다. 모잠비크에는 분석에 필요한 기술이 없었다.

우리는 제네바에서 자동차를 빌렸다. 이렇게 깨끗하고 잘나가는 자동차를 몰고 있다는 사실이 믿기지 않았다. 뒷좌석에는 어린이 시트가 있고 앙네타는 조수석에 앉았다. 우리는 서로를 바라보았다. 시동을 걸자 스피커에서 클래식 음악이 흘러나왔다. 현기증이 났다. 마치 '다른 행성'에 착륙한 기분이었고, 그 모든 것이 낯설었다.

모잠비크에서 가져온 샘플은 티끌 하나 없이 깨끗한 렌트카 뒤에 있는 큰 냉동 박스에 담겨 있었다. 드라이아이스로 온도를 차갑게 유지했지만, 드라이아이스는 곧 증발할 것이라서 나는 샘플부터 전달하고 싶었다. WHO 건물 지하 냉동고에 샘플을 두고 나오자 마침내 책임을 완수했다는 안도감이 밀려왔다. 우리는 만족스러운 마음으로 거대한 WHO 건물을 떠났다.

다음으로 무엇을 해야 할까? 그제야 아이들의 꾀죄죄한 모습이 눈에 들어왔다. 제네바에 오니 우리만 빼고 모두가 멋지게 차려입고 있었다. 여행을 위해 차려입힌다고 입혔는데도 우리 아이들은 마치 벼룩시장에서 건진 넝마를 걸치고 있는 것처럼 보였다.

우리는 아이들 옷을 사러 큰 상점에 갔다. 그날 저녁 아이들은 스톡홀름 알란다 공항으로 우리를 마중 나올 조부모에게 건넬 크리스마스 위시 리스트를 작성했다.

재적응 과정은 빨랐고, 아이들은 적응하기 위해 열심히 노력했다. 우리는 아이들에게 학교에 메고 다닐 책가방을 사주었다. 온 식구가 치과 예약도 했다. 앙네타는 산부인과에 복직했고, 나는 병동으로 복귀했다. 스웨덴에 오니 모든 것이 충격적일 정도로 달랐다. 우리는 허름한 파란색 소형차에 겨울용 새 타이어를 끼웠고, 크리스마스카드용 사진을 찍기 위해 사진관에 예약도 했다. 스웨덴 생활에 다시 젖어들고 있었다.

하지만 얼마 후 모잠비크에서 못다 한 일이 불쑥 생각나기 시작했다. 앙네타는 모성 보건과 가족계획에 대한 안내 책자를 편집하기로 약속했다. 텍스트가 준비되어 우리는 그것을 출력해 마푸토로 부쳤다.

나는 제네바에 들러 전달한 샘플이 아직 분석되지 않았음을 알리는 편지를 받았다. 우리와 함께 스웨덴으로 돌아온 친구이자 동료 안데르스 몰린은 다음 건기에 마비가 다시 유행할까 봐 불안하다고 말했다. 고국 생활에 적응하는 건 쉬웠지만, 나칼라에서의 경험과 아직 내려놓지 못한 책임을 잊기는 불가능했다.

내가 관찰한 마비 증세가 정말로 의학계에 보고되지 않은 새로운 질환이었을까?

1982년 봄 어느 날 아침, 이 연구를 계속하도록 나를 떠미는 사건이 일어났다. 심하게 거동이 불편한 환자가 후딕스발의 내 진료소로 찾아온 것이다. 그 여성이 방으로 들어왔을 때 나는 너무 놀라 인사하는 것도 잊었다. 그녀는 목발을 짚고 걸었는데 무릎이 안쪽으로 돌아가 있었으며, 걸을 때마다 팔목이 뒤틀렸다. 내가 몇 달 전 모잠비크에서 조사한 것과 똑같은 발작 패턴이었다. 그녀는 그것이 유전병이라고 말했다. 성인이 되었을 때 증상이 처음 나타났고, 시간이 갈수록 심해졌다고 했다. 그녀는 더 이상 악화하는 것을 막을 방법이 있는지 알고 싶어 했다. 몇 년 전 한 전문의에게 진찰을 받았지만 아무런 치료도 받지 못한 상태였다.

"제게 도움이 될 새로운 연구가 나왔나요?" 그녀가 물었다.

나는 그녀를 진찰한 후 병의 진행을 멈출 방법을 찾아보겠다고 약속하면서 2~3주 걸릴 거라고 말했다. 그때 연락해서 다음 진료 일정을 잡을 계획이었다.

그날 오후 늦게 과장과 이야기를 나누려고 그의 방문을 두드렸다. 과장 폰투스 비클룬드Pontus Wiklund는 이 도시를 아주 잘 알아서 이런 유전적 건강 문제를 겪고 있는 가족을 알아봐줄 수 있을 터였다. 그는 내 말을 귀 기울여 듣더니 호기심을 보였다.

"보시다시피 제가 모잠비크에서 조사한 마비 사례의 신경 결손과 정확히 똑같은 것 같습니다. 이게 유전된다면 현존하는 문헌을 모조리 찾아서 읽어야 합니다. 뭐든 정보가 많을수록 근본 원인을 이해하는 데 도움이 될 테니까요." 내가 말했다.

나의 현명한 상사는 웃으면서 내가 결국 연구 쪽으로 올 줄 알았다고 말했다. 때마침 이번 주에 내 의견을 말한 건 행운이었다. 의사들을 위한 보건 서비스 연구 자금 지원이 한창 진행 중이었는데, 과에서 신청하는 사람이 아무도 없자 그는 과장으로서 체면이 서지 않던 터였다. 나는 곧바로 연구비를 신청했고, 모잠비크의 유행성 하지 마비와 후딕스발의 유전성 마비의 연관성을 알아내기 위한 연구비를 정당하게 지급받았다. 이 일은 정체성 위기를 야기했다. 나는 연구자가 체질에 맞지 않는 사람이었다.

연구에는 거짓된 뭔가가 있다고 항상 의심해왔기 때문에 나는 연구를 별로 좋아하지 않았다. 용어는 가식적으로 들렸고, 내용을 담는 형식이 그 내용보다 더 중요한 것처럼 보였다. 학위 수여를 둘러싼 부자연스럽고 폼 재는 의식도 탐탁지 않았다. 나는 상아탑에 전반적으로 회의적이었고, 언더도그마에서 빠져나오는 것이 어려웠다. 나중에 깨달았지만 이런 태도는 어리석은 것이었다. 학술 행사는 무엇보다도 동료들과 교류하고 다양한 인맥을 맺는 데 중요하다.

나는 이제부터 내가 뭘 해야 하는지 선배 학자들에게 조언을 구했다.

그들의 제안은 단순명쾌했다. "2~3개월 동안 연구 휴직을 내고 관심 있는 증상에 대해 찾을 수 있는 모든 것을 읽어라. 앞서 모잠비크에서 실시한 현지 조사에 대한 후속 연구를 진행하기 위한 연구비를 신청하라. 한편, 웁살라대학 병원에 자리를 얻어 학술 단체의 회원이 되어라. 그리고 연구하는 방법에 대해 배울 필요가 있으니 지금 당장 박사 학위 과정에 등록하라."

나는 박사 학위 논문에 대한 계획을 작성해 수락을 받았다. 보 쇠르보Bo Sörbo가 내 지도교수가 된 것은 큰 행운이었다. 그는 키가 크고 친절한 사람으로, 독물학 연구에 인생 대부분을 바쳤지만 그를 움직인 것은 직함과 지위가 아니라 순전히 호기심이었다. 그는 내게 과학이 무엇인지 가르쳐주었다.

보 쇠르보는 내 경력에 절대적 영향을 미쳤다. 그는 똑똑한 화학자인 것과 별개로 느긋한 사람이었고, 가정적인 남자였으며, 축구광이었다. 처음에 내가 박사 학위 논문을 쓸 걱정부터 하자 그는 마음을 느긋하게 먹으라고 말했다.

"형식적 절차에 신경 쓰지 말고 그냥 해나가면 돼. 연구라는 건 수년이 걸리는 일이니까."

하지만 그는 결과를 얻을 때는 충분히 빨랐다. 내가 모잠비크 환자들에게서 얻은 샘플을 그에게 전달한 지 이틀 만에 그가 흥분된 목소리로 내게 전화했다.

"자네가 옳았어! 샘플의 주인들은 체내에서 시안화물로 분해되는 뭔가를 먹었어. 모잠비크로 돌아가 후속 연구를 진행할 수 있도록 연구비를 신청하게!"

나는 이후 2년에 걸쳐 여러 차례 모잠비크로 돌아가 짧은 현지 연구를 했고, 귀국할 때마다 보 쇠르보의 연구실에서 분석할 샘플을 가져왔다. 그리고 찾을 수 있는 논문을 다 찾아 읽은 후 내 연구를 바탕으로 다섯 편의 논문을 썼다.

그러는 사이 1984년에 아들 망누스Magnus가 태어나면서 내 가족도 불어났다. 나는 또 한 차례 육아휴직을 가진 후, 연구 결과를 논문으로 정리해 1986년에 제출했다.

내가 얻은 결과는 1981년의 1차 결론을 뒷받침했다. 가뭄으로 카사바를 제외한 모든 재배 식물이 죽고 카사바 생산량도 평년보다 줄자, 식량이 부족한 사람들이 카사바 뿌리를 햇빛에 널어 말리는 시간을 평소보다 줄인 것이었다. 이는 카사바 뿌리에 시안화물로 분해될 수 있는 성분이 평소보다 훨씬 많이 함유되어 있었다는 뜻이다. 나는 이 새로운 질환을 전문 용어로 기술했지만, 이 질환을 부르는 병명이 이미 존재한다는 사실을 알게 되었다. 1930년대에 콩고에서 일한 어느 이탈리아 의사가 똑같은 마비 증세를 보고한 적이 있었다. 현지인들은 그것을 콘조konzo라고 불렀는데, 그들의 언어로 '묶인 다리'라는 뜻이었다.

ᴄᵔᴅ

지금쯤이면 여러분은 1986년에 내가 어떤 사람이었는지 알 것이다. 나는 세 아이의 젊고 자랑스러운 아버지이자 박사 학위를 지닌 의사로, 논문에 한 질병을 기재했을 뿐 아니라 그 병의 유력한 원인을 규명했다고 할 만한 연구 결과를 내놓았다. 하지만 대학의 다른 과학자들이 예상보다 시큰둥한 반응을 보여서 당황한 동시에 발끈했던 기억이 난다. 아마 그 당시 내 성격이 원만하지 않았던 것 같다. 어쨌든 그동안 연구만 했으니 이제 가족과 함께 긴 여름휴가를 보낼 차례였다.

우리는 스톡홀름 군도의 한 섬에서 집을 빌려 여름을 보내기로 했다. 어느 모로 보나 완벽한 가족 휴가였다. 걸릴 게 아무것도 없었다. 앙네타는 2년간의 의학 커리큘럼을 막 마쳤고,

나는 8년 동안 암이 재발하지 않아서 이제 완치되었다는 느낌이 들기 시작했다. 내 장래는 유망하고 새로운 기회로 충만한 것처럼 보였다.

휴가를 끝내고 대학에 복귀한 첫날, 나는 심한 충격을 받았다. 자신을 너무 높이 평가하는 젊은 과학자에게 불시에 닥친 불쾌한 공격이랄까. 문제는 콘조에 관한 새로운 논문의 마지막 문장이었고, 그 문장으로 인해 나는 다시 15년 동안 그 병에 대한 연구를 계속하게 되었다.

우리는 콘조의 원인이 감염임을 암시하는 사실들을 찾아냈고, 이는 모잠비크에서 발생한 매우 유사한 질환의 원인으로 제시된 가설인, 현지 농산물에 함유된 성분이 시안화물 중독을 초래했다는 설명을 뒷받침하지 않는다.

나는 분노와 호기심 그리고 의무감이 뒤범벅된 복잡한 심정으로 그 논문을 정독하기 위해 당장 자리에 앉았다. 그러고 그것을 처음부터 끝까지 여러 번 읽고 또 읽었다. 저자들은 벨기에와 당시 자이르로 알려져 있던 콩고민주공화국의 과학자들이었고, 발표된 지면은 유명한 신경과학 학술지였다.

저자들은 그 논문에서 세 가지 중요한 결론에 도달했다고 밝혔다. 첫째로, 콩고 반둔두Bandundu 지역에서 콘조가 여전히 발생하고 있었다. 둘째로, 콘조와 내가 모잠비크에서 조사한 병이 같은 질환이라고 했다. 여기까지는 긴장한 내가 받아들일 수 있는 내용이었다. 하지만 세 번째 결론은 나를 기분 나쁘게 했다. 그들은 콘조가 바이러스 감염에 의한 것일 가능성이 매우 높다고 했다. 그리고 이어서 그 원인이 영양실조와 카사바에 함유된 시안화물 전구체의 섭취 때문이라고 결론 내린 것은 잘못임을 암시했다.

내 생각에 그들이 현지 가정에서 실시한 인터뷰는 너무 피상적이었다. 하지만 논문을 완독할 때마다 나는 조금씩 더 겸손해졌다. 박사 학위 논문은 단지 대학원생이 연구 경험을 쌓을 수 있게 해주는 운전면허증 같은 것이라는 내 현명한 지도교수의 말이 옳았음을 서서히 깨달았다. 또한 지금의 내 위치에서는 그들의 증거를 반박할 수 없다는 것도 깨달았다. 일단 반둔두 지역의 외딴 마을에 가서 상황을 조사할 필요가 있었다. 이후 며칠 동안 나는 학계 멘토들을 찾아다니며 내가 '벨기에의 습격'이라고 부른 사태에 어떻게 대처해야 할지 조언을 구했다.

내 저명한 조언자들은 자신의 의견을 분명하게 밝혔다. 먼저, 논쟁부터 시작해서는 아무것도 얻을 수 없다고 말했다. 우리가 다루는 병이 감염병이라는 결론은 타당하다고 했다. 하지만 콩고에서 유증상 가족을 대상으로 실시한 카사바 섭취 관련 인터뷰가 상당히 피상적이라는 내 추론에는 동의했다. 또한 벨기에 연구자들이 혈액 샘플을 분석하지 않았다는 점도 지적했다.

"한스, 자네가 콩고로 가서 제대로 인터뷰를 해보게." 보 쇠르보가 소리치다시피 말했다. "그리고 분석할 혈액 샘플을 가져오게!"

그는 내가 아프리카 오지에서 린셰핑Linköping의 자기 연구실로 혈액 샘플을 가져올 것이라는 생각에 벌써부터 흥분했다.

"하지만 그럴 만한 돈이 없어요." 나는 풀 죽은 목소리로 대답했다.

"새 연구비를 신청하면 되지! 자네가 틀렸다고 말하는 논문을 누군가 발표했다는 사실이 자네한테 유리하게 작용할 걸세. 연구비를 받을 확률이 높아."

그 정도면 충분했다. 보 쇠르보가 옳았다. 나는 콩고로 가야 했다.

콩고로 가는 준비를 하는 데 2년이 걸렸다. 연구 허가를 받기 위한 공문을 해당 부처와 대학에 보내야 했고, 콩고의 수도 킨샤사(처음에는 자메이카의 킹스턴Kingston으로 잘못 가서 대서양을 건너 반송되었다)로 장비도 보내야 했다. 무엇보다 중요한 일은 그 지역 마을들에 연락망을 구축하는 것이었다.

나는 콩고 출신의 젊은 의사이자 대학원생인 바네아 마얌

바Banea Mayamba의 도움을 받았는데, 그는 식품과 영양을 다루는 지방 관청의 장이기도 했다. 그는 자신이 열대지방에서 왔기 때문에 섭씨 24도 이하의 온도에서는 논리 정연한 생각이 불가능하다고 주장했고, 그래서 항상 자기 사무실의 온도를 28도 밑으로 내려가지 않도록 조정해두었다.

우리 대학에는 대학원생들이 진전을 이루고 있다는 자신감을 갖게 하기 위한 전통이 하나 있었는데, 바로 논문을 벽에 걸어두게 하는 것이었다. 실제로 벽에 못을 박고 논문 '책' 모서리에 구멍을 뚫은 뒤 끈을 꿰어 못에 걸어야 했다. 공개 평가가 생각만 해도 두려운 학생들이 벽에 걸린 논문을 보면 자신감이 생길 거라는 생각에서 나온 아이디어였다. 바네아는 못을 박을 줄 몰랐다. 그래서 내가 그의 논문이 인쇄된 날 널빤지를 가져다가 조교 사무실에서 그에게 연습을 시켰다.

바네아와 나는 신뢰의 연락망을 구축했다. 먼저 스웨덴의 웁살라와 콩고의 킨샤사를 연결했고, 그다음에는 킨샤사와 마시마님바Masi-Manimba라는 작은 마을을 연결했으며, 다시 그 마을을 룸비Lumbi에 있는 진료소 및 가톨릭 선교회 수녀들과 연결했다. 마지막으로 매우 중요한 절차는 마을 장로들에게 연락해서 마을 사람들이 우리 연구에 참여하도록 설득해달라고 말하는 것이었다. 우리는 우리가 정확히 뭘 하려 하는지, 그리고 그것을 왜 하는지 모든 사람에게 이해시킨 후 참여 동의서를 받아야 했다. 사람들이 나를 완전한 이방인으로 여기면 아무것도 할 수 없다는 것을 이전 연구를 통해 힘들게 배웠다.

나는 스웨덴에서 토르킬드 틸레스케르Thorkild Tylleskär라는 대학원생을 한 명 데려갔다. 그가 내 인생에 들어온 것은 몇 년 전 내가 '재난 의학 주간'에 내가 웁살라대학 의학 과정에 대한 강연을 할 때였다. 토르킬드는 예의범절도 무시할 정도로 열심히 카사바 재배에 대해 자세한 질문을 했다. 그는 마치 답변에 더 가까이 다가가려는 듯 몸을 앞으로 숙인 채 시종일관 웃는 얼굴로 열정적으로 말했다. 그는 호기심이 많고, 논쟁적이며, 거침이 없었다. 훗날 나는 그가 세세한 것까지 놓치지 않는 특별한 능력을 가지고 있으며, 매우 근면하다는 사실도 알게 되었다.

토르킬드는 소르본대학에서 아프리카어 강좌를 듣기 위해 의학 공부를 잠시 쉬고 있었다. 전에 콩고 북부를 방문했을 당시, 그곳의 침례교 선교사들로부터 그들이 현지인에게 말을 걸 때 현지어인 사카타어Sakata를 사용하지 않는다는 사실을 알았다. 그래서 선교사로 활동할 계획이던 토르킬드 부부는 아프리카어 강좌를 마친 후 콩고의 한 마을로 가서 1년간 살며 사카타어의 구조를 분석한 다음 그것을 아프리카 언어학 석사 논문으로 작성했다. 이 모든 걸 마친 후 그는 의학 공부

콩고에서 보트를 타며.

로 돌아왔다. 그리고 지금은 나와 함께 콘조를 조사하기 위해 콩고의 농촌 중 한 곳으로 가고 있었다.

첫날 밤은 수도에서 보냈다. 시골로 떠나기 전 나는 긴장되어 잠을 이룰 수 없었다. 2년이나 준비했는데 실패할 수는 없었다. 나는 몇 번씩 불을 켜고 해야 할 일 목록에 다른 항목을 추가하고, 각 날짜에 계획한 일들의 세부 사항을 다시 살펴보았다. 하지만 예상치 못한 상황으로 계획의 대부분이 갑자기 변경될 수도 있다는 걸 모르지 않았다.

그날 밤 내가 더 할 수 있는 일이 없다는 걸 받아들였을 때 잠을 청했지만, 새로운 걱정거리가 밀려왔다. 내 안전은 괜찮을까? 가장 큰 위험은 자동차 사고였다. 야간 운전은 절대 안될 일이었다. 혹시 병에 걸리면? 나는 말라리아 예방약을 먹었고, 필요한 모든 예방접종을 받았다. 개인적으로 챙겨간 약품 상자에는 내가 구할 수 있는 가장 효과적인 항생제들이 들어 있었다. 그러나 강도나 다른 형태의 폭력 등 의학적 예방책으로는 막을 수 없는 위험도 존재했다. 우리가 공격을 받는다면? 나는 외딴 농촌에 갔을 때 사람들에게 공손하게 대하고, 예의 바르게 행동하고, 그들의 말을 경청한 경험이 있다. 어떤 일을 시도하기 전에 지도자는 물론 일반인과도 이야기를 나누는 것은 필수였다. 나는 이 규칙을 꼭 지키려 했다. 당국의 허가는 형식적인 것일 뿐 정말로 중요한 부분은 현지 지도자와 조사 대상 집단의 구성원 모두가 우리가 그곳에 간 이유를 알고 우리의 조건에 동의하는 것이었다.

마침내 잠들기 전에 아내와 아이들이 떠올랐다. 그날 초저녁에 앙네타와 전화 통화를 했지만, 내일부터 3주 동안은 서로 연락할 수 없었다. 휴대폰이 아직 없던 때였고, 우리가 가는 곳은 전화선이 연결되어 있지 않았다. 가족들은 내 행방을 전혀 알 수 없을 것이다. 조사 프로그램에 대한 걱정이 나 자신의 안전에 대한 걱정으로 넘어가고, 그런 다음 가족에 대한 죄책감과 염려로 넘어갈 때쯤 마침내 잠이 들었다.

◌◌

다음 날 아침 우리는 킨샤사를 떠났다. 우리 팀은 약 10명이었고, 짐을 가득 실은 지프 두 대로 움직였다.

차를 몰고 수백만 명이 사는 도시 킨샤사 외곽을 통과하는 동안 점점 더 가난해 보이는 동네가 나왔다. 건물이 빽빽하게 들어선 도심을, 인구가 조밀하고 삶의 조건이 열악한 빈민가가 에워싸고 있었다. 우리는 전국을 가로지르는 2,000킬로미터 길이의 도로를 따라 해가 뜨는 동쪽으로 차를 몰았다. 화물차들이 주로 다니는 혼잡한 길은 포장도로의 차선이 너무 좁아서 다니기 위험했다. 처음에 콩고강이 얼핏 보였지만 도로는 이내 방향을 틀어 높은 고원지대로 향했다. 목적지까지는 아직 더 가야 했다.

포장도로는 파인 구멍투성이여서 속도를 낼 수 없었다. 우리는 켄지Kenge라는 작은 마을에서 처음으로 휴식을 취했다. 마을로 들어가는 모랫길 길가를 따라 물건으로 꽉 찬 노점이 늘어서 있었는데, 그곳에서 바나나와 땅콩 같은 지역 농산물, 자동차 부품, 티셔츠와 반바지를 포함해 여행자에게 필요할 만한 모든 것을 팔았다. 찢어진 옷을 수선하는 재단사도 있었다. 여행자 대부분이 가난했으므로 상품은 저렴해야 했다. 많은 사람이 트럭 뒤에 서서 30명쯤 되는 다른 승객들 틈에 끼어 여행했다. 열기와 강한 햇빛 때문에 물통은 필수였다.

동쪽으로 갈수록 우리가 지독한 가난의 세계로 들어가고 있다는 사실이 점점 더 분명해졌다. 도로는 이름이 무색하게, 모래로 뒤덮인 형체 없는 땅 조각으로 바뀌었다. 사람들이 꼭 가야 할 곳에 가기 위해서 각오해야 하는 위험만큼 가난의 깊이를 노골적이고 잔인하게 보여주는 건 없다. 콩고의 도로를 달리는 것은 실로 위험천만했다. 비교적 평평한 사바나 지형을 깊은 계곡들이 가로지르고 있었다. 평평한 지대에서 운전자들은 속도를 내지만, 낡고 제대로 정비되지 않은 자동차는 계곡에서 브레이크 결함 때문에 사고를 내기 일쑤였다.

길가에 널린 낡은 자동차 잔해는 그야말로 경고 신호였다. 우리는 끔찍한 사고 현장 한 곳을 지나갔다. 트럭이 전복되어 있고, 길가 풀밭에 시신 여섯 구가 천으로 덮여 있었다. 붉은 십자가가 박힌 재킷을 입은 남자들이 구조 작업을 지휘하는 것 같았다. 우리는 길가에 차를 대고 의학적 도움이 필요한지 알아보았다. 듣기로는 트럭이 승객 30명을 태우고 속도를 내 계곡으로 내려가고 있었는데, 내리막길에서 운전사가 연료를 아끼기 위해 기어를 중립으로 바꿨고, 트럭이 다리를 건너 반대편으로 올라가기 시작했을 때 운전사가 기어를 다시 넣지 못하는 바람에 차가 추진력을 잃었다고 했다. 트럭이 뒤로 굴러가기 시작하자 운전사는 창문을 통해 뛰어내려 도망쳤다. 운전사 없는 트럭은 다리로 진입하지 못하고 강으로 떨어졌다. 부상자 중 일부는 이미 병원으로 옮겨졌고, 여섯 명의 죽은 승객을 물에서 건졌지만 더 많은 사람이 아직 실종 상태였다. 우리는 할 수 있는 일이 없어 가던 길을 계속 갔다.

구조 작업을 하던 자원봉사자들은 가족이 와서 사망자의 신원을 확인하고 데려가지 않으면 시신을 도로 옆에 묻는다고 말했다. 제대로 된 도로 및 차량을 유지·관리하고 충분한 교통경찰을 제공할 자원이 없는 사회에서는, 교통사고와 사상자에 대처하는 그 나름의 방법을 강구해야 한다.

해가 지기 직전에 우리는 해발 600미터 고지대에 위치한 작은 마을인 마시마님바에 도착했다. 집들 대부분이 진흙 벽돌 벽으로 둘러싸인 단순한 주거지였다. 이 마을의 이름은 아프리카 수면병을 상기시켰는데, 마시마님바는 콩고어로 '사람들이 자는 곳'을 뜻한다.

식민지 시절 수면병을 일으키는 기생충을 확인하기 위해 파견된 연구팀이 현지인의 혈액 샘플을 채취한 적이 있었다. 이틀날 마을 장로들과 만났을 때 그들이 말해줘서 알았다. 장로들은 그 연구자들이 혈액 공여자에게 정어리 통조림을 한 통씩 주었다고 덧붙였다.

"가난하고 배고픈 사람들의 피를 뽑는 건 가벼운 문제가 아닙니다. 왜 피를 뽑는지 신중하게 설명해야 해요. 그리고 여러분을 도울 수녀들과 함께 가는 게 좋습니다. 해마다 마을을 찾는 수녀들은 어디서나 존경을 받거든요." 현지 보건 서비스 책임자가 조언했다.

우리는 장로들에게 그 점을 잘 알고 있으며, 룸비에서 수녀들과 함께 머물 예정이라고 말했다. 이 선교단은 '십자가와 고난의 자매회Sisters of the Cross and Passion'가 세웠고, 그곳에 머무는 저마다 국적이 다른 다섯 명의 수녀는 '열정적인 자매들'로 통했다. 그들의 작은 공동체가 앞으로 몇 주 동안 우리의 기지 역할을 할 터였다.

수녀원장은 현명하고 신중한 여성이었다. 그녀는 젊은 수녀들 중 한 명을 우리 과학팀에 합류시키는 데 동의했다. 이름이 칼룽가Kalunga인 그 수녀는 콩고인이어서 현지어를 잘 알고, 이제 막 간호사 자격증을 딴 상태였다. 그녀의 존재는 내가 '신뢰의 사슬'이라 부르는 것을 튼튼하게 해줄 터였다.

그날 저녁 무렵 우리는 차를 몰고 선교단으로 출발했다. 길이 좋지 않아서 25킬로미터를 가는 데 무려 한 시간이나 걸렸다. 수녀들은 우리를 따뜻하게 맞이하고 나서 손님방으로 안내했다.

그 후 우리는 연구에 대한 설명과 논의를 하기 위해 수녀들과 몇 번의 만남을 가졌다. 또한 우리가 마을들을 방문할 때 그 지역의 토착 언어뿐 아니라 프랑스어도 할 수 있는 현지인 교사가 동행하기로 했다. 교사의 존재는 신뢰의 사슬을 완성해주었다. 그 교사의 충성과 통역 기술이 나중에 내 생명을 구하기도 했다.

수녀들은 깔끔하게 정리된 호스텔을 운영했다. 저녁에 우리는 식탁보와 냅킨 그리고 얼음물을 담은 물병이 아름답게 놓인 긴 식탁에서 만찬을 했다. 메인 요리 후 디저트가 나왔고, 잠시 후 리큐어 잔이 세팅되었다. 다음 순간, 린다Linda 수녀가 즐겁게 웃으며 손에 큰 병을 들고 방으로 들어왔다. 나는 이것이 문제가 될 수도 있겠다고 생각했다. 내 스웨덴 동료 토르킬드는 독실한 침례교인이어서 술을 마시지 않았기 때문이다.

린다 수녀가 가져온 병에는 집에서 담근 오렌지 리큐어가 담겨 있었다. 토르킬드는 유창한 프랑스어로 술을 마시지 않겠다는 말을 하기 시작했다. 수녀의 당혹스러운 표정을 보고 나는 재빨리 끼어들어 어서 따라 달라는 표시로 내 잔을 내밀었다. 동시에 팔꿈치로 토르킬드의 가슴팍을 쿡 찌르며 "이건 종교의 문제가 아니라 문화야"라고 속삭였다. 이 훌륭한 수녀들에게 고마움을 표시하기 위해 웃으며 마시는 게 좋을 거라고.

토르킬드는 술을 마시며 웃었고, 린다 수녀와 즐겁게 이야기를 나누었다. 수녀는 "방법이 뭐죠?" "설탕을 얼마나 넣죠?" 등 리큐어 만드는 방법에 대한 토르킬드의 계속되는 질문을 즐기는 것처럼 보였다.

수녀들의 노고에 우리가 얼마나 고마워하는지 표시하는 건 내게 대단히 중요한 문제였다. 우리가 일을 계속하기 위해서는 수녀들이 꼭 필요했다.

(훗날 토르킬드는 사바나의 외딴곳에서 인터뷰를 마친 후 마을 사람들과 식사할 때 내게 복수를 했다. 저녁 메뉴는 튀긴 쥐였다. 토르킬드가 내

게 속삭였다. "알다시피 이건 문화예요. 이 훌륭한 사람들에게 고마움을 표시하기 위해 튀긴 쥐를 웃으며 먹는 게 좋을 거예요." 나는 웃으며 쥐 고기를 먹었다. 우리는 수녀들과 잘 지낸 것처럼 그 마을 사람들과도 잘 지냈다.)

일은 다음 날 시작되었다. 우리는 주변의 22개 마을을 방문하기 위해 팀을 나누었다. 모든 마을이 반경 약 10킬로미터 이내에 있고 길이 좁았다. 걸어서만 갈 수 있는 길도 있었다. 첫번째 과제는 마을 장로들과 주민에게 우리를 소개하고 연구 프로그램을 설명하는 것이었다. 그들이 우리를 받아들이면, 우리는 주민의 수를 센 다음 걷기에 문제가 있는 모든 사람을 검사해 콘조에 걸린 이들을 찾아낼 것이다. 가장 인구밀도가 높고 가장 먼 마을은 마캉가Makanga였다. 그곳은 콘조의 피해가 특히 심한 지역이고, 마비된 아이가 많다고 들었다. 그곳에서는 식습관에 대한 인터뷰를 하고 혈액 샘플도 채취할 예정이었다.

그 마을에 가는 것이 내 일이었다.

다음 날 아침, 우리는 지프를 타고 출발했다. 바네아, 간호사들, 통역을 해줄 교사 그리고 나였다. 한 시간이 걸렸다. 좁은 도로, 때로는 단지 통로에 불과한 길이 산등성이를 타고 올라갔다. 강 계곡과, 우림에 뒤덮인 길게 갈라진 틈들이 내려다보였다. 사람들은 그 언덕의 비탈면뿐 아니라 건조한 사바나에서도 카사바를 재배하고 있었다. 그들은 집을 짓기 위해 자신이 찾을 수 있는 모든 건축자재를 이용했다. 벽은 햇볕에 말린 진흙으로 만들었고, 바닥은 평평하게 밟은 흙이었고, 지붕은 풀로 덮었다. 문이 있는 집은 거의 없었다.

지프가 마캉가 마을로 들어갔을 때, 맨발에 낡은 옷을 입은 빼빼 마른 아이들이 우리를 맞이했다. 그들은 호기심으로 가득 차서 우리를 따라 달렸다.

○2

우리는 아이들 중 일부가 다리를 전다는 걸 대번에 알아챘다. 콘조 환자에게 특징적으로 나타나는 발작적인 다리 움직임도 보였다.

마을 장로는 마을 한쪽 끝에 있는 집에 살았고, 우리는 그 집 밖에 차를 댔다. 그는 우리 일행이 온다는 걸 알고 근처 나무 그늘에 우리가 앉을 의자를 둥그렇게 배열해놓았다. 장로의 조언자들로 보이는 몇몇 남자가 거기까지 따라온 아이들을 쫓아 보내고 근처 땅바닥에 앉았다. 우리는 한 시간 동안 이야기를 나누었다. 대화는 우호적이었다. 우리는 계획을 설명했고, 그는 여러 가지 질문을 했다. 장로의 모든 질문에 대답을 다 했을 때 우리는 마침내 협상을 타결했다. 조사원들이 마을의 가옥 수를 세고, 각 가구의 구성원이 몇 명인지 목록을 작성한 다음, 걷기에 문제가 있는 사람을 모두 검사하기로 했다.

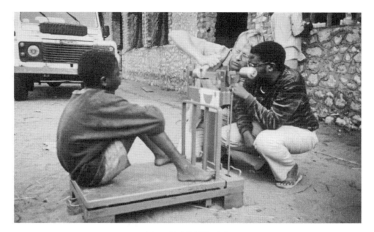
콩고에서 일하는 중.

장로는 혈액 샘플을 채취하는 데도 동의했다. 단, 식민지 시절에 그랬던 것처럼 혈액 샘플을 제공한 사람에게 정어리 통조림을 한 개씩 주는 게 조건이었다. 하지만 장로와 그의 고문들은 온 마을 주민을 불러 모아 종합적인 설명을 하고 질의응답 시간을 가질 필요는 없다고 생각했다.

"그러기에는 마을이 너무 커요. 주민들은 우리가 여기서 합의한 대로 할 겁니다. 제가 함께 갈게요. 그들은 저를 믿어요." 장로는 미소를 띠고 말하더니 이내 소리 내어 웃었다.

우리는 또한 빈집을 빌려달라고 부탁했다. 혈액 샘플을 채취하는 장소이자, 채취한 혈액 샘플을 분리하는 데 필요한 소형 디젤발전기와 원심분리기를 둘 장소로 쓰기 위해서였다.

그리고 우리는 어른, 아이 할 것 없이 호기심 많은 사람들과 일정한 거리를 두고 싶었다.

　나는 주민 전체를 상대로 설명하는 큰 회의를 생략한 채 가옥과 가구원 수를 세는 건 그렇다 쳐도, 혈액 샘플을 제공할 가족에게는 우리가 직접 말해야 한다고 주장했다. 그러고는 내 말의 요지를 명확하게 통역했는지, 그 얘길 그들이 이해했는지 통역사에게 확인했다. 장로는 알았다며, 다음 날 임시 연구실 밖에서 그렇게 하면 된다고 말했다. 또한 우리는 관례대로 현지의 10대를 남녀 각 한 명씩 고용해 연구실 일을 돕게 했다. 그것은 우리가 무슨 일을 하는지 널리 알리는 좋은 방법이었다. 게다가 일자리를 제공하는 방문객은 언제나 환영받기 마련이다. 소년·소녀에게는 소액의 임금 외에 연구 프로젝트에 참여했다는 증명서를 줄 예정이었다.

　우리는 가구 방문의 세세한 부분까지 시간을 들여 꼼꼼히 점검했고, 일의 진행을 서두르지 않기로 했다. 의견을 주고받을 시간이 충분히 있어야 하는 데다, 일일이 통역해야 하기 때문에 더 많은 시간이 필요했다. 마을 사람 대부분이 몇 개 언어를 사용했지만, 그들은 낯선 사람과는 프랑스어가 아닌 콩고 남부 공용어인 키콩고어Kikongo로 의사소통을 했다.

　첫날은 순조로웠다. 우리는 합의한 대로 장로와 함께 마을을 돌았다. 그는 주민들에게 매우 친절해 보이는 태도로 각 집에 몇 명이 살고 누가 걷는 데 문제가 있는지 말해달라고 부탁했다. 때때로 그의 목소리가 꽤 사나워지기는 했지만 저항하는 사람은 아무도 없는 것 같았다. 가구원 조사를 마치고 연구실로 쓸 건물을 점검했다. 진흙 벽돌로 벽을 세우고 초가지붕을 얹은 작은 구조물이었다. 나는 장로가 뽑아준 10대 아이 둘과 이런저런 이야기를 나누었다. 그날의 임무가 끝나자 우리는 차를 몰고 해 질 녘쯤 수녀들이 있는 곳으로 복귀했다. 그들은 우리를 기다리고 있었다. 이번에도 오렌지 리큐어 잔과 함께 성대한 저녁 만찬을 준비해놓았다. 우리는 열 일 제쳐놓고 강으로 걸어가 낮에 도로와 마을에서 묻은 먼지부터 씻어냈다. 선교단의 손님방은 매우 깨끗했지만 물이 나오지 않았다.

다음 날 아침, 우리는 원심분리기를 돌리기 위한 작은 디젤 발전기를 지프에 실었다. 혈액 샘플을 회전시켜서 두 부분으로 분리한 다음, 커다란 강철 항온 플라스크에 보관해야 했다. 이 실험 도구들은 현지인의 흥미를 끌었는데, 그 마을에서 한 번도 본 적이 없는 것이었기 때문이다. 우리가 지프를 주차하고 짐을 내리기 시작하자 사람들이 구경하기 위해 다가왔다. 그때 우리가 고용한 두 조수가 큰 활약을 했다. 그들의 첫 번째 임무는 모여든 사람들에게 우리가 뭘 하는지 설명하는 것이었다. 동시에 통역사와 나 그리고 두 조수는 장비를 설치하기 시작했다. 바네아는 인터뷰를 준비하기 위해 자리를 떴다. 기분 좋은 출발이었다. 임시 연구실은 내가 요구한 대로 깔끔하고 청결하게 치워져 있었고, 나는 그곳에 우리가 2년 동안 계획해온 연구 프로젝트를 위한 필수 장비를 설치했다. 흡족했다. 나는 발전기를 켜고 원심분리기를 시험했다. 소음이 엄청나게 커서 몇 분 동안은 밖에서 무슨 일이 일어나고 있는지 들리지 않았다.

원심분리기를 끄자 밖에서 화난 목소리가 들려왔다. 내 기분은 순식간에 바뀌었다. 나는 몸을 웅크리고 낮은 출입구를 통해 밖으로 나갔다. 그리고 다시 일어섰을 때 임시 연구실 주변에 화가 몹시 난 사람들이 잔뜩 모여 있는 것을 보았다. 내가 겁을 집어먹은 것을 보았는지 그들의 목소리가 갑자기 커졌다. 많은 손가락이 나를 가리키는 가운데 두 남자가 정글 칼을 쳐들고 위협적으로 흔들었다. 나와 가까운 쪽 남자가 특히 사나워 보였다. 정글 칼을 든 그의 팔에는 기다란 상처가 나 있었다. 나는 정글 칼이 총만큼 무서웠다. 모잠비크에서 의사로 일할 때, 이 무기에 중상을 입은 환자를 여럿 치료한 적이 있었다. 한 여자는 눈 바로 아래로 얼굴이 한쪽 귀부터 다른 쪽 귀까지 수평으로 베였는데, 칼에 코끝이 잘려나가 비강이 드러났다. 그때 나는 오후 내내 지혈을 해야 했다.

내 유일한 희망은 정글 칼을 휘두르는 남자들과 나를 갈라놓고 있는 군중이었다. 이 공포스러운 순간에 내 눈에 띈 유일한 아는 얼굴은 통역사였다. 그가 문간으로 와서 내 옆에 섰다. 사람들이 점점 불어나는 걸 보고 그가 충성심에서 내 쪽으로 온 것이었다.

점점 더 많은 사람이 몰려들고 있었다. 통역사가 내 쪽으로 몸을 기울여 속삭였다. "다른 사람들은 떠났어요." 연구팀의 나머지 사람들을 뜻했다. 겁에 질린 목소리였다.

"도망쳐야 해요!" 그가 말했다. "저 사람들, 엄청 화났어요." 순식간에 공포가 엄습했다. 나는 통역사의 손목을 붙잡고 꼭 쥐었다.

두 가지 생각이 머릿속을 스쳤다. 먼저, 통역사 없이는 가망이 없다는 사실이었다. 그를 통해서만 의사소통이 가능했기 때문이다. 두 번째로, 지금처럼 극적이지는 않았지만 예전에 탄자니아에서도 정글 칼을 휘두르는 남자와 대치한 적이 있는데, 그때 주지사에게 배운 게 기억났다. 당시 그 남자가 격분했던 건 내가 물어보지도 않고 그의 아내와 사진을 찍었기 때문이다. 그가 무기를 들고 덤빌 때 나는 카메라를 든 손을 내밀고 손바닥을 위로 향하게 함으로써 갈등을 해결했다.

"잘했어요." 나중에 주지사가 말했다. "정글 칼로 위협하는 성난 사람에게는 절대 등을 보이지 마세요. 도망치면 죽일 가능성이 열 배는 높아요."

나는 도망칠 길을 찾기 위해 좌우를 힐끗 보았다. 가망이 없었다. 사람이 너무 많아서 그들이 나를 해치고 싶다면 당장 나를 제압하고, 정글 칼을 쥔 남자한테 공격하라고 하면 그만일 터였다. 내가 할 수 있는 일은 말로 설득해 상황을 모면하는 것뿐이었다.

나는 겁에 질려 두 팔을 들어 올리고 기어드는 목소리로 말했다. "잠깐만요."

통역사가 통역을 했다. 나는 그의 손목을 붙잡은 채 문 바로 안쪽에 있는 나무 상자를 잡고 거꾸로 뒤집을 수 있었고, 그런 다음 그 위에 올라섰다. 그리고 두려움에 떠밀려 프랑스어로 몇 문장을 만들어냈다.

"여러분이 원치 않으면 당장 떠나겠습니다. 하지만 제가 왜 왔는지 설명해볼게요."

"들어봅시다! 들어봅시다!" 대다수가 외쳤다. 조금도 기다릴 수 없을 만큼 화가 난 것은 아닌 듯했다.

"저는 여러분의 자녀들이 못 걷는 이유를 알아내려고 왔습니다."

"우리 피를 훔치러 온 거잖아!" 누군가 소리쳤다.

나는 천천히 설명을 계속했다. 하지만 모잠비크와 탄자니아에서 똑같은 병을 연구했다고 말해도 그들은 아랑곳하지 않았다. 너무 짧은 시간 동안 카사바 뿌리를 말리는 게 문제라고 말했을 때는 대부분이 항의했다.

1~2분쯤 지났을 때였다. 갑자기 한 중년 여성이 앞으로 걸어 나왔다. 그 여성은 내가 서 있는 곳으로 곧장 오더니 상자 위로 올라섰다. 그러고는 내 바로 앞에서 사람들 쪽으로 돌아섰다. 여성은 눈길을 끄는 몸짓으로 두 팔을 치켜들고 이웃들에게 큰 목소리로 연설했다.

"우리 아이들이 홍역에 걸려서 파리처럼 죽던 때가 기억나?" 그녀가 계속 말했다. "그때 저들이 백신을 가져왔고, 그후로 간호사들이 갓 태어난 아기한테 백신을 놔주고부터 우리 아이들은 더 이상 홍역에 걸려 죽지 않게 되었어."

여성은 극적인 효과를 위해 잠시 말을 멈추고 앞으로 한 발 내디뎠다.

"그들이 백신에 대해 어떻게 알아냈다고 생각해? 어디서 백신을 발견했을까? 백신이 먼 나라의 나무에서 자란다고 생각해? 물론 아니지. 이 의사가 '리서치'라고 부른 것을 해서 백신 만드는 방법을 알아낸 거야."

여성은 계산된 어조로 한 번에 한 문장씩 말했다. 그리고 '리서치'라는 단어를 말할 때는 돌아서서 나를 가리켰다. 그런 다음 다시 사람들 쪽으로 돌아서서 정글 칼을 든 두 남성이 서 있는 곳을 바라보았다.

"저 의사는 자기하고 콩고인 의사 두 명이 왜 우리 마을에서 그렇게 많은 여자와 아이가 콘조라고 부르는 병 때문에 걸을 수 없는지 알아내기 위해 이곳에 왔다고 말하고 있어. 지금 당장 그 병을 고칠 수 있다고 주장하는 게 아니야. 하지만 왜 그렇게 많은 사람이 그 병에 걸리는지 알아낼 수 있다면, 홍역을 없앤 것처럼 콘조도 없앨 수 있을지 몰라. 말이 되는 얘기잖아. 마캉가 마을에선 이 '리서치'가 필요해."

여성은 다시 뒤돌아서서 나를 향해 한 발짝 내딛더니 자신의 팔을 내밀었다. 그리고 다른 손으로 자신의 팔꿈치 안쪽을 가리키며 외쳤다. "선생님, 제 피를 뽑으세요!"

연설은 1분 남짓이었지만 그 효과는 아주 놀라웠다. 두 남자는 정글 칼을 휘두르는 걸 멈추었다. 사람들의 표정은 분노에서 알아들었다는 뜻의 환한 표정으로 바뀌었다. 고성이 부드러운 목소리로 변하고, 사람들이 그 여성 뒤에 줄을 서기 시작했다. 대부분이 재빨리 와서 줄을 섰지만 몇몇은 정글 칼을 휘두르던 남자들과 함께 자리를 떴다.

나는 당시 콩고의 작고 외딴 마을에서 그 여성이 정확히 무슨 말을 했는지 기억하고 있다. 그날로부터 28년이 흘렀지만, 그녀의 연설을 문장 하나하나까지 떠올릴 수 있다. 그녀는 군중의 두려움과 공격성을 공감과 이해로 바꾸어놓았다. 나는 그녀가 어떻게 내 목숨을 구했는지 결코 잊지 못할 것이다.

우리가 사악한 이유로 피를 수집하러 왔다는 소문은 들불처럼 번졌다. 그 소문은 한 시간도 안 되어 두려움과 분노를 불러일으켰다. 피를 뽑히면 해를 입을 수 있다는 오래된 관념 때문이었다. 콩고의 외딴 마을에 이런 오해가 존재하는 게 놀라운 일은 아니었다. 나는 이와 같은 사건을 언제나 염려해왔는데, 신뢰의 사슬에서 연결 고리가 끊기면 언제든 일어날 수 있는 일임을 알았기 때문이다.

내가 정글 칼에 맞아 죽을 위험에서 목숨을 건진 것은 그 여성이 지혜로웠기 때문이기도 하지만, 그 주장이 논리적이었기 때문이다. 그녀는 성급한 감정적 반응이 두려움을 부른다는 것을 알 수 있도록 마을 사람들의 사고방식을 바꾸어놓았다.

20년 넘게 먼 곳을 찾아다니며 그녀와 같은 여성을 여럿 만났다. 그들은 자신이 가난을 얼마나 증오하는지, 자식을 위한 교육과 제대로 된 보건 의료 서비스를 얼마나 간절히 바라는지 말했다. 그리고 물론 잠을 잘 편안하고 좋은 발포 고무 매트리스도. 나중에 내가 가르친 스웨덴 학생들이 가난한 사람들은 운명에 만족하므로 계속 가난한 상태로 살아갈 거라고 주장("그들은 우리처럼 살아서는 안 된다. 그러면 지구가 파괴될 것이다")했을 때, 내가 그 의견을 반박한 것은 바로 이러한 여성들에 대한 기억 때문이었다.

나는 여러 해 동안 1년에 약 한 달을 콩고를 비롯한 아프리카 국가들의 작고 외진 마을에서 현지 조사를 하면서 보냈다. 그 결과를 대학원생 및 박사 후 연구원 동료들과 함께 일련의 과학 논문으로 발표했고, 우리가 기술한 질병이 결국 신경학 교과서에 정식으로 기재되었다. 또한 우리는 새로운 분석 방법을 개발했고, 심지어 최첨단 신경학 검사를 위해 환자들을 스웨덴으로 데려오기까지 했다. 우리의 관찰 소견은 콘조 증상이 뇌에서 하지 근육으로 신호를 전달하는 신경세포의 갑작스러운 쇠퇴와 죽음 때문이라는 가설을 뒷받침해주었다. 이 질환은 고립된 마을에 사는 극빈층 사람들에게서만 발생하는데, 그들은 카사바에 전적으로 의존하는 식생활을 하기 때문이다. 약 4~6주 동안 속성으로 처리해 독성이 남아 있는 카사바 뿌리를 먹고 사는 사람들이 이 병에 걸린다. 유감스럽게도 신경 손상은 영구적이지만, 마비된 사람은 가벼운 목발을 사용함으로써 어느 정도까지 재활할 수 있다.

이런 발견에도 불구하고 나는 이 병의 의학적, 독성학적, 생화학적 측면에 대한 관심을 서서히 잃어가고 있었다. 그 대신 근본적인 인과관계를 조사하고 싶었다. 농업 경제는 궁핍과 극빈의 악순환을 일으키고 있었다.

5

연구에서
강의로

출석 확인이 끝났다. 내 첫 번째 강의가 곧 시작될 예정이었다. 점심시간에 나는 교탁 서랍에 작은 담요를 몰래 넣어두었다. 아무도 그것이 거기 있는지 몰랐다.

내 강의는 약 30명의 수습 의사와 간호사에게 세계에서 가장 미개발된 지역에서 보건 의료를 제공하는 게 어떤 일인지 알려주는 것이었다. 많은 학생이 먼 극빈 지역에서 일하기 위한 계약에 이미 서명한 상태였다. 나는 그들이 그 일을 어떻게 해야 하는지 설명해야 했다.

첫 번째 강의를 앞둔 그 순간은 정말이지 마법 같았다. 나는 그렇게 열정적이고 의욕적인 학생들을 본 적이 없었다. 하지만 아직은 서로 조금 낯선 분위기였다. 학생 중 일부는 오순절 교회 신도여서 이 진로를 선택했고, 또 다른 일부는 아프리카에서 활동하는 자선단체 출신이었다. 학생들의 투표 성향을 조사해봤더니, 이 과정에 등록한 사람 대다수가 기독교민주당 또는 중도 좌파인 사회민주당 쪽이었다. 옷차림조차 힌트를 주었다. 일부는 단정한 머리 모양에 깨끗한 버튼업 셔츠와 블라우스를 입었고, 일부는 더러운 청바지를 헐렁하게 걸쳤다. 하지만 그들 모두는 앞으로 내가 할 이야기에 열띤 관심을 보였다.

"저는 모잠비크 보건부 장관에게서 들은 일화를 이야기하면서 이 과정을 소개하려 합니다." 나는 숨겨놓은 담요를 꺼내며 말을 시작했다. "거기서 의사로 일할 때 저는 매우 한정된 자원으로 고군분투해야 했습니다. 보건부 장관의 이야기는 아주 작은 담요에 관한 것입니다."

강의는 타이밍이 전부다.

"이 이야기는 실은 한 남자에 관한 것입니다." 나는 나 자신을 가리키며 말을 이어갔다. "그는 해가 저물고 있을 때 모잠비크 산속을 걷고 있었습니다. 잠이 왔지만 날은 춥고 그가 가진 건 작은 담요 한 장뿐이었습니다. 그 담요를 가장 잘 이용하는 방법이 뭘까요?"

그러곤 책상 위에 등을 대고 누웠다. 학생 중 몇몇이 내 행동이 이상했는지 웃음을 터트렸다. 또 다른 학생들은 엄청나게 진지하면서도 약간 불편해 보였다. 분명 모두가 조금은 동요하는 것 같았다. 좋은 조짐이었다. 관심을 끌었다는 표시이니까. 나는 청중을 죽 둘러보았다.

"'이 담요를 발에 덮는 게 좋겠어.' 그 남자는 생각했습니다." 나는 작은 담요를 내 발에 덮었다. "그랬더니 몸이 매우 추웠습니다. 그래서 담요를 배에 덮었죠." 나는 담요를 엉덩이까지 올렸다.

"이제는 손발이 시렸습니다. 몸을 동그랗게 말아봤지만 소용없었죠. 그래서 터번처럼 머리에 둘러보기로 했습니다. 그것도 효과가 없기는 마찬가지였죠. 그는 여전히 잠을 이룰 수 없었고, 지친 나머지 화가 났습니다. '담요를 더 크게 만들 수 있을 거야.' 남자는 생각했습니다."

나는 책상 위에 서서 담요의 한쪽 끝을 발로 밟고 다른 쪽 끝을 열심히 잡아당겼다.

"더 크게 만들어야 해!" 나는 소리쳤다. 그리고 담요를 반으로 찢었다.

학생들은 웃었지만, 아직은 내가 무슨 말을 하려는 건지 이해하지 못했다. 나는 곧바로 설명을 시작했다.

"먼 나라의 보건 의료 시스템에서 일할 때 이 남자처럼 반응하면 안 됩니다. 함께 일하는 사람들을 무리하게 밀어붙이지 마세요. 스웨덴에서와 같은 치료를 제공할 수 있다고 상상하지 마세요. 여러분은 현명해야 하고, '여러분의 담요'를 올바른 방법으로 사용해야 합니다. 자신을 소모하지 마세요. 적어도 계약 기간 동안에는 멀쩡해야 합니다. 필요가 막대한 상황에서 한정된 자원을 어떻게 사용하는 것이 최선일까? 이 강좌는 그것을 다룹니다."

담요를 가지고 잠시 이렇게 시간을 보내는 건 내게 치료 효과가 있었다. 모잠비크에서 사는 동안 많은 좌절을 견뎌내야 했다. 스웨덴으로 돌아와 1983년부터 1996년까지 이 강좌를 맡게 되었다. 앙네타와 내가 나칼라로 떠나기 전에 들은 바로 그 강좌, '저개발국의 보건 의료'였다. 내가 이 강좌를 맡은 이유는 매년 모잠비크에서 진행하는 현지 조사와 병행하기 쉬웠기 때문이다. 강좌 기간 사이에 나는 구호 기구의 컨설턴트로 일하는 조건으로 유급 연구 휴직을 쓸 수 있었다. 그러다 점점 내 정체성이 바뀌어 결국 의료 현장으로 돌아가지 않았다. 나는 세계 보건 의료 분야의 과학자이자 교수로 진로를 틀었다.

강좌는 세 파트로 나누어 진행했다. 3분의 1은 모자母子 보건에 할애했다. 또 다른 3분의 1은 극빈 지역의 바이러스 감염을 다루었다. 나머지 3분의 1은 스웨덴에서 쓸 수 있는 자원의 대략 1퍼센트로 운영해야 하는 보건 의료 시스템을 조직하고 이끄는 방법에 집중했다. 학생들은 세계에서 가장 가난한 몇몇 나라에서 특정 보건 의료 직무를 2년 동안 수행하는 계약에 서명한 사람들답게 유난히 의욕적이었다. 강좌의 앞 두 파트는 환자 치료 방법에 관한 것이었기 때문에 그들에게 완벽하게 잘 맞았다.

세 번째 파트는 다소 난관이 있었다. 말라리아와 기생충 감염에 대해 배우는 것의 중요성은 모두가 쉽게 이해했다. 하지만 필요한 인력 수를 추정하는 방법, 연료 소비율을 계산하는 방법, 이동 예방접종 팀을 위한 연간 예산을 편성하는 방법 등을 배워야 한다는 데에는 대부분이 놀랐다. 강좌가 끝난 후 강의 평가를 요청했을 때, 많은 학생이 병리 검사 방법에 대해 더 많이 배웠으면 좋겠다고 적었다. 하지만 현장에 다녀와서 다시 제출한 평가에는 대다수가 관리, 직원 교육, 예산 작성에 대해 좀 더 알았다면 좋았을 것 같다고 적었다. 이런 이유에서 이미 저소득 국가에서 일한 학생들의 경험을 내 강의에 활용하는 것이 큰 도움이 되었다.

수강생 대부분은 선교 단체에서 일했는데, 맡은 임무가 임신부와 산모 지원이든, 말라리아에 걸린 어린이 치료든, 수술이 필요한 외상 환자 치료든 서비스의 효과를 평가하는 방법으로 그들이 배운 것은 쓸모가 없었다. 그들은 제공하는 서비스의 효과를 평가하기 위해, 환자가 현지 병원이나 선교회 치료소에 오느라 얼마나 멀리 이동했는지 기록하라고 배웠다. 국경없는의사회가 활동을 시작했을 때, 그곳 의료진도 자신들의 서비스를 평가하기 위해 똑같은 기준인 '환자들이 얼마나 멀리까지 왔는가?'라는 질문을 사용하고 있었다. 이 방법은 인구통계학을 고려하지 않는다.

나는 내 학생들에게 그 지역 사람들이 보건 의료를 어떻게 이용하는지 좀 다른 각도에서 평가하는 3단계 접근 방식을 가르쳤다.

첫째, 당신이 일하는 지역에 사는 사람들의 수를 가능한 한 정확하게 파악하라. 모든 나라가 그 나름의 인구조사를 실시하고 병원은 대개 통원 범위를 정해놓는다는 사실에도 불구하고, 오지에서 일한 경험이 있는 사람들 중 이 숫자를 확인하는 경우는 놀랍도록 적었다.

둘째, 이 통원 범위 안에서 1년에 몇 명의 아기가 태어나는지 추정하라. 가난한 농촌 지역에서 1년에 태어나는 아기는 인구의 약 4.5퍼센트다. 따라서 만일 그 지역 인구가 10만 명이라면, 예상되는 신생아 수는 4,500명이다.

마지막으로, 아기의 몇 퍼센트가 전문 의료진의 도움을 받아 태어나는지 조사하라. 등록된 신생아 수가 예컨대 1년에 1,100명이라면, 이를 예상 신생아 수(4,500명)로 나누면 된다. 계산해보면 신생아의 약 4분의 1만이 전문 의료진의 도움을 받고, 나머지 4분의 3은 특별한 기술이 없는 사람의 도움으로 집에서 태어난다는 결론이 나온다.

예방접종률의 경우도 1년에 2,200명의 어린이가 홍역 예방접종을 받는다고 치고 이를 예상 신생아 수(4,500명)와 비교해보면, 그 지역 어린이의 절반이 예방접종을 하지 않는다는 사실을 알 수 있다.

이러한 것들은 중요한 질문이고, 환자가 얼마나 멀리 이동해야 했는지와는 관련이 없다.

내 학생들 중 많은 수가 윤리적으로 행동하기 위해 그런 숫자가 필요하다는 생각에 저항했다. 그들은 어떻게든 병원에 온 환자를 가능한 한 효과적으로 치료하는 것이 윤리적 선택이라는 생각을 고수했다. 가난한 나라에서는 대다수 환자가 병원에 올 수 없다는 사실을 잘 이해하지 못했다. 보건 의료 서비스를 책임지는 사람이 임신부를 위한 철분제와 어린이를 위한 예방접종 같은 기초 서비스를 가능한 한 많은 사람에게 제공하는 것에 초점을 맞춘다면 그 사람들에게 더 큰 도움이

강의실 책상 위에서.

될 것이라는 점을 학생들에게 납득시키기는 어려웠다.

가장 가난하고 소외된 곳에 닿을 수 있는 방법을 논의하는 것이야말로 내 강의의 핵심 쟁점이었다. 그리고 이 문제를 다루려면, 설령 모든 국가가 똑같은 '저개발 국가'로 분류될지라도 국가 간 보건 서비스 자원의 차이가 얼마나 클 수 있는지 설명해야 했다. 강의를 듣던 학생들은 내 설명에 이상한 반응들을 보였고, 그러고 나서 자신들이 가려는 국가가 지난 몇십 년 동안 얼마나 발전했는지 깨닫게 되었다. 그들은 그 사실에 실망과 분노마저 느끼는 듯했다. 어느 날 점심을 먹은 후 웁살라국제아동보건연구소의 내 사무실로 돌아갔을 때 한 젊은 여성이 나를 기다리고 있었다.

"교수님에게 개인적으로 말씀드릴 게 있어요." 그녀가 말했다.

10주 예정인 그 강좌를 이제 막 시작했지만, 나는 이미 그녀가 매우 적극적인 학생임을 알고 있었다. 내 책상 옆에 있는 손님용 의자에 앉으며 그녀가 긴장된 숨소리를 냈다. 그러고는 아무 말도 하지 않고 약간 떨리는 손으로 편지 한 통을 내밀었다. 우아한 활자로 인쇄된 화려한 레터헤드letterhead가 눈에 띄었다. 발송인은 태국 보건부 공무원이었다. 긴 메시지는 영어로 적혀 있었다.

"간호사 취업 허가를 거절한다는 편지예요. 믿을 수가 없어요! 태국 북부의 침례교에서 운영하는 병원에 취업할 수 없다는군요. 저는 그걸 오랫동안 계획해왔고, 침례교 선교회와 이미 계약도 체결했는데요."

　그녀는 하고 싶었던 말을 마구 쏟아냈다. 정말 분하고 절망한 것이 분명했다. 나는 무척 놀랐다. 스웨덴국제개발협력청SIDA이 침례교 선교회를 통해 그녀의 보수를 지급하기 때문에 태국은 아무런 비용도 들지 않을 터였다.

　"제 말이 그거예요! 거절하는 이유가 뭘까요?" 그녀가 말했다. 나도 이해할 수 없었다. 나는 선교회 총무에게 전화를 걸어보라고 했다. 그는 내가 알기로 경험이 풍부한 사람이었다. 하지만 내 사무실에 찾아온 그 화난 간호사는 그럴 필요 없다고 말했다.

　"이미 그 사람과 얘기해봤어요. 외국으로부터 자금 지원을 받는 병원들에 태국 간호사만을 고용하도록 권장하는 것이 태국 정부의 정책이래요. 일자리를 구하지 못한 태국 간호사들이 있다고요. 믿기 어렵지만요."

　나는 한번 알아보겠다고 약속했다. 그녀는 낙담해서 사무실을 나갔다.

　알아보니 태국에서 온 편지 속의 설명은 틀림없는 사실이었다. 한참 전인 1972년에 앙네타와 내가 방콕에 갔을 때도 우리는 그곳의 대학 병원을 보고 깊은 인상을 받았지만, 그 이후로 태국은 급속한 사회경제적 발전기를 거쳤다. 15년 동안 1인당 국민소득이 두 배가 되었고, 기대 수명은 10년 증가했다. 그 나라가 자국 간호사의 고용을 선호하는 데는 그럴 만한 이유가 있었다. 무엇보다도 그들은 태국어를 유창하게 구사했다.

태국에서 취업 허가를 거부당해 화가 난 간호사는, 세계는 이제 다른 종류의 기술을 필요로 하며 따라서 내가 강의를 계속하려면 다른 부류의 수강생을 모집해야 한다는 사실을 의식하게 만든 많은 학생 중 첫 번째에 불과했다. 그런 변화는 내가 스톡홀름의 카롤린스카연구소로 옮기기 위해 13년을 일해 온 웁살라국제아동보건연구소를 떠난 1996년에 이미 일어나고 있었다. 그 무렵 내 강좌를 듣던 학생들은 대부분 단기 계약을 맺고 재난 지역의 응급 치료소에서 국경없는의사회를 위해 일하게 된 전문 의사와 간호사들이었다. 이른바 저개발 국가들 다수가 태국과 같은 길을 따랐고, 탄자니아와 모잠비크처럼 아직도 극빈에서 벗어나지 못한 국가조차 그들이 고용할 수 있는 한 많은 자국 의사와 간호사를 보유하고 있었다. 사실 아프리카는 이미 서유럽과 중동에 의료진을 '수출'하기 시작했다. 아프리카 선교 단체에서 10년 또는 20년 동안 일하던 그 옛날의 서양 의사는 이제 필요하지도 존재하지도 않았다. 마찬가지로 구호단체에서 몇 년 동안 일할 서양 의사와 간호사도 더 이상 필요하지 않았다.

༼༽

이 시절 나는 가르치는 일에 매우 몰두해 있었지만, 연구로 돌아갈 기회를 제안받았을 때 주저하지 않았다. 쿠바 대사관에 근무하는 한 남자가 1993년 어느 날 내 사무실에 나타나 그런 제안을 했다.

그는 공공 보건 전문가를 위한 선물로 가장 적절치 않을 럼주 한 병을 가져왔다. 그가 나를 방문한 데는 긴급한 이유가 있었다. 지난 몇 달 동안 쿠바에서 유행병이 퍼지기 시작한 것이다. 카스트로 정권은 늘 그렇듯 언론의 입을 막았다. 그 병의 첫 증상은 발가락에서 시작해 두 다리로 번지는 감각상실이었다. 환자는 걷기도 어려울 정도로 눈에 띄게 약해졌다. 때로는 감각상실이 손가락에도 나타났다. 병이 진행됨에 따라 시야의 맹점이 넓어지고 색깔 지각이 변하면서 시력이 떨어졌다. 기저에서 매우 심각한 신경 손상이 일어나고 있는 게 분명했다. 설상가상으로 환자 수가 무려 4만 명을 넘었다.

"우리는 외국 과학자들에게 이 질환을 조사해줄 것을 요청하기로 결정했는데, 선생님이 맡아주시면 정말 좋겠습니다." 대사관 직원이 말했다.

나는 확실히 호기심을 느꼈다. 과학적으로 말하면 증상학이 정말 흥미진진했다. 하지만 연구 조사를 어떻게 설계해야 할까?

그 대사관 직원이 그저 내 관심을 떠보기 위해 온 것이 아님을 알아차리는 데는 오래 걸리지 않았다. 그는 이미 내 도움을 받기로 결정한 누군가가 보낸 메신저였다. 나는 쿠바 사람들도 먹는 뿌리 작물인 카사바에 의한 중독을 조사한 사람으로 잘 알려져 있었다.

"다음 주에 오실 수 있을까요?" 대사관 직원이 물었다.

"무슨 말씀이죠? 좀 더 일찍 찾아와 언질을 주시지 그랬어요?" 내가 반문했다.

내 딸의 졸업 시험이 다음 주로 예정되어 있었다. 스웨덴에서는 졸업 시험과 그걸 둘러싼 모든 의식이 매우 중요한 통과의례다. 나는 그 행사가 끝나는 대로 바로 떠나면 어떻겠느냐고 물었고, 그는 동의했다.

"잘됐군요. 그런데 연구비가 꽤 들 거예요. 지원할 돈이 있나요?"

"유감스럽게도 없습니다." 그가 말했다. "그 위기 때문에요."

당시 쿠바는 그들이 '특별한 시기el periodo especial'라고 부른 금융 위기에 빠져 있었다. 애초에 이 섬나라 경제를 살린 무역 상대국인 소련이 내부적으로 정치적 격변과 붕괴를 겪고 있었던 탓이다. 현재 쿠바에서는 식품을 포함한 대부분의 생필품이 배급되고, 버스 운행도 중지되었다. 전기는 저녁에 몇 시간만 공급되었는데, 그마저도 지역별로 교대로 들어왔다. 이것이 쿠바 정권이 문제를 해결하는 방식이었다. 이런 문제들을 초래한 건 그들의 거듭된 주장에 따르면 '미국의 봉쇄el bloqueo'였지만, 쿠바 안에서는 진짜 원인은 '내부 봉쇄el bloqueo interno'라고 어디까지나 작은 목소리로 수군댔다. 예컨대 당신이 아바나 거리에서 바나나를 살 수 없는 것은 바나나 재배자가 자신의 농산물을 국영기업에 팔아야 했기 때문이다. 이것은 미국의 제재 탓이 아니라 국가 계획의 경직성 탓이었다.

나는 스웨덴 국제개발협력청, 곧 SIDA에 여행 자금을 신청했고, 48시간 내에 보조금을 받았다. SIDA 사람들은 쿠바 정부를 지지하지 않았지만, 그 나라 국민이 고통받고 있는 것은 명백한 사실이었다.

준비는 신속하게 이루어졌다. 나는 곧 린셰핑대학의 화학자 페르 룬드크비스트Per Lundquist와 함께 아바나행 비행기에 올랐다. 아바나에 도착하자마자 우리는 쿠바 정부의 관리를 받았다. "우리가 공항에서 여러분을 맞이할 겁니다." 떠나기 전에 그들이 알려주었다. 비행기 계단을 내려오자마자 우리는 VIP 라운지로 안내받았고, 그곳에서 대규모 환영 위원회의 환대를 받았다. 거물급임이 틀림없는 두 인물이 무리 속에서 눈에 띄었다. 남성은 빳빳하게 다림질한 바지에 번쩍번쩍 광을 낸 신발을 신었고, 여성은 진한 빨간색 립스틱을 바르고 있었다. 그 남성이 자기는 보건부 차관이고, 여성은 핀라이연구소Finlay Research Institute 소장이라고 소개했다. 황열병이 모기에 의해 전파된다는 사실을 발견한 쿠바 역학자 카를로스 핀라이Carlos Finlay를 기념하는 명칭이었다.

나는 콘치타Conchita라는 이름의 그 여성이 공산당 정치국 소속이기도 하다는 정보를 조심스럽게 전해 들었다. 쿠바 공산당의 고위 간부가 나를 만나러 온 걸 보면 이것이 매우 큰 일임이 분명했다.

다음 날 사람들이 호텔로 와서 우리를 태우고 핀라이연구소로 차를 몰았다. 그동안 그 유행병을 연구해온 쿠바의 역학자, 임상 의사, 연구소 과학자들이 우리를 만나기 위해 기다리고 있었다. 분위기는 기대로 가득했다. 쿠바 사람들이 외국인 동료들과 너도나도 얘기를 나누고 싶어 해서 나는 마치 사막의 물이라도 된 기분이었다. 누가 어디서 그 유행병에 걸렸는지에 대한 그들의 프레젠테이션은 최고 수준이었다. 대부분의 사례가 담배 재배 지역인 피나르델리오Pinar del Río에서 나왔다. 우리는 다 같이 점심을 먹고 나서 연구실로 돌아왔다. 그런데 일을 시작하자마자 갑자기 문이 열리면서 남성 몇 명이 들어왔다. 그들은 소리를 내지 않고 움직였는데, 모두 운동화를 신은 탓이었다. 저마다 권총을 차고 있었다. 그들은 연구실 구석에 자리를 잡았다.

그런 다음 그들의 보스가 등장했다. 피델 카스트로였다.

나는 그 순간 그의 옆모습을 흘끗 보고 '저 사람이 피델 카스트로군'이라고 생각했다. 텔레비전에서 그를 본 적이 있고, 그의 우렁찬 연설을 발췌한 녹음도 들어보았다. 지금 내 앞에 있는 그 남자는 푸근하게 턱수염을 기른 스웨덴의 배우이자 시인 베페 볼게르스Beppe Wolgers를 떠올리게 했다. 카스트로는 방에 있는 사람들에게 인사를 건네고 가족의 안부를 물었다.

그러곤 나를 보더니, 사람들 속을 천천히 헤치고 내 앞에 와서 두 팔을 벌리며 외쳤다. "엘 수에코El sueco!"

'스웨덴 친구'라는 뜻이다.

나는 내 스웨덴 동료를 소개했지만, 카스트로는 내게 더 관심이 있는 게 분명했다. 그가 물었다.

"내가 들어올 때 무슨 얘기를 하고 있었습니까?"

나는 카스트로에게 내가 가르치고 있는 강좌에 대해 말했고, 카스트로는 모잠비크와 그 나라의 사회주의자 대통령에 대해 질문했다.

"그러니까 사모라 마셸Samora Machel이 대통령일 때 모잠비크에서 일했군요. 그러면 젊었을 때 사회민주당에 참여했습니까?"

처음에는 그가 왜 이런 말을 하는지 알 수 없었다. 그러다 문득 그가 내 이력서에서 읽은 내용을 확인하고 있다는 걸 알아차렸다.

"한 말씀 드려도 될까요?" 내가 물었다.

"말씀하세요." 그가 호기심을 보이며 대답했다.

"대통령님, 저는 모든 공공 보건 연구자를 대표해 당신께 개인적으로 감사드립니다. 당신은 담배를 끊었다는 걸 공개적으로 말했습니다. 오래된 시가 애호가였는데도 불구하고 말이죠. 게다가 당신은 담배 생산국의 책임자이십니다. 그것은 매우 의미 있는 발언이었습니다."

그는 웃었다. 방 안의 다른 사람들도 웃었다. 그것은 독재자 밑에서 일하는 사람들 특유의 행동 방식이다. 인위적이지만 거짓은 아니고, 선의이긴 하지만 지나치게 오래 이어지는 웃음. 독재자들은 그것을 곧이곧대로 '존경의 표시'로 받아들인다.

카스트로가 방을 나가자 우리는 논의를 재개했다. 그 쿠바 사람들은 자신의 임무를 매우 진지하게 생각했고 우리가 와서 기뻐했지만, 우리가 정확히 왜 왔는지 틀림없이 궁금했을 것이다. 유행병이 실제로는 감소하고 있었기 때문이다. 하지만 그들은 원인이 무엇인지는 아직 몰랐다. 우리를 부른 의도는 아마 두 가지였을 것이다. 첫째, 그 유행병이 감염병이 아님을 입증하는 게 중요했다. 둘째, 우리의 방문은 쿠바가 국제 과학에 개방되어 있음을 쿠바 사람들에게 보여주는 것이었다.

다음 날, 우리는 수도에 있는 병원들을 돌며 환자를 소개받았다. 안과에서 나는 환자들이 받을 수 있는 발전된 치료법에 깊은 인상을 받았다. 전문의들이 백내장, 녹내장, 당뇨병성 망막증 같은 각 질환을 전문적으로 진료했다. 쿠바인 동료들은 내 호기심에 답하며 내가 감탄하는 것을 즐겼다.

그날 저녁에는 정치국 및 과학아카데미 사람들과의 회의가 잡혀 있었다. 우리는 아카데미의 공식 본거지인 3층짜리 콘크리트 건물에 있는 회의실 한 곳에서 만났다. 나는 핀라이연구소와 우리가 둘러본 병원들에 대한 소감을 말해달라는 요청을 받았다.

대화는 순조롭게 진행되었지만 그때 내가 그들의 방법론을 문제 삼았다. 개인의 식생활은 가장 조사하기 어려운 항목 중 하나다. 피험자가 모든 것을 일일이 최선을 다해 기술할 때조차 그렇다. 조사자는 피험자가 '뭘' 먹었는지뿐만 아니라 각각을 얼마나 많이 먹었는지, 어떻게 요리했는지, 어디서 났는지도 밝혀야 한다.

"저는 여러분이 음식 섭취에 대해 조사할 때 잘못된 방법론을 사용해왔다고 생각합니다." 내가 말했다. "여러분은 단순히 설문지를 돌렸을 뿐입니다. 사람들이 설문지에 적은 내용이 정확한지 어떻게 확신하죠? 한 가지 예로, 식재료의 비공식 거래가 있다면요? 어떤 독성 성분이 쿠바로 밀반입되었을지도 모르는 일 아닌가요?"

"쿠바는 봉쇄당하고 있으니 그건 불가능합니다." 누군가 소리쳤다.

그들은 웃었지만, 다분히 방어적이었다. 그건 그들이 충성스러운 쿠바인이라서가 아니라, 대단히 숙련된 정량역학자quantitative epidemiologist였기 때문이다. 즉 그들은 환자 집단과 건강한 사람 집단의 위해 요인 노출 정도를 계산하고 비교하는 수치적 방법들을 연마한 사람들이었다. 따라서 그들 입장에서 내 말은, 열린 인터뷰 형식으로 상황에 따라 질문을 다르게 바꾸면서 표정과 몸짓까지 평가하는 인류학적 접근 방식을 받아들이라는 요구로 들렸을 것이다. 그들에게 이것은 하찮은 방법론이었다. 1990년대 당시에는 이 두 가지 연구 방법이 강하게 대립하는 상황이었다.

그때 갑자기 문이 열리더니 운동화를 신은 조용한 남자들이 들어와 또다시 회의실 네 모퉁이에 자리를 잡았다.

이어서 카스트로가 들어왔다. 앞서와 마찬가지로 나는 사전에 아무런 연락도 받지 못했다. 나중에 알았지만, 과학아카데미에서 열린 회의 전체가 나와 피델 카스트로의 만남을 성사시키기 위해 짜놓은 각본이었다.

그는 내 옆에 놓인 팔걸이의자에 앉았다. 나는 앞서 본 프레젠테이션을 칭찬했다.

"이제 우리가 뭘 하면 됩니까?" 그가 물었다.

"저는 사람들이 먹은 게 이 유행병을 일으켰는지 알아낼 것입니다."

"하지만 그건 우리 연구팀이 이미 다 조사했는걸요."

"아뇨, 다 조사하지 않았습니다. 왜냐하면 설문지에 의존했으니까요. 질문 목록은 조사자들이 사전에 고려한 원인 인자들에만 초점을 맞췄습니다. 아직 고려하지 않은 요인은 아무도 조사하지 않았죠."

방법론에 대한 논의가 처음부터 다시 시작되었다.

"사람들이 정말로 자기가 먹은 것을 사실 그대로 말할까요? 따지고 보면 이 유행병은 '특별한 시기' 동안 발생했습니다."

내가 말했다.

카스트로가 내 말에 끼어들었다. 말투가 다소 거칠었다.

"내가 보증하는데, 쿠바인들은 이 나라 의료 서비스를 무한 신뢰합니다."

우리는 대화의 막다른 길에 봉착했고, 더 이상 서로를 이해하지 못했다. 카스트로는 언짢은 기색이 역력했고, 쿠바 과학자와 공무원들은 물고기처럼 무표정한 얼굴로 그 큰 방 안에서 안절부절못했다. 일부는 곤혹스러운 시선을 주고받다가 테이블 위로 시선을 떨구었다. 그들은 방에서 나가고 싶은 것 같았다.

"얘기 하나 해도 될까요?" 내가 물었다.

나도 모르게 튀어나온 말이었다. 카스트로는 약간 불안해 보였다.

"얘기요? 좋죠, 해보세요." 우리의 눈이 마주쳤다.

"어릴 때 저는 당신과 체 게바라가 이곳 아바나에 도착하는 영상을 보았습니다. 당신은 쿠바혁명을 시작하기 위해 멕시코에서 그란마Granma호를 타고 왔습니다."

"그걸 봤다고요?"

"네, 흑백 영상이었죠."

"우리가 육지에 내린 순간을 기억합니까?"

"아뇨, 배에 오르는 장면은 기억납니다. 그다음 장면에서 당신은 육지에 있었고요."

"맞아요. 상륙 장면은 찍지 않았죠."

전형적인 독재자의 수법으로 나를 시험한 것이었다.

"저는 당신이 시에라마에스트라Sierra Maestra에서 주민들과 함께 살 때 찍은 영상을 보았습니다. 그때 당신은 그들의 삶의 조건에 대해 배웠습니다. 전에는 특권층 학생이어서 외딴 지역 사람들 속에서 살아본 적이 없었죠. 처음에 당신은 그들을 이해하지 못했습니다."

"그랬죠." 그가 말했다.

"당신이 작은 판잣집에서 잠을 자고, 밭에서 시에라 사람들과 함께 일하는 장면을 본 기억이 납니다. 당신은 아이들의 숙제를 봐주고 여자들의 요리를 도왔습니다. 그러면서 그들을 잘 이해하게 되지 않았나요?"

"그래요, 나는 그들을 이해했어요." 그가 말했다.

"그런데 저를 놀라게 한 것이 하나 있었습니다. 제가 영상에서 보지 못한 것이 있었죠. 그것은 어디에도 없었습니다."

"무슨 뜻입니까?"

"설문지가 없었습니다!"

청중 대부분은 내가 무슨 말을 하려는 건지 몰랐지만, 카스트로는 이내 알아듣고 웃었다.

"저는 당신의 전례를 따라 당신이 한 것을 해보고 싶습니다. 피나르델리오에 연구팀을 데려가서 사람들이 어떻게 사는지 알아보고 싶습니다. 예상하지 못한 것을 발견할지도 모릅니다. 이런 종류의 조사를 저는 '개방형'이라고 부릅니다." 내가 설명했다.

그다음에 덧붙인 한마디에 카스트로의 얼굴이 환해졌다.

"당신이 시에라마에스트라에서 시도한 접근법이 이제 연구 방법론이 된 것입니다."

그는 그 후 회의실을 떠났다. 그 자리에서는 아무런 합의도 이뤄지지 않았다.

다음 날, 아침을 먹으러 내려오니 두 남성이 나를 기다리고 있었다. 한 명은 군복을 입고 차렷 자세로 서 있었다. 다른 한 명은 민간인이었다. 각각 쿠바 총사령관과 보건부 장관이었다. 그들은 조사에 대한 완전한 자유를 보장할 테니 이곳에 여섯 달 동안 머물러주길 바란다는 '사령관El Comandante(카스트로의 별칭-옮긴이)'의 뜻을 전했다.

혼란스러웠다. 여섯 달이라고? 나와 마주 앉은 쿠바 고관 두 명은 내가 머물러야 한다고 주장했다. 스웨덴의 집에서 내 가족이 나를 기다리고 있었다. 나는 가족과 함께 여름을 보낼 계획이었다. 앙네타에게 전화를 걸어야 했다.

"오, 당신이구나!" 앙네타가 전화선 반대편에서 말했다.

내가 쿠바에 도착한 뒤로 연락이 끊겨서 먼저 일반적인 상황을 설명한 다음 구체적으로 얘기를 꺼내야 했다.

"이런! 카스트로를 만났다고?" 앙네타가 소리쳤다.

나는 그녀에게 쿠바 정부가 생각하고 있는 것을 말하고, 내가 석 달 동안 여기서 지내면 어떻겠느냐고 물었다. 시간이 절반쯤 지나면 앙네타와 아이들이 쿠바로 와서 일주일 동안 휴가를 보낼 수 있을 터였다.

앙네타는 잠자코 신중하게 들었다.

"좋아." 그녀는 평소처럼 직설적으로 말했다.

♋

다음 날, 우리는 계획을 짜야 했다. 먼저 유행병의 지리적 확산에 대한 자세한 지도를 그렸다. 이 일을 도와줄 쿠바인 동료 몇 명을 추가로 배정받았다. 그중 한 명은 피해가 가장 큰 지역을 맡고 있는 역학자 마릴루스 로드리게스Mariluz Rodriguez였다. 그녀는 앙골라에서 오래 근무했는데 일을 정말 잘했다. 성격은 솔직하고 시원시원했다. 우리는 직업적으로 공통점이 많았다. 그녀는 숱 많은 붉은색 곱슬머리를 길게 늘어뜨리고 입술에는 새빨간 립스틱을 바르고 있었다. 그 나라에 유행하는 색상인 모양이었다. 나는 쿠바에서처럼 붉은 립스틱은 본 적이 없었다.

내가 쿠바 위기, 즉 그 '특별한 시기'가 진정으로 무엇을 의미하는지 이해한 것은 마릴루스 덕분이었다. 어느 토요일 밤, 그녀는 자기 부부와 함께 식사하자며 나를 초대했다. 그날 마릴루스 옆에 앉은 남편은 심하게 튼 그녀의 손을 감싸 쥐고 있었다. 그날이 빨래하는 날이었던 것이다. 그녀는 가족의 옷과 침구를 시멘트 통에 넣고 울퉁불퉁한 안쪽 면을 이용해 손으로 빨아야 했다. 가루비누와 액체비누는 물론 일반 비누조차 살 수 없었기 때문에 마릴루스는 소금을 사용했고, 그 때문에 손의 피부가 상한 것이다. 현재진행 중인 유행병을 통제하는 일을 맡은 최고 전문가 중 한 명이 토요일의 반나절을 소금 용액으로 시트를 빨면서 보내야 한다니 놀라웠다. 그래도 마릴루스는 이 정권을 지지했다. 자신을 혁명가라고 불렀으며 혁명의 업적, 특히 보건 의료 서비스에 자부심을 느꼈다. 그녀는 초창기부터 참여해 결핵을 통제하고, 깨끗한 화장실을 도입하는 등 공공 보건 분야에서 일하는 데 평생을 바쳤다. 쿠바 보건 서비스의 한몫을 담당했다는 사실은 자부심의 원천이었다.

우리는 내가 반半정량적 인터뷰라고 부른 것을 두 집단에게 실시하는 것으로 조사를 시작했다. 한 집단은 마비 환자가 많이 사는 지역의 주민들이었고, 또 한 집단은 그런 환자가 거의 없는 지역의 주민들이었다. 조사 결과, 개인 농장이 있는 지역에서는 발병 사례가 거의 없거나 아예 없는 것으로 드러났다. 혁명 후 쿠바의 대규모 농장은 국유화되었지만 소규모 농장은 민간에 맡겨졌다.

우리는 정권의 감시하는 눈과 귀를 벗어나 농부들과 편안하게 인터뷰하기 위해 내가 아프리카에서 고안한 방법을 사용했다. 조사팀이 한 마을에 처음 도착하면 나는 지역사회 유력자들과 함께 시간을 보냈다. 레닌과 마르크스의 사진이 걸린 당 회의실에서 나는 외국인 의사한테 호기심을 보이는 비밀경찰들에게 재미있는 이야기를 들려주었다. 그리고 중요한 일을 하는 것처럼 보이기 위해 그들에게 던질 질문 목록을 가져왔는데, 모두 조사와는 무관한 것이었다. 나는 또한 모든 사람의 혈압을 측정해주겠다고 제안했다. 그동안 모두 여성 수련의로 구성된 면접관들은 동네 여성들과 이야기를 나누며 그들이 맡은 일을 수행할 수 있었다. 사람들의 호기심을 이용하면 많은 것이 해결된다.

쿠바에서 일하는 동안 카스트로는 나와 내 일을 자주 언급했고, 국영 신문은 가족과의 휴가를 희생해가며 쿠바에 와서 일하는 '스웨덴 의사'에 대한 기사를 썼다. 카스트로가 국민에게 "여러분도 휴가를 쓰지 마십시오"라고 말하는 바람에 많은 시민이 나를 미워했지만 말이다.

당 수뇌부는 내가 국영 텔레비전에 출연해 지금 하고 있는 조사에 대해 설명하길 바랐는데, 나는 그것을 요령껏 피했다. 독재 정권에서 일할 때는 자신의 역할을 분명히 할 필요가 있다. 왜 내가 쿠바에서 일하고 있는가? 내 임무는 유행병의 원인을 알아내는 것이었다. 그곳에 있는 동안 당국과 싸워서도 안 되지만, 그들에게 이용당하는 것도 피해야 했다. 무엇보다 쿠바인 동료들에게 피해를 주어서는 안 되었다. 쿠바 현지인들이 특정한 제약을 안고 산다는 사실을 받아들이는 것은 방문객의 필수 덕목이었다. 예를 들어, 스웨덴 사람들은 당연하게 여기는 종류의 대화도 쿠바에서는 사적인 자리에서만 할 수 있고 공적인 자리에서는 할 수 없었다. 누군가 공개적으로 말할 각오가 되었다는 신호를 놓쳐서는 안 되지만, 그렇다고 결정을 강요할 수는 없다.

내 가족이 나와 함께 휴가를 보내기 위해 왔고, 딸 안나는 좀 더 오래 머물렀다. 안나는 쿠바에서 또래 친구들을 사귀었고, 그들과 함께 살사 바에 춤을 추러 갔다. 안나의 친구들에겐 차가 있었지만, 그걸 사용하려면 암시장에서 파는 휘발유가 필요했다. 딸은 욕조에 암거래 연료를 저장하고 있는 아파트에 가서 운전자들과 가격 흥정을 했다. 안나는 가격을 포함해 상품 거래에 관한 많은 요령을 터득했고, 덕분에 우리는 '딸이 춤추러 가서 현지인과 말하다'라고 이름 붙인 새로운 조사 방법론을 개발했다. 시내에서 밤새 놀고 돌아온 딸이 피곤해서 그만 자고 싶다고 애원할 때까지 나는 딸의 침대맡에 앉아 자세한 질문을 했다.

피나르델리오의 밤 생활에 대한 안나의 이야기는 쿠바 사회와 암시장의 역할에 대해 많은 것을 이해할 수 있게 해주었다. 안나가 아직 자고 있는 동안 나는 아침 식탁에서 동료 역학자들에게 우리의 최신 연구 결과에 대해 말해주었다.

우리는 낮에 자료를 수집하고, 밤에는 알아낸 내용을 취합

해서 표로 작성했다. 대개 자정 무렵이면 일이 끝나고 기타가 등장했다. 항상 누군가는 〈쿠바, 쿠바는 얼마나 멋진가Cuba, qué linda es Cuba〉를 연주했다. 나는 외국인 할당량을 모아 모두에게 돌아갈 맥주를 준비했다. 내 한도는 하루 두세 병이었다.

시간이 지나자 우리는 수집한 데이터를 토대로 이제 일일 신규 사례 수를 보여주는 그래프를 그릴 수 있다는 것을 알았다. 그 그래프에 외부 사건과 일치하는 측면이 있었을까? 우리는 몇 가지 사회적 요인을 찾아낼 수 있었다. 한 예로, 외국에 연고가 있는 사람들은 영향을 덜 받았다. 피나르델리오에서는 약 1만 건의 사례가 발생했다. 우리가 처음에 눈여겨보았듯이 대규모 담배 농장에서 일하는 노동자들보다 소규모 농부들이 영향을 덜 받았는데, 전자의 경우 영양 결핍을 보이는 경향이 있었다.

쿠바 정부가 암시장을 몰랐다고 보는 건 비현실적이었다. 그럼에도 쿠바인 동료들은 암시장의 가격 체계를 국가가 기록하고 있다는 이야기를 들어본 적이 없었다.

"말도 안 돼요." 그들이 장담했다.

나는 그들을 믿지 않았다.

"주지사와 얘기 좀 나눌 수 없을까요? 그는 알고 있지 않을까요?"

이 가능성과 관련한 모든 게 쿠바인 동료들을 불안하게 만들었지만, 그들은 주지사와의 약속을 잡아주기로 했다. 우리 대표단이 찾아갔을 때, 주지사는 서류가 산더미처럼 쌓인 책상 앞에 앉아 있었다. 나는 우리가 지금까지 조사한 결과를 요약하면서, 개인이 소유한 소규모 농장에서 일하는 농부들은 이 병을 피한 반면, 먹을 게 비교적 적은 대형 농장 노동자들은 병에 잘 걸렸다는 사실을 강조했다.

주지사는 큰 관심과 열의를 보였다.

"비공식 경로를 통해 식품을 살 여유가 있는 사람들은 병에 걸리지 않는 것 같습니다. 주지사님은 시장의 물가 동향을 파악하고 계십니까?"

그의 표정이 심각해졌다.

"무슨 뜻이죠?" 그가 물었다.

"제가 설명해보겠습니다. 스웨덴은 식량이 부족하지 않습니다. 하지만 우리는 불법 마약 거래로 골치를 앓고 있습니다. 여기서는 겪지 않는 문제죠."

나는 스웨덴이 어떻게 마약 의존적이 되었는지 생생하게 설명했다.

"헤로인, 암페타민, 대마초. 물론 이 모두가 암시장에서 거래됩니다. 그럼에도 경찰은 시장가격을 보고하는 정보원을 이용해 그들이 할 수 있는 일을 합니다. 그들은 가격이 떨어지는 것을 보고 배달 시점을 판단할 수 있습니다."

"재미있군요! 우리도 같은 방법을 사용하거든요." 그가 우리 모두를 차례로 둘러보았다. "우리는 그것을 '내수연구소Instituto de la Demanda Interna'라고 부릅니다."

쿠바인 동료들은 할 말을 잃었고, 분위기가 싸해졌다.

"그 연구소 사람을 만나볼 수 있을까요?" 내가 조심스럽게 물었다.

어쨌거나 카스트로는 내게 전권을 주었으니까. 얼마 후 우리는 명패가 달려 있지 않은 허름한 문 앞에 서 있었다.

"기다리고 있었습니다." 문을 연 남자가 말했다.

안쪽에서는 거구의 여성이 앉아 우리를 기다리고 있었다. 그녀의 몸집은 놀라웠다. 그해 여름에는 식품이 부족했고, 그래서 쿠바에서 과체중인 사람은 보기 드물었기 때문이다. 그녀는 우리에게 자기 부서는 기름과 육류 가격에 대한 자료를 집계한다고 말했다. 커튼을 친 어두운 방에서 우리는 데이터를 보았고, 수치를 베껴 적어도 좋다는 허락을 받았다.

그 부서 책임자와 내가 직업적 동료로서 데이터를 수집하는 최선의 방법에 대해 이야기를 나누는 동안 쿠바인 동료들은 침묵을 지켰다.

그들은 호텔로 돌아가는 택시 안에서도 침묵을 지켰다. 이야기를 나누기 위해 함께 자리에 앉았을 때 나는 신이 나서 말했다. "보세요. 이런 게 있다고 했잖아요!"

나는 내 발견이 짜릿했고, 약간 우월감도 느꼈다. 하지만 곧 분위기를 감지했다. 다른 사람들은 기분이 가라앉았고 심지어 슬퍼 보이기까지 했다.

"믿을 수 없어요! 도저히 믿기지 않는군요. 당신이 이걸 발견한다는 게 말이 됩니까? 여기 온 지 한 달 된 외국인인 당신이! 나는 내 조국이 이런 식으로 운영되지는 않을 거라고 믿었어요. 그 혁명가들보다 내가 더 혁명적인 게 분명해요." 그들 중 한 명이 동료를 보며 울분을 토했다.

자국민을 먹일 수 없다는 걸 알게 되면 현명한 정권은 암시장의 거래를 허용하되 감독을 한다. 쿠바인은 새로운 사회를 위해 싸웠고 자신들이 자유기업 없이도 살 수 있다고 믿었지만, 살아남기 위해서는 그것이 필요하다는 걸 알아차렸다. 예컨대 새빨간 립스틱은 운동선수들이 외국에 경기하러 갔을 때 수입해온 것이다. 립스틱은 암시장에 완벽한 조건을 갖추었다. 가격은 높지만 부피가 작아서 들여오기 쉽기 때문이다. 물론 모두가 그것을 살 여유는 없지만, 대부분의 공동주택 계단에는 립스틱 소유자가 있었다. 누군가 기분 전환이 필요하면 그녀를 찾아가서 입술에 색을 입히는 대가로 요금을 지불했다.

쿠바에서 유행한 마비 질환이 소련 붕괴 후의 식량 부족이 초래한 단조로운 식생활과 분명한 관련이 있음을 증명했을 때 우리의 조사는 종결되었다. 많은 사람들이 고기와 달걀을 생기는 족족 아이들과 노인에게 주었기 때문에 이 질환에 걸렸다. 최후의 수단은 비타민 또는 단백질이 부족해서 극도로 위험한 식생활인, 쌀과 설탕으로 연명하는 것이었다. 설탕은 암시장에서 항상 구할 수 있었다. 쿠바인들은 아침으로 '소파 데 가이나sopa de gallina'를 먹었다고 농담하곤 했다. 원래는 '치킨 수프'라는 뜻이지만 지금은 그냥 설탕물로 정의가 바뀌었다.

우리의 조사 결과가 정부에 전달되었고, 나는 내 스웨덴 동료들과 함께 고국으로 돌아왔다. 떠나기 전 우리는 공식 보고서에서 그 병을 영양부족과 중독이 결합되어 발생하는 '독성 영양 관련' 질환으로 기술하지 않기로 약속했다. 쿠바의 식량 공급이 불충분하다고 말하는 것은 정치적으로 매우 민감한 문제였다. 그 대신 선택한 범주는 '독성 대사 관련' 질환이었다. 이는 비非독성 성분이 체내에서 독소로 대사되었음을 암시했다.

스웨덴 국영 텔레비전에서 나온 기자들이 우리가 도착하면 인터뷰하려고 스톡홀름 공항에서 기다리고 있었는데, 이와 관련한 사전 지침은 없었다. 나는 아무런 준비도 하지 않았고, 스웨덴 언론에 어떻게 대처해야 하는지 쿠바 당국과 논의한 바도 없었다. 하지만 내 고국에서는 언론의 질문을 무시하는 것이 불가능하다는 사실을, 쿠바를 떠나기 전 카스트로에게 알렸어야 했다.

로이터통신은 우리의 연구 결과를 전 세계로 타전했다. "저명한 스웨덴 의사에 따르면, 쿠바에서 식량 부족과 질 나쁜 식생활로 사람들이 병에 걸리고 있다." 쿠바 정부는 내 발언이 탐탁지 않았고, 우리의 협력은 그것으로 중단되었다. 나는 그 조사에 대해 두 번 다시 언급하지 않았다.

하지만 시간이 흐르자 상황은 진정되었다. 몇 년 후 나는 다시 쿠바의 초청을 받아 보건부에서 '세계적 관점에서 본 쿠바인의 건강'에 대해 강연했다. 강연에서 나는 쿠바가 1인당 소득이 훨씬 더 낮음에도 불구하고 아동 사망률은 미국과 같다고 지적했다. 박수가 쏟아졌다. 강연 후 보건부 장관이 무대에 올라와 내게 극진한 감사를 표했다.

"우리 쿠바인은 빈국들 중에서 가장 건강합니다!" 그가 소리쳤다.

나중에 내가 커피 머신 앞에 있을 때 한 젊은 남성이 다가왔다. 그는 내 팔을 잡고 무리 밖으로 조용히 이끌었다. 그런 다음 내게 몸을 기울이며 속삭였다.

"당신의 데이터는 정확하지만, 장관의 결론은 틀렸어요. 우리는 빈국들 중에서 가장 건강한 게 아니라, 건강한 국가들 중에서 가장 가난한 겁니다."

그러고는 가버렸다. 내 얼굴에 희미한 웃음이 번졌다. 그가 옳았으니까. 쿠바에서 주목할 만한 대목은 그 나라의 발전된 의료 서비스가 아니라, 정권이 경제성장과 표현의 자유를 이루어내는 데 완전히 실패했다는 것이다.

나는 지금까지도 쿠바에서의 내 조사 결과를 발표하지 않았다. 그곳에서 함께 일한 쿠바인 동료들을 곤란하게 하고 싶지 않았다. 세계 어느 곳에서도 동료들이 이렇게 신경 쓰인 적은 없었다.*

쿠바에서 내가 맡은 임무는 특별히 인상적이고 대부분의 연구와 크게 달랐지만, 일반적으로 연구는 지루하다. 그래서 연구자에게는 끈기가 무엇보다 중요하다. 그래도 때로, 대개는 시간이 한참 흐른 후이지만, 뭔가를 발견했다는 커다란 만족감이 밀려오는 순간들이 있다.

∽

1996년 나는 스톡홀름 카롤린스카연구소에서 세계 보건에 관한 5주짜리 강좌를 맡고 있었다. 그 강좌는 인기가 좋았는데, 무엇보다 학생들이 마지막 2주를 해외에서 보낼 수 있었기 때문이다. 매 학기 카롤린스카연구소의 의과대학생 100명 가운데 약 30명이 이 강좌를 선택했다.

하지만 몇 년 후, 내 마음속에 새로운 아이디어가 뿌리내렸다. 나는 이 강좌가 세계 보건에 대해 이미 잘 아는 학생들만 끌어들이고 있다는 걱정이 들었다. 대신 이 강좌를 모든 의대생의 필수과목으로 만들고 싶었다. 이 계획을 설득력 있게 제

● 한스 로슬링의 쿠바 조사는 그의 사후 쿠바 공저자들과의 협업으로 가족에 의해 발표되었다. 2017년 스웨덴 〈사회의학저널〉이 발행한 '한스 로슬링 특별호'에 실렸다. "Ecological studies in Pinar del Rio Province support a toxico-nutritional etiology of epidemic neuropathy in Cuba" in *Socialmedicinsk Tidskrift*, vol. 94, no. 6, 2017, pp. 731~745 참조.

시하기 위해서는 내 강좌를 듣는 학생들이 애초에 이 주제에 대해 다른 학생들보다 훨씬 더 많이 알고 있다는 증거가 필요했다. 내 연구실의 대학원생 로빈 브리튼-롱Robin Brittain-Long은 정말 그런지 조사해보자고 제안했다. 로빈은 내 강좌를 선택한 학생들과 더 보편적인 주제인 중환자 치료를 다루는 강좌를 선택한 학생들, 두 집단을 비교해보기로 했다.

로빈이 조사 결과를 처음 보여주었을 때 나는 다소 실망했다. 그것은 세계 보건에 관심 있는 예비 수강생들이 중환자 치료 과목을 선택한 학생들보다 세계 보건에 대해 더 많이 알지는 못한다는 사실을 보여주었다. '젠장, 내가 틀렸군'이라고 생각했다.

하지만 그러고 나서 로빈의 데이터를 좀 더 꼼꼼히 들여다보았을 때, 팔뚝의 털이 곤두서고 등줄기에 전율이 흘렀다. 그 결과가 얼마나 엄청난 것인지 깨닫곤 심장이 두근거려 숨이 멎는 줄 알았다. 한 질문이 특히 많은 사실을 알려주었다.

"아래에 다섯 쌍의 나라가 있다. 각 쌍에서 한 나라가 다른 나라보다 아동 사망률이 두 배 이상 높다. 아동 사망률이 더 높은 나라를 고르시오."

다섯 쌍 모두 유럽 국가와 비유럽 국가로 짝지어져 있었다. 아동 사망률은 한 나라의 사회경제적 발전을 보여주는 가장 유용한 척도 중 하나다. 각 쌍에서 정답을 고르기 위해서는 대략 어느 나라가 더 발전했는지 알기만 하면 되었다. 선택지가

둘뿐이었으니 그들이 무작위로 찍었을 경우의 정답률은 50퍼
센트여야 했다.

하지만 정답을 맞힌 학생은 36퍼센트에 불과했다. 이는 몰
라서 아무렇게나 찍었을 경우보다 더 나쁜 성적을 거두었다는
뜻이다.

이것이 바로 내 팔뚝의 털이 곤두선 이유였다. 정답률이 찍
은 경우보다 낮다는 건 어떤 부정확한 추정이나 편견이 개입
되었다는 뜻이었다. 너무나 많은 학생이 아동 사망률은 빠르
게 성장하는 일부 아시아 국가보다 유럽이 항상 더 낮다고 추
정했다. 그러나 1999년 한국의 아동 사망률은 폴란드의 절반
이 채 되지 않았으며, 이는 스리랑카를 터키와 비교해도, 말레
이시아를 러시아와 비교해도 마찬가지였다.

진정이 좀 되었을 때, 나는 로빈의 조사가 놀랄 만한 새로운
관점을 열었음을 깨달았다. 세계 보건에 대한 교육은 지식의
빈틈을 채우는 문제가 아니었다. 이 교육이 해야 할 일은 선
입견을 제거하는 것이었다. 특히 '서양'이 세계 다른 지역보다
항상 더 발전했다는 선입견을.

또 한 가지 중요한 발견은 주변 세계에 관심이 많은 학생이
그렇지 않은 학생보다 세계 보건에 대해 반드시 더 많이 아는
건 아니라는 사실이었다.

앙네타와 내가 동남아시아의 발전을 보며 우리의 준비 부족
에 충격을 받은 지 사반세기가 지났다. 25년이 지난 지금도 스

웨덴 학생들은 동남아시아 지역이 얼마나 빨리 유럽을 따라잡았으며, 나아가 많은 아시아 국가들이 몇 가지 면에서는 유럽의 일부보다 더 잘 해내고 있다는 사실을 알아채지 못하고 있었다.

∽

　카롤린스카연구소에 부임하기 전 나는 웁살라대학에서 거의 10년 동안 보건 의료와 인구 증가의 세계적 추세를 가르쳤다. 그곳에서 만난 똑똑하고 의욕적인 많은 학생이 세계 나머지 지역에서 일어나고 있는 일에 대해 강한 선입견을 가지고 있었다. 스웨덴의 교육 시스템이 유럽 외 세계에 대해서는 기초적 지식조차 제공하지 못한 것이 분명했다.

　나는 학생들에게 보건 의료는 전 세계적으로 꾸준히 개선되고 있다고 말했지만 그들은 반박했다. 환경 파괴가 공공 보건에 점점 더 많은 해를 끼치고 있는 것을 보면, 내 데이터가 잘못된 것이 틀림없다고 말했다. 나는 그들에게 지난 25년 동안 인구 증가율이 감소해왔다고도 가르쳤는데, 그들은 세계 인구가 그 어느 때보다 빠르게 증가하고 있다며 내 말을 반박했다. 게다가 그들은 인구 증가가 환경 파괴의 주요 원인이라고 알고 있었다. 그들 중 일부는 가난한 나라에서 죽는 수백만 명의 어린이보다 죽어가는 동물을 더 신경 썼다. 나는 고릴라와 서

식지를 공유하는 사람들의 삶의 조건이 극적으로 개선되지 않는 한 고릴라의 미래도 없다고 설명하려 애썼다.

해마다 몇 번이고 같은 이야기가 같은 어조로 오갔다. 통상 흥분해서 감정적으로 반응하는 소규모 학생들과, 좀 더 차분하고 냉정한 나머지 학생들이 있었다. 그리고 매년 학생 대다수가 활동가들의 편을 드는 경향이 있었다.

이것이 1990년대의 상황이었다. 당시는 기후변화보다 동물 보존에 대중의 관심이 집중된 시기였다. 멸종 '레드 리스트'가 발표되었고, 많은 동물이 위기에 처해 있는 게 분명했다. 하지만 세계자연기금World Wide Fund for Nature 같은 조직조차 침팬지를 구하는 일은 그 지역 사람들이 인간다운 삶의 척도를 갖추지 못하는 상황에서는 불가능하다는 사실을 알았다. 그러나 활동가들은 그런 식의 생각을 따를 준비가 되어 있지 않았다.

몇 년 동안 나는 집으로 돌아가는 길에 학생들의 이념에 대해 생각하면서 그것을 비난했다. 그들의 가장 뿌리 깊은 관념은, 세계에는 두 유형의 나라에 사는 두 유형의 사람들이 존재한다는 것이었다. 카페에 앉아서 나는 학생들이 '우리'와 '그들'이라는 관점에서 세계를 논하는 것을 들었다. 끊임없이 반복되는, 가장 자주 듣는 얘기가 있었다. "그들이 지금 우리가 살고 있는 방식으로 살기를 기대할 순 없어. 안 될 일이지. 모든 중국인이 자동차를 소유한다고 상상해봐!"

부자 나라들이 현재 소비하는 속도로 모든 나라가 자원을 소비하는 것은 불가능하다는 점에서는 그들이 옳았다. 하지만 소비를 줄여야 하는 쪽은 부자 나라들이다. 가난한 나라들은 소비를 더 늘려야 하고, 대규모 중간 집단은 부자들을 따라 지속 가능한 소비로 나아가야 한다. 내 의견에 동의하는 학생은 극소수였다. 왜냐하면 대다수 학생이 가난한 사람들은 열대우림과 시골 생활에 만족한다고 확신하는 것 같았기 때문이다. 그들의 고집은 내게 깊은 충격을 주었다. 가난한 세계에 사는 사람들이 전기, 수도, 도로, 그리고 교육과 보건 의료의 이용을 얼마나 절실히 원하는지 나는 똑똑히 기억했다.

새로운 학년이 시작될 때마다 우리는 새로운 과정을 개설했고, 나는 새로운 학생들에게 각기 다른 경제 발전 수준의 삶에 대해 가르치는 어려운 과제를 맡았다. 나는 무엇보다 '우리'와 '그들'을 구분하는 타당한 기준은 없다는 점을 설명하려고 애썼다. 전 세계에 걸쳐 사람들은 연속선상에 놓을 수 있는 생활 수준을 누리며 엇비슷하게 살아간다.

나는 첫 강의를 시작할 때 전 세계 어린이들을 대상으로 조사한 유니세프 연례 보고서에 나오는 표 1~5를 큰 종이에 인쇄해 나누어주었다. 각 국가의 데이터 세트는 인구 규모, 경제 발전, 건강 상태를 보여주었고, 현재 데이터뿐만 아니라 지난해와 20년 전의 데이터도 포함했다. 나는 학생들에게 표를 살펴보고 가장 성공한 나라를 고르라고 했다. 출생률과 아동 생존율을 본다면 더 이상 세계를 둘로 나눌 수 없다는 것을 분명히 알 수 있었다.

학생 대부분이 이 사실을 받아들이지 않으려 했다. 그들은 개발도상국의 데이터가 틀린 게 분명하다고 주장했다. 쉬는 시간과 질의응답 시간에 그들은 인구 폭발은 아프리카인·이슬람교도·가난한 사람들의 출생률이 증가한 탓이며, 그 어린이들의 사망률이 세계 인구를 억제하는 한 가지 중요한 요인이라고 말했다. 나는 그들 눈앞에 있는, UN에서 가장 믿을 만한 출처의 데이터를 언급하며 이렇게 말했다.

"아동 사망률이 인구 성장의 억제 요인으로 작용한 지는 수십 년이 지났어요. 현재 인구 성장이 가장 빠른 곳은 아동 사망률이 가장 높은 최빈국들이에요. 극심한 빈곤 속에서 사는 사람들은 아동노동이 필요하고, 자식 중 일부가 죽을지도 모른다는 사실을 알기 때문에 아이를 더 많이 낳아요. 발전으로 나아가는 유일한 방법은 빈곤과 아동 사망을 모두 줄이기 위해 계속 노력하는 거예요. 일단 부모들이 자녀가 죽지 않고 살아남는 것을 보게 되면, 아이를 적게 낳아 더 잘 교육시키고 싶겠지요. 그때가 바로 피임법의 사용을 최우선 과제로 놓아야 할 시기입니다."

그때나 지금이나 나는 이것이 이렇게 설명하기 어려운 사실이라는 게 당혹스럽다.

몇몇 학생은 언제나처럼 그 아이들이 살면 동물들이 죽을 거라고 대답한다. 그러면 나는 다시 처음부터 설명한다. 더 많은 아이가 살아남으면 어머니들이 자녀를 적게 낳을 것이고, 그러면 인구가 안정되어 동물들에게도 이익이 된다. 세계 보건의 최우선 과제는 가장 가난한 나라들의 아동 사망률을 줄이는 것이어야 했다. 어느 날 오후, 한 학생이 강의실 뒤에서 큰 목소리로 외쳤다. "교수님은 동물들에게는 마치 히틀러 같군요!"

그날 밤 10시, 집으로 돌아온 나는 사실을 제시하는 내 방법이 효과가 없다는 걸 받아들일 때가 왔음을 깨달았다. 그들이 생각하는 이분법적 세계는 존재하지 않는다는 것을 어떻게 증명할 수 있을까? 세계는 '동과 서'라는 식민지 시대 개념에도, '북과 남'이라는 새로운 구분에도 대응하지 않는다는 것을 그들에게 어떻게 보여줄 수 있을까?

그때 한 가지 아이디어가 떠올랐다. 각 나라를 물방울로 표현하고 인구수에 비례해 물방울 크기를 정하는 것이다. 그리고 이 인구 물방울들을, 1인당 소득을 가로축으로 하고, 기대수명이나 가구당 생존 자녀 수 같은 국가 건강 지표를 세로축으로 하는 그래프에 올려놓을 수 있을 터였다.

그날 저녁, 나는 몇 시간에 걸쳐 견본을 만들었다. 유니세프 연감에 있는 데이터 세트를 사용했고, 그것을 통계 프로그램 스태트뷰StatView에 입력했다. 잠자리에 들 무렵 나는 견본을 인쇄해 한 부를 배낭에 넣었다. 가능한 한 빨리 내 학생들에게 시험해보고 싶었다.

테스트 결과는 조짐이 좋았다. 학생들은 이 새로운 종류의 세계지도가 마음에 드는 것 같았다. 그때만 해도 나는 이 물방울이 내 인생을 얼마나 크게 바꿀지 예감하지 못했다.

◡◡

결정적 발걸음을 내디딘 것은 1996년 스톡홀름의 어느 겨울날이었다. 그날 나는 서류 뭉치를 움켜쥐고 질퍽질퍽하게 녹은 눈길을 바삐 걸어가고 있었다. 국제 보건에 대해 가르칠 교수를 뽑는 면접을 위해 급히 카롤린스카연구소에 가는 길이었다. 다른 지원자들이 나보다 훨씬 더 훌륭했기 때문에 내가 최종 후보에 오를 줄은 예상하지 못했다. 그래서 나는 좋은 인상을 남길 계획을 짰다.

연구소에 도착했을 때 선발위원회 의장 엘링 노르비Erling Norrby 교수가 내게 안으로 들어와 타원형 탁자의 한쪽 끝에 앉으라고 권했다. 모두 나보다 나이 많은 여덟 명의 교수가 탁자에 둘러앉아 있었다. 겨울 낮의 선명한 빛이 큰 창문을 통해 쏟아져 들어와 누가 누군지 구분이 가지 않았다. 노르비 교수가 내게 말을 건넸다.

"한스 로슬링 씨, 당신은 맨 마지막 후보입니다. 국제 보건 분야의 핵심 쟁점이라고 생각하는 것을 우리에게 설명해주셨으면 합니다. 그런 다음 왜 당신이 적임자인지 말씀해주세요."

나는 연구해야 할 핵심 쟁점은 건강과 보건 의료 서비스 제공에서의 세계적 차이, 그리고 가난한 사람들의 건강을 증진하고 회복시킬 최선의 방법이라고 답했다. 그러고 나서 계속 말했다.

"하지만 왜 제가 적임자인지 설득할 생각은 없습니다. 다른 지원자들이 저보다 훨씬 더 뛰어나다는 것을 알고 있습니다. 대신 여러분에게 건강의 세계적 차이에 관해 몇 가지 기본적인 점들을 말씀드림으로써 여러분이 적임자를 뽑을 수 있는 최선의 정보를 드리는 데 제게 주어진 20분을 쓰고 싶습니다. 여러분의 출판물 목록을 훑어보니 이 분야의 전문가가 아무도 없으시더군요. 그래서 제가 여러분을 위해 알록달록한 물방울 그래프를 준비했습니다. 물방울은 각 나라를 표시하고, 색깔은 그 나라가 속한 대륙을 나타냅니다. 세로축은 기대 수명을, 가로축은 1인당 소득을 보여줍니다."

나는 몇 가지 예를 들었다. "수명이 짧고 국민이 매우 가난한 왼쪽 하단의 콩고에서 수명이 길고 평균 소득이 높은 오른쪽 상단의 일본에 이르는 국가들의 분포를 보세요."

나는 이어 세계를 선진국과 저개발국으로 나누는 이분법은 오늘날의 세계와 무관하다고 설명하면서, 대부분의 나라가 그래프 중앙에 모여 있다고 지적했다. 또한 나는 경제 발전이 진행됨에 따라 질병 부담(해당 질병으로 인한 건강 손실을 연수로 표현한 것. 단일 건강 수준 측정 지표로서 세계보건기구가 제안함―옮긴이)

이 영양실조를 동반하거나 동반하지 않는 감염성 질환에서 비감염성 질환, 또는 주로 고령층에 발생하는 만성질환으로 서서히 옮겨간다고 주장했다.

면접관들이 스스로 무능하다는 인상을 받고 기분 나쁠 새가 없도록 속도를 꾸준히 유지했다. 나는 사실 이것을 악의 없는 장난이라고 생각했다. 내 발표는 그들의 관심을 끌었고, 심지어는 몇몇 긍정적 논평도 받았다. 마지막으로 그들은 내게 몇 가지 질문을 더 하고, 내가 준비한 자료에 감사를 표했다. 그날 저녁, 나는 내 친구 스타판 베리스트룀Staffan Bergström이 예상대로 교수로 뽑혔다는 소식을 들었다.

그런데 다음 날 아침 전화벨이 울렸을 때, 정말 놀라운 소식을 들었다.

"안녕하십니까, 한스. 저는 국제 보건 교수 선발위원회 의장 엘링입니다. 당신이 임명되지는 않았지만 우리는 당신의 프레젠테이션에 깊은 인상을 받았고, 그래서 당신을 6년간 선임 강사로 모시는 계약을 제안하고 싶습니다."

나는 그 자리를 받아들였다. 몇 년 후 나는 카롤린스카연구소 교수로 임명되었다. 내 연구는 나를 면접 최종 후보까지 데려갔지만, 알록달록한 물방울을 이용한 교육 아이디어는 나를 교수로 만들었다.

6 강의실에서 다보스로

물방울 도표에 결정적 반응을 보인 사람은 카롤린스카연구소 교수들도, 학생들도 아니었다. 내 미래의 진로에 가장 큰 영향을 미친 것은 아들 올라와 어쩌면 아들보다 더 중요했을지 모르는 며느리 안나의 반응이었다.

둘 다 스물세 살이던 올라와 안나가 1998년 9월 어느 날 우리 집에 저녁을 먹으러 왔다. 그들은 당시 예테보리에 살았지만 주말에 웁살라에 놀러 온 것이었다. 안나는 문화사회학을 전공한 후 그 대학 사진학교에서 공부하고 있었다. 올라는 경제사를 공부하는 중이었지만 그의 계획은 단지 보조금 신청 자격을 얻기에 충분한 대학 학점을 이수하는 것이었다. 아들은 그 돈으로 물감을 산 다음 새로운 포트폴리오를 만들어, 이미 2년 연속 최종 후보에 오른 칼리지 오브 아트에 지원할 생각이었다.

디저트를 먹기 시작할 때 그들에게 내가 새로 만든 알록달록한 물방울 도표를 보여주었다. 그래프는 즉시 그들의 눈을 사로잡았다. 내가 우리 학생들은 가난한 나라에서 부자 나라까지 전 세계 국가들이 연속선상에 흩어져 있다는 사실을 받아들이지 않는다고 말하자, 그들은 나보다 훨씬 더 호기심을 보였다. 안나는 예테보리에 가져갈 사본을 하나 달라고 했다.

그리고 그것을 친구들이 쉽게 볼 수 있도록 그들이 사는 아파트 벽에 붙여놓았다. 당시만 해도 이것이 숫자에 대한 내 집착과 그들의 예술적 재능을 결합한, 평생에 걸친 협업의 시작이 될 줄은 전혀 몰랐다. 가족과의 저녁 식사가 당신을 어디로 데려갈지는 아무도 모르는 일이다.

몇 주 후인 1998년 9월 16일, 나는 올라에게 이런 제목의 이메일을 받았다. "제가 새로운 것을 시도하려 합니다." 올라는 이메일에서 자신이 예테보리문화센터가 운영하는 잡지 제작 워크숍에서 수업을 하나 듣고 있는데, 거기서 새로운 컴퓨터 애니메이션 프로그램을 알게 되었다는 그간의 사정을 열심히 설명했다. 그리고 이메일 끝에 이렇게 적었다. "좋은 소식이 있어요. 앞으로 두 달 동안 그 애니메이션 프로그램 디렉터Director 6.0을 사용해 아버지의 '아동 사망률 대 GNP' 그래프를 움직이게 만들 계획이에요. 어떻게 생각하세요? 답장 부탁드려요." 나는 심드렁한 답장을 보냈다. "좋은 생각 같구나. 한번 해보렴." 이때 나는 올라가 뭘 하려는지 낌새도 채지 못했다.

몇 주가 지났을 때 올라가 내게 전화를 걸어 물방울을 움직이게 만들 수는 있는데, 그 작업을 하려면 성능이 더 좋은 컴퓨터가 필요하다고 말했다. 그는 국가 물방울들이 한 해에서 다음 해로 움직이도록 그래프의 디지털 버전을 약간 수정하는 아이디어를 실현해보고 싶어 했다. 그렇게 하면 사용자는 시간이 지남에 따라 세계가 어떻게, 그리고 어디서 변하는지 볼 수 있을 터였다. 올라는 내게 새 컴퓨터를 살 돈을 빌려줄 수 있는지 조심스럽게 물었다. 지금 쓰고 있는 컴퓨터는 내가 12년 전 사준 선물이었다.

그래서 내가 뭐라고 말했을까? 불과 몇 년 후, 나는 올라와 안나가 나를 위해 만든 바로 그 프로그램을 세상에 선보여 극찬을 받았다. 하지만 그 당시는 올라가 자신의 예술 포트폴리오에 추가할 애니메이션을 만들기 위해 컴퓨터를 사려 한다고 의심했다. 그는 이미 몇 개 대학에서 공부했고, 두세 가지 강좌를 들었으며, 스톡홀름의 한 극장과 함께 작업도 한 터였다. 나는 어리석은 부모 노릇에 판단이 흐려져 '예술가로 먹고살 작정이라면 돈이 부족한 상황에 익숙해져야 해'라고 속으로 생각했다. 그리고 이렇게 말했다. "안 돼, 올라. 나는 너한테 이미 컴퓨터를 사줬어. 그것으로도 충분할 거야." 올라는 움직이는 이미지를 만들려면 더 고급 사양이 필요하다고 설명했지만, 나는 귀담아듣지 않았다.

다음 날 올라가 다시 전화를 걸어 은행에서 돈을 빌려주기로 했는데, 보증인의 서명이 필요하다고 말했다. 나는 여전히 제대로 듣지도 않고 아들의 열정과 집념을 가로막았다. 이번에도 내 대답은 같았다. "안 돼."

내가 한 행동을 고백하려니 아직도 괴롭다. 올라가 원한 금액은 가족 금고에 큰 타격을 줄 정도로 많지 않았다. 나는 올라의 말을 완전히 잘못 알아들었다. 올라는 그래도 포기하지 않고 친구에게 돈을 빌려 컴퓨터를 샀다. 그러고 나서 문화센터 잡지 워크숍의 열쇠를 손에 넣고는 1998년 가을 동안 밤마다 거기로 가서 프로그래밍을 독학했다. 그는 자신이 '세계 보건사 도표'라고 부른, 최초의 움직이는 그래프를 위한 코드를 작성했다. 안나는 링크를 디자인했다. 그들은 크리스마스에 우리 집에서 함께 지낼 때 그것을 내게 보여주었다. 나는 그래프 왼쪽 하단의 질병과 가난에서부터 오른쪽 상단의 부와 장수로 물방울이 천천히 매끄럽게 움직이는 것을 동그래진 눈으로 숨죽이며 지켜본 기억이 난다.

"그리고 이걸 보세요. 한 국가의 궤적을 추적할 수 있어요! 스웨덴으로 해볼 테니 잘 보세요." 올라가 말하며 웃었다. 모든 나라의 물방울이 1820년에서 1997년으로 다시 움직였지만, 이번에는 스웨덴 물방울이 5년마다 한 번씩 궤적을 남겼다. 그것은 작은 혁신에 불과했으나, 이제부터 우리는 그것을 이용해 지난 2세기 동안 스웨덴이 밟아온 궤적을 추적하고, 그것을 다른 나라의 발전과 비교할 수 있었다. 커서가 한 물방울 위에 멈추면 그 나라의 이름이 보였고, 스웨덴의 궤적을 따라 커서를 움직이면 스웨덴이 공공 보건 또는 평균임금의 특정 수준에 도달한 연도가 보였다.

와우!

"이 아이디어를 더 발전시키기 위해 지원금을 신청해야

해!" 내가 즉흥적으로 소리쳤다.

하지만 내게 주로 연구 기금을 제공한 곳들로부터 지원금을 따내기란 보통 어려운 일이 아니었다. 지원금이 계속 지연되자 앙네타는 안나와 올라가 각자 컴퓨터를 구입해 집에서 일할 수 있도록 돈을 빌려주기로 했고, 나는 움직이는 물방울 그래프를 강연에 사용하기 시작했다.

여태까지는 아무리 멀어도 코펜하겐 정도에서만 강연 초청이 왔는데, 새로운 도구 상자가 생기면서부터 상황이 바뀌었다. 어느 날 갑자기 제네바에서 연락이 왔다. 세계보건기구의 통계 책임자가 강연을 요청했고, 강연 후에는 이렇게 논평했다. "이런 건 처음 봅니다."

그런 다음 스웨덴 국영 구호단체인 SIDA가 우리의 특이한 프로젝트를 지원해주기로 결정했다. 안나와 올라는 하던 공부를 그만두고 데이터 세트의 새로운 시각화 작업을 위해 숙련된 코드 작성자들을 고용했다. 안나의 아이디어인 '달러 스트리트Dollar Street'는 이런 프로그램 중 하나였다.

이런 응용 프로그램들이 내 강연을 새로운 수준으로 끌어올려준 덕분에 내가 소명으로 여기는 일을 완수하기가 훨씬 쉬워졌다. 그 일은 바로, 대학생과 구호활동가에게 세계 발전의 실상을 제대로 알리는 것이었다. 그해 예테보리 도서박람회에 마련된 '국제 광장'에 나와 달라는 외교부의 요청에 선뜻 응하지 않은 데는 그런 이유가 있었다.

왜 내가 일반 대중에게 세계 발전에 대해 이야기하는 자리에 나가야 하는가? 나는 이제껏 학계 청중에게만 강연을 해왔다. 게다가 나는 민간 기업에 회의적이었다. 도서박람회조차 내 눈에는 너무 상업적으로 보였다. 하지만 외교부 사람들이 참석해달라고 끈질기게 조르는 바람에 결국 뜻을 굽히고 예테보리로 갔다.

국제 광장이 있는 홀은 상상할 수 있는 모든 구호단체와 국제 자선단체가 진열대를 설치할 수 있을 만큼 컸다. 연단 앞에는 청중이 앉을 수 있는 의자 20개를 마련해놓았지만, '광장'에서 돌아다니는 사람들은 내가 영상을 비추는 스크린을 볼 수 없었다. 나는 이 배치를 무시하고 스크린을 바깥쪽으로 향하도록 돌렸다. 이제 의자에 앉아서는 볼 수 없었지만 홀과 박람회의 나머지 장소를 연결하는 통로에서도 스크린이 보였으므로 청중은 겨우 20명이 아니라 거의 100명으로 늘어났다.

2003년 9월 그날, 보 에크만Bo Ekman이라는 사람이 걸음을 멈추고 내 강연을 들었다. 강연을 마쳤을 때 사람들이 나와 이야기하기 위해 줄을 섰는데, 에크만도 자기 차례를 기다렸다.

"업계 대표들이 당신의 강연을 꼭 들어야 해요." 그가 말했다. "오늘 강연은 끝내주게 좋았어요."

그는 나를 놀라게 했다. 평범한 양복 차림에 보통 사람처럼 보였으나 보 에크만은 스웨덴 산업계의 거물이었다. 그는 확실히 내 강연을 들은 100여 명과 다른 사람이었다. 평범해 보였지만 그가 하는 모든 말이 흥미로웠다.

보는 내게 자신이 20년 전에 시작한 재단인 텔베리Tällberg의 다음 연차 총회에 와서 연설을 해달라고 부탁했다. 그 연례 회의는 정치인, 학자, 기업가들이 만나 미래의 주요 쟁점을 논하는 일종의 포럼이었다. 나는 호기심이 생겨 그의 초청에 응했다.

갑자기 내게 신문에서나 보던 스웨덴의 주요 업계 거물들을 포함해 완전히 새로운 청중이 생겼다. 그들은 세계에 대한 내 설명을 들은 후, 내게 다가와 매우 통찰력 있는 질문을 했다. 그 텔베리 회의는 매혹적인 여정의 시작이었다.

⌒⌒

내가 가르치는 국제적 마인드를 지닌 헌신적인 학생들과 구호단체 활동가보다 대기업 CEO들이 세계가 어떻게 변하고 있는지 훨씬 더 잘 파악하고 있다는 사실에 나는 적잖이 놀라고 당황했다. 기업 경영진은 사실을 파악하고 있어야 했으며, 그러지 않으면 회사가 무너질 터였다. 그들은 어느 누구보다 정보를 지속적으로 추적해야만 하는 사람들이었다.

많은 보건 전문가가 민간 기업에 의심의 눈초리를 드리운다. 기업이 하는 모든 행동이 담배와 술, 또는 신차를 팔기 위한 수작이라고 생각한다. 민간 기업 직원들을 대상으로 수많은 강연을 한 후, 나는 그 전까지 노동자계급 출신인 탓에 내게 없던 상업에 대한 존경심을 갖게 되었다.

우리는 사실에 근거한 새로운 세계 표현을 보고 싶어 하는 사람들로부터 점점 더 많은 초청을 받았다. 전 세계 콘퍼런스에서 연설해달라는 요청이 쇄도했고, 다른 통계 데이터 세트에 대한 컴퓨터 이미지 작업을 해달라는 요청도 수없이 받았다. 우리에게 연락하는 거의 모든 조직이 방대한 데이터베이스를 구축해놓고도 그 데이터의 의미를 전달하는 데 어려움을 겪었다. 그 조직들은 유네스코, 세계은행, 유니세프부터 스웨덴의 지방정부와 리우데자네이루의 도시계획가에 이르기까지 다양했다.

우리가 속속들이 자본주의자였다면 이 모든 이해관계자들과의 계약에 서명할 기회를 놓치지 않았겠지만, 안나가 '이 데이터를 해방시키기'라고 간결하게 표현한 우리의 비전은 우리 스스로 감당하기엔 너무 거대했다. 최상의 시나리오는 구글이 우리 아이디어를 가져가게 하는 것이라는 데 우리의 의견이 일치했다. 구글은 서비스 사용자에게 요금을 부과하지 않기 때문이다.

스웨덴 업계 대표들에게 처음 프레젠테이션을 한 지 불과 3년 만인 2006년, 나는 첫 번째 테드TED 강연에 초청받았다. 실은 유튜브에 올라와 있지는 않지만 이미 1년 전에 안나와 올라가 엄선한 대의원들만을 위한 비밀 콘퍼런스에 초청을 받았다. 하지만 테드 강연 주최자들은 원칙적으로 비행기 요금을 지불하지 않는다고 말하면서, 안나와 올라에게 초청받는 것 자체가 큰 영광이라고 설득하려 했다. 이에 대한 두 사람의 대답은 이랬다. "죄송하지만 우리는 비행깃값이 없어요."

첫 번째 테드 강연 전, 나는 안나와 올라에게 전화를 걸어 내용을 의논했다.

"검을 삼키는 건 어떨까?" 나는 내 장기를 언급하며 물었다.

"안 돼요. 하지 마세요." 올라가 조언했다. "침팬지 테스트를 한 다음 결과를 시각 자료로 보여주세요."

테드 강연은 〈샌프란시스코 크로니클San Francisco Chronicle〉 1면에 실릴 정도로 대성공을 거두었다.

다음 해 나는 테드 강연에 다시 초청받았고, 늘 그랬듯이 안나와 올라에게 전화를 걸어 조언을 구했다. "이번에는 뭘 보여줘야 할까?"

"새로운 게 없어요. 검 한두 개를 삼키는 게 좋겠어요." 올라가 말했다.

배우 메그 라이언Meg Ryan이 맨 앞줄에 앉아 있었다. 내가 목구멍에서 검을 뽑고 청중에게 인사하자 그녀는 큰 소리로 환호하며 펄쩍펄쩍 뛰었다. 나는 메그 라이언의 환호를 아직도 나의 가장 위대한 승리 중 하나로 여긴다.

앞머리를 길게 내린 얌전해 보이는 남성이 강연 후 나와 이야기를 나누려는 많은 사람들 속에서 조용히 서성이고 있었다. 그는 다름 아닌 구글 창립자 래리 페이지Larry Page였다. 그는 다른 참석자 대부분과 달리, 내가 물방울 그래프의 코드를 혼자서 작성했을 리 없다는 걸 곧바로 알아챘다. 나는 안나와 올라에 대해 이야기했고, 그는 즉시 두 사람을 우리가 설립한 비영리 재단 갭마인더에서 일하는 프로그래머들과 함께 구글 본사로 초대했다. 구글에 그 소스 코드가 설치되기만 하면 '공식 통계에 대한 민주적 접근'이라는 안나의 비전을 현실로 바꿀 수 있을 터였다. 갭마인더재단은 움직이는 물방울의 소스 코드를 구글에 팔았고, 안나와 올라는 3년 동안 그 회사의 실리콘밸리 건물에서 일했다. 그들의 목표는 통계를 찾고 보여주는 걸 훨씬 쉽게 해주는 애플리케이션인 구글 퍼블릭 데이터Google Public Data를 만들고 다듬는 것이었다.

　　물방울 소스 코드의 판매 수익은 내가 마침내 학계를 떠날 마음을 먹을 수 있게 해주었다. 2007년에 나는 과학 연구와의 거의 모든 연결 고리를 끊었다. 카롤린스카연구소 일을 10퍼센트만 유지하고, 내 업무 시간의 90퍼센트를 갭마인더에 할애했다. 갭마인더재단에서의 내 직함은 '에듀테이너edutainer'였다. 나는 새로운 팀을 꾸렸고, 우리는 유튜브에 짧은 영상을 올리기 시작했다.

구글 창립자들과 함께.

이후 수년 동안 전 세계에서 내 사무실로 강연 초청이 쇄도했다. 업무 부담이 너무 심해서 조수를 고용해야 할 정도였다. 나는 콘퍼런스에서 연설해달라는 요청을 지속적으로 받았는데, 그중 일부는 반복적인 행사였고 나머지는 일회성이었다. 후자 중에는 워싱턴DC에서 열린 미국 국무부 회의가 있었는데, 거기서 나는 '내 데이터 세트로 당신들의 사고방식을 바꾸겠다'라는 제목으로 외교 전문가들에게 연설했다.

그러던 어느 날, 멀린다 게이츠Melinda Gates로부터 이메일이 도착했다. UN의 발전 목표, 그중에서도 특히 아동 사망률에 초점을 맞춘 뉴욕의 한 콘퍼런스에 참석해달라는 요청이었다. 나는 물론 동의했다.

강연 요청을 받으면 가장 먼저 한 가지를 분명히 해야 한다. 주제를 무엇으로 정할 것인가? 그다음에는 그걸 어떻게 설명할 것인지, 그리고 자료를 보여줄 가장 좋은 방법은 무엇인지 생각해야 한다. 청중이 무엇을 기억하기를 바라는가? 나는 이 중 어떤 것도 결정하지 못한 채 뉴욕으로 떠났다.

조수와 나는 계획대로 하루 일찍 도착했다. 나는 여유 있게 도착해서 마지막 순간까지 철저히 준비하는 것을 좋아한다. 이렇게 하면 내가 하고 싶은 말을 외우는 데 도움이 된다. 나는 강연 장소에 미리 가서 배치에 대한 아이디어를 얻고, 노트북이 어디에 놓이는지, 케이블은 어디에 연결되는지 같은 것을 익히려고 한다. 이런 기술적인 세부 사항이 내게는 매우 중요하다. 많은 연사가 이런 것에 신경 쓰지 않고 다른 사람 손에 슬라이드를 맡긴다. 나는 절대 그렇게 하지 않는다. 연사가 직접 버튼을 누르면 타이밍을 훨씬 잘 맞출 수 있고, 그러면 강연 속도를 필요에 따라 조절할 수 있다.

콘퍼런스가 열리기 전날 밤, 나는 UN 본부에서 멀지 않은 로어맨해튼Lower Manhattan의 한 레스토랑에서 열리는 만찬에 초대받았다.

뭘 입고 가야 할지 확신이 서지 않았다. 그라사 마셸Graça Machel이 온다는 걸 알고 있었다. 그녀는 앙네타와 내가 모잠비크에 있을 때 그 나라의 교육부 장관을 지냈으며, 모잠비크 대통령과 결혼한 상태였다. 그리고 지금은 넬슨 만델라의 배우자였다. 멀린다 게이츠도 만찬에 온다고 했다.

나는 재킷을 입기로 했지만 넥타이는 매지 않았다. 그리고 가방 안에 내가 매우 아끼는 물건을 챙겨 넣었다. 바로 모잠비크 교육부 로고가 찍힌 딸 안나의 학교 노트였다. 내가 도착하자 사람들의 눈이 일제히 내게 쏠렸다. 내 자리는 중앙이었다. 그라사 마셸 옆자리이고, 멀린다 게이츠가 내 앞에 앉아 있었다.

그날 저녁의 대화는 조용했지만 진지하고 재치 넘쳤다. 특히 멀린다와 그라사의 대화가 그랬다. 그들은 국제 발전의 모든 중요한 이슈에 대해 토론했다. 나는 이따금 참여했지만 대체로 세계 정책의 두 거물이 하는 이야기를 조용히 경청했다. 그들은 소녀들의 교육받을 권리, 피임법에 대한 접근권, 시골 지역에 백신을 배포하는 문제, 민주적 통치의 장려, 정치적 변화를 위해서는 사회적 발전이 선행되어야 하는가, 그리고 이 모든 일에서 UN이 뭘 할 수 있으며 게이츠재단은 뭘 할 수 있는가에 대해 의견을 나누었다. 나는 그들이 말하는 방식에 매료되었다. 그들은 자매나 다름없는 절친한 친구 사이임이 분명했다. 자주 만나 같은 가치관을 공유한 결과 두 사람은 서로의 프로젝트를 자세히 알고 있었다.

두 사람 모두 피임법 사용을 둘러싼 문제에 깊은 관심을 보였다. 멀린다는 이 문제를 인권의 관점에서 볼 게 아니라, 가정생활을 지원하는 문제로 봐야 한다고 생각했다. 다들 알 듯이 자녀들 간 나이 차가 어느 정도 있으면 가정을 운영하기가 한결 수월해진다. 그라사는 이 문제를 남아프리카공화국의 관점에서 보았다. 그 나라에서는 피임법 사용을 찬성하는 주장이 최근 극심한 가난을 겪은 모잠비크에서보다는 논란이 덜 되었다. 세계를 더 낫게 바꿀 능력을 지닌 사람들이 다음에 무엇을 하는 게 최선인지 평화롭게 논의하는 것을 경청할 수 있다는 건 특권이었다.

두 여성은 때때로 내게 질문을 했다. 나는 그들에게 특히 아동 사망률을 측정하는 방법에 대해 설명했다. 해당 국가에서 여성의 대표집단을 선정한 다음, 자격을 갖춘 면접관이 그 여성들에게 삶에 대해 질문한다. 질문은 탐사 형식을 취해야 한다. 예컨대 지난 몇 년 동안 생활이 어땠는지, 자식을 잃었는지, 그렇다면 어떻게 잃었는지…. 이런 접근 방식을 취하면 아동 사망률을 심층적으로 조사할 수 있다.

그라사와 멀린다는 주의 깊게 듣더니 내게 몇 가지 중요한 이슈에 대해 물었다. 나는 아프리카 국가 대부분이 올바른 방향으로 발전하고 있다는 점에는 의심의 여지가 없다고 말했다. 왜냐하면 증거가 아동 사망률이 감소하고 있음을 가리켰기 때문이다.

저녁 만찬이 끝나갈 무렵 우리가 조금 친해졌다고 느꼈을 때, 나는 지금이 아니면 다시는 기회가 없다고 생각했다.

"보여드리고 싶은 게 있습니다. 그리고 감사하다는 말씀을 드리고 싶습니다." 나는 그라사에게 말했다. 멀린다가 테이블 너머로 내 손에 들려 있는 것을 흘긋 보았다. 나는 안나의 학교 노트를 꺼냈다. 그러고는 우리 가족이 1979년부터 1981년까지 모잠비크에서 생활한 이야기를 하며, 딸이 그곳에서 학교를 다녔다고 설명했다. 그라사 마셸의 눈이 휘둥그레졌다. "남편을 만나셨어요?"

"아뇨. 하지만 남풀라에서 그가 한 연설을 들었습니다." 내가 말했다.

그 노트는 작은 소동을 일으켰다. 모두가 한 번씩 보고 싶어 했다.

"딸이 학교에 갈 수 있도록 해준 분이 교육부 장관이었습니다." 나는 노트가 테이블을 한 바퀴 도는 동안 말했다.

그날 저녁 맨해튼 거리를 걸어 돌아오는 내 발걸음은 뛰어오를 듯 의기양양했다. 두 여성과의 대화는 내게 황홀한 기분을 안겨주었다.

그날의 만찬은 그 여행의 가장 좋은 기억으로 남았다. 그 만남은 나를 겸허하게 만들었다. 높은 자리에 있는 사람들은 가볍고 자기중심적이라는 선입견이 내게는 늘 있었다. 나는 일반적으로 그들을 좋게 보지 않았고, 그들이 오만할 거라고 예상했다. 하지만 내가 만난 사람들은 현명하고, 사려 깊고, 친절했다.

그날 저녁의 대화는 개인적 인맥이 사회 최상층에서조차 얼마나 중요한지도 일깨워주었다. 세계 실세들이 만나 미래의 큰 쟁점을 논의하는 연례행사인 다보스 세계경제포럼에 참석할 때마다 나는 그 교훈을 더욱 되새기게 되었다. 이 모임은 권력을 가진 사람들의 최대 회합으로 성장했다. 산업, 경제, 금융계에서 활동하는 사람들뿐 아니라 정치인, 국가수반, UN과 국제사면위원회 같은 단체를 포함한 국제기구 대표, 언론계 주요 인사, 글로벌 이슈를 다루는 학계 전문가들이 그곳에 모였다.

다보스는 소박한 철도역이 있는 평범한 모습의 고산高山 도시이다. 그날 아침에 눈이 내린 터라 앙네타와 나는 바퀴 달린 여행 가방을 끌고 가파른 빙판길 위를 미끄러져가며 목적지로 향했다.

얼마 후 나는 작은 회의실에 앉아 한 유럽연합 국가의 환경부 장관이 하는 말을 들었다. 그는 비난하는 분위기였다.

"세계 이산화탄소 배출량 대부분이 중국과 인도 그리고 그 밖의 개발도상국 경제에서 발생하고 있으며, 배출량은 계속 증가하고 있습니다. 이대로 가면 매우 위험한 기후변화를 초래할 것으로 추정됩니다. 중국은 이미 미국보다, 인도는 독일보다 더 많은 이산화탄소를 대기에 배출하고 있습니다."

그 장관은 2007년 1월 다보스에서 기후변화에 대해 논의한 정치인과 기업가 집단 중 한 명이었다. 중국과 인도의 이산화탄소 배출에 대한 그의 발언은 마치 자신의 견해가 순전한 사실인 것처럼 중립적이고 무감정한 어조를 띠었다. 나는 작은 회의실을 빙 둘러보았다. 유럽인과 미국인들이 테이블 한쪽 편에 앉아 있고, 경제적 급성장기에 있는 인도와 중국을 포함한 나머지 세계 대표들이 반대편에 앉아 있었다. 중국 대표는 앞만 뚫어지게 보았지만 그 유럽연합 국가 장관의 말을 들을 때 어깨가 올라가 목에 붙을 것만 같았다. 그때 인도 대표가 진행자의 관심을 끌기 위해 몸을 앞쪽으로 숙이며 손을 흔들었다.

인도 장관은 발언권을 얻고 나서 잠시 가만히 서 있었다. 질은 회색 정장을 입고 우아한 진청색 터번을 두른 그는 말없이 테이블을 둘러보며 다른 나라 대표들을 한 명씩 바라보았다. 세계 최대 석유 회사들 중 한 곳의 CEO를 좀 더 오래 응시했다. 그는 인도의 고위 공무원들 중 한 명으로서 다년간 세계은행과 IMF에서 전문가 자문위원으로 일했다. 짧지만 효과적인 침묵을 깨고 그가 테이블의 '부유한' 쪽을 향해 팔로 곡선을 그리는 몸짓을 했다.

"우리는 민감한 상황에 처해 있습니다. 이 지경까지 온 것은 당신들, 부자 나라들 탓입니다! 여러분은 석탄으로 경제를 부흥시켰고, 수백 년 동안 석유를 태웠습니다. 다른 누구도 아닌 바로 당신들의 활동이 우리 모두를 심각한 기후 위기로 몰고 온 것입니다." 그는 암묵적인 외교 규칙을 모두 깨고 목소리를 높이며 공격적으로 말했다.

그리고 나서 갑자기 몸짓을 바꾸었다. 그러곤 가슴 앞에서 두 손바닥을 마주 붙이는 인도 전통 인사로 서구의 충격받은 대표들에게 절을 했다.

"하지만 우리는 여러분을 용서합니다. 여러분은 자신들이 무얼 하고 있는지 몰랐기 때문입니다."

그 말은 거의 속삭임에 가까웠다. 청중은 조용했다. 뒤쪽 어딘가에서 키득거리는 소리가 들렸다. 몇몇 사람은 불안한 미소를 주고받았다.

인도 장관은 다시 자세를 바로 하고, 반대편에 앉은 사람들을 쳐다보며 그들을 향해 손가락을 흔들었다.

"오늘부터 우리는 1인당 탄소 배출량으로 계산할 것입니다."

나는 그의 날카로운 분석에 깊은 감명을 받은 탓에 그 방에 있던 다른 사람들의 반응이 잘 기억나지 않는다. 지난 수년간 기후변화를 일으킨 데 대한 비난이 인도와 중국에 체계적으로 전가되는 방식에 나는 경악을 금치 못했다. 근거는 그 나라들의 총배출량이었다. 두 나라가 다른 나라들보다 인구가 월등하게 많은데도 불구하고 말이다. 나는 그것이 바보 같은 주장임을 일찌감치 알았다. 중국의 총체질량이 더 크기 때문에 비만이 미국보다 중국에서 더 심각한 문제라고 주장하는 것과 같다고나 할까. 인구 규모의 큰 차이를 고려하면 '국가당 총배출량'을 거론하는 것은 무의미하다. 그 논리에 따르면 인구가 1,000만 명인 스웨덴은 총인구가 적기 때문에 1인당 이산화탄소 배출량이 어마어마하게 많아도 괜찮은 것이다.

인도 대표는 내가 지난 수년간 우려해온 점을 공개적으로 표현한 것이었다. 이것이 권력을 가진 사람들이 생각하는 방식인가? 하지만 인도 대표가 말하는 방식은 세계 구조가 재편되고 있다는 희망을 갖게 했다.

༄

기업 임직원을 대상으로 강의를 하고, 직원들이 실제로 중요하다고 여기는 문제에 초점을 맞추는 것은 흥미로운 일이다. 때때로 나는 내 과거와의 연결 고리를 이용하기도 하는데, 예를 들어 세탁기를 꿈꾸며 시멘트 통에 빨랫감을 넣고 옷을 빨던 할머니 이야기를 하는 것이다.

한번은 유명한 백색 가전 회사 경영진에게 강연 요청을 받은 적이 있다. 그 회사의 CEO는 내게 세계의 인구통계학적 · 경제적 발전을 보여주고, 이어서 전기밥솥 · 냉장고 · 세탁기에 대한 세계적 수요를 짚어주길 원했다.

나는 먼저 소득 분포가 인구 집단의 건강과 어떤 관계가 있는지 나타내는 그래프를 보여주면서, 사람들이 우선 건강해지고 나서 경제성장이 뒤따른다고 지적했다. 따라서 우리는 경제 정책이 충분히 훌륭하다고 가정할 때 발전이 어느 곳에서 일어날지 조건부 추정을 할 수 있다.

"아시아가 다음 거대한 시장이 될 겁니다. 라틴아메리카와 중동도 마찬가지죠. 하지만 아프리카는 나중에 뒤따를 것입니다. 여러분에게는 아시아에서 시장을 확장하는 것이 지금 당장 중요한 일입니다."

그랬더니 누군가 이렇게 물었다. "그곳 사람들이 무엇을 원하는지 말해주시겠습니까?"

"여러분은 주로 전기밥솥을 만들지만, 가난한 나라에서는 가스가 더 값싼 연료입니다. 냉장고야말로 각 가정에서 가장 먼저 투자할 가전이 될 겁니다. 더운 기후에서는 특히 가치가 높죠. 하지만 여러분 회사는 값비싼 상품을 만드는 반면, 저소득 계층은 값싼 제품을 원합니다. 그 점에 대해 어떻게 생각하시는지 모르겠습니다."

나는 이어서 말했다. "여러분의 가족과 얘기해보셨습니까? 가족 중 가장 나이 많은 여성에게 세탁기를 처음 사용했을 때 기분이 어땠는지 물어본 적 있나요?"

나는 내 뒤쪽에 제시된 그래프에서 1952년을 가리켰다. "이때가 바로 스웨덴 가정에 처음으로 세탁기가 들어온 시기입니다. 당시 우리는 오늘날 중국의 단계에 와 있었죠. 13억 인구를 가진 시장을 상상해보세요."

세탁기는 전 세계의 많은 사람이 갖고 싶어 할 제품이다. 상상해보라! 이미 전 세계에 퍼져 있는 휴대폰처럼 세탁기를 소유한다고 생각해보라.

"부족한 것은 기술적 혁신입니다. 오래된 형태의 세탁기는 물을 너무 많이 사용하기 때문에 인구밀도가 높은 아시아 국가에서는 팔리지 않을 겁니다. 여기에 세제와 기타 화학제품을 사용하는 문제를 추가하고, 전력 수급 문제도 잊지 마세요."

그들은 경청했다. "여러분은 이런 문제를 어떻게 다룰 건가요?" 내가 물었다. "휴대폰처럼 스마트한 것을 생각해낼 수 있다면요? 그렇게만 하면 여러분에게 수십억 고객이 생기는 겁니다. 이건 '기업의 사회적 책임' 문제가 아닙니다. 여러분이 가져갈 미래 이윤의 문제입니다. 제품을 다시 설계하지 않으면 시장에서 선두 자리를 빼앗길 겁니다."

기업 내부의 논점이 분명하게 정리되었다. 서양 안에서 기존의 시장 지분을 지킬 것인가, 아니면 더 단순한 모델을 만들어 새로운 시장에서 더 많은 고객을 얻을 것인가. 나는 '팩트'가 만들어내는 차이를 이처럼 분명하게 본 적이 별로 없다.

나는 그들에게 말할 때 UN과 구호단체에 보여준 것과 똑같은 사실들을 사용했다. 하지만 그 사실들을 생산자의 관점에서 제시했다. 나는 단지 그들의 낡은 세계관 표면을 긁적였을 뿐이다.

∾

아이들이 다 커서 곁을 떠나고 우리가 모잠비크에서 살았던 때로부터 30년이 지난 2011년에 우리는 다시 모잠비크를 찾기로 했다. 마푸토에서 비행기를 타고 남풀라로 간 후 그곳에서 차를 빌려 나칼라로 갔다. 가는 길에 자동차 사고로 죽을 뻔했던 장소를 지나갔다. 우리는 차를 세우고 그곳을 바라보았다. 풀과 진흙뿐이던 그때와 똑같았다. 하지만 나칼라 외곽에 진입하자마자 변화가 눈에 띄기 시작했다. 시골 변두리까지 도시가 확장되었고, 세련되게 칠한 벽으로 둘러싸인 대규모 산업 단지가 들어서 있었다. 트럭이 우리 앞을 쌩하고 지나갔다. 무늬가 있는 형형색색의 발포 고무 매트리스가 투명 비닐에 싸인 채 지붕까지 실려 있었다. '아, 드디어!'라고 나는 생각했다. 드디어 사람들이 단단하게 다진 진흙 바닥보다 푹신한 곳에서 사랑을 나눌 수 있게 된 것이다. 드디어 근대화였다. 그 트럭은 일종의 상징으로 보였다. 나칼라 항구는 예전에 우리가 바라던 대로 산업도시로 발전해 있었다. 하지만 우리에게 정말 놀라운 순간은 병원으로 돌아갔을 때였다.

우리는 병원 중앙으로 내려가는 경사진 도로에 차를 세웠다. 모든 병원 건물을 알아볼 수 있었지만, 한 동은 처음 보는 것이었다. 그 건물은 작았고 키오스크kiosk처럼 보였다. 문에는 포스터들이 붙어 있었다. 그중 하나는 한 남자가 여자를 때리는 장면을 보여주었고, 그 위에 X자가 그어져 있었다. 문이 열려 있어 안을 들여다보았다. 한 남성이 짙은 색 나무 책상 앞에 앉아 종이에 뭔가를 부지런히 적었다. 스물다섯쯤 된 수수한 옷차림의 연약해 보이는 여성이 샌들을 신고 그 남자 앞에 서 있었다. 겁먹은 눈동자였다.

"실례합니다. 방해해서 죄송합니다." 우리가 조심스럽게 말했다.

"아닙니다. 괜찮습니다." 그 간호사가 말했다. 그러고 나서 여성을 돌아보며 우리와 잠시 이야기를 나누어도 괜찮은지 물었다.

우리는 우리가 누구인지 소개하면서 30년 전 이 병원에서 일했다고 설명했다. 아직 서른도 안 됐을 그 간호사는 예전에 외국인 의사들이 이곳에서 일했다는 이야기를 들은 적이 있다고 말했다. 그가 하는 일은 여성의 권리를 돌보는 것이라고 했다.

"저는 범죄 피해자가 된 여성들의 고소를 돕습니다. 유산 분쟁도 다루죠. 그리고 경찰에 제출할 진술서를 준비합니다." 그가 말했다.

그 얘기를 듣고 우리는 깜짝 놀랐다. 우리가 나칼라에서 일하던 시절에는 여성에게 가해지는 폭력의 수위가 정말 무시무시했다. 극도로 가난한 동네에서 흔히 있는 일인데, 아무도 그걸 바꿀 엄두를 내지 못하는 것처럼 보였다. 하지만 이제 기본적인 보건 의료가 제공됨에 따라, 이제 성범죄를 처단하고 여성의 권리를 보호하기 위한 제도가 마련되고 있었다. 간호사는 우리에게 얇은 안내 책자를 주었다.

우리 때 외래 진료소가 있던 오래된 건물은 아직 같은 기능을 수행했지만, 지금은 건물 전면을 따라 베란다가 설치되어 있었다. 그늘이 있는 장소를 만든 건 좋은 생각이었다. 그 건물의 한쪽 끝에는 늘어나는 치과 환자를 위한 더 작은 건물이 있었다.

1980년에 우리가 일할 때 그 지역은 기껏해야 의사 두 명이 돌보았는데, 이제는 16명의 전문 의료진이 있고 새로운 병원도 지었다. 그 병원의 병원장은 유능하고 자질이 뛰어난 모잠비크인 산부인과 의사로, 그곳에서 일하는 의사들 중 임상 경험이 가장 풍부했다.

우리는 접수대로 가서 한 간호사에게 우리가 30년 전에 이 병원에서 일했다고 말했다. 그러고는 1980년에 찍은 직원 사진을 보여주었는데, 곧 그 사진을 보려고 한 무리의 사람이 우리 주위로 모여들었다. 그들은 사진 속 얼굴들을 알아보고 즐겁게 웃으면서, 누구는 죽었고 누구는 젊은 시절이 더 낫다며 한마디씩 했다. 그리고 정말 놀랍고 기쁘게도, 간호사 중 한 명이 옛날의 간호조무사 로사 부인을 알아보고 그녀의 휴대폰으로 전화를 걸었다. 그렇게 해서 우리는 나중에 옛 동료들을 만나 함께 점심을 나눌 수 있었다.

한 간호사가 어린이보건센터에 딸린 출산 전 클리닉으로 우리를 안내했다. 20명의 자랑스러운 예비 산모가 대기실에 앉아 있었는데 모두 잘 차려입은 모습이었다. 현재 아프리카에서 임신이라는 일을 어떻게 느끼는지 알 것 같았다. 임신을 해서 출산 전 클리닉 방문이라는 사회적 행사에 참가하는 건 자랑스럽고 기쁜 일이었다.

우리 때 외래환자 접수대이던 곳은 HIV와 에이즈 환자를 위한 전문 구역으로 바뀌었다. 그곳은 간호사 둘과 의사 한 명이 담당했다. 의사는 빳빳한 흰색 가운을 입고 유리 덮개가 있는 책상 앞에 앉아 있었다. 나는 그곳이 30년 전 내 자리였다는 얘기를 했고, 우리는 서로를 포옹했다.

그 의사는 현재 도시 지역의 1차 진료를 책임지고 있었다. 그는 내게 질병의 패턴을 개괄적으로 설명해주었다. 나는 잠자코 들었는데, 나중에 앙네타는 내가 30분 내내 입을 다물고 있는 건 수십 년 만에 처음 보는 일이라고 지적했다.

그의 설명을 듣자 그 지역에 질병이 어떻게 분포하고 있는지가 한눈에 들어왔다. 유아기 감염 문제는 여전했고, 모기장을 널리 보급했음에도 말라리아는 아직 박멸되지 않은 상태였다. 물론, 폐렴과 설사뿐 아니라 교통사고 환자, 그 밖의 경상 환자와 중상 환자도 있었다.

"선생님이 여기 계실 때도 똑같았을 겁니다." 그가 말했다.

앙네타는 아동 청소년의 정신 건강과 관련한 질문으로 ADHD(주의력 결핍 과잉 행동 질환)가 많은지 물었다.

"네, 그렇습니다. 비극이죠. 환자들이 작은 수술을 받으러 옵니다." 의사는 한숨을 내쉬었다.

그는 ADHD를 치료하는 신약은 너무 비싸고 심리치료사는 그 아이들을 도울 수 없는 것 같다고 말했다. 진단이 내려질 때는 이미 건물과 나무에 올라가서 떨어져 다치거나 얻어맞는 등 문제가 생긴 뒤였다. 그 아이들은 그러고 나서 상처를 꿰매러 왔다.

그 사려 깊은 의사는 자신은 나처럼 교대 근무를 하지 않는다고 말했다. 게다가 또 다른 의사가 통원 범위 내의 시골 지역을 담당하고 있었다. 1970년대에는 그 일도 내 차지였다. 그가 맡은 일은 내 업무량의 3분의 1이었지만, 그것만으로도 충분히 과중했다. 또한 그는 해변에 집을 사고 싶었는데 이제는 너무 늦었다는 말도 했다. 부동산 가격이 오를 대로 올라서 바다가 보이는 집은 살 수 없었다.

나는 감탄과 깊은 존경심을 품고 그곳을 떠났다.

새로운 병원은 거기서 조금 떨어진 지대 높은 곳, 확장할 여지가 있는 넓은 부지에 들어서 있었다. 응급실 입구로 들어가는 구급차 진입로도 있었다. 아침 일과는 스웨덴의 병원과 비슷했다. 병동에 회진을 돌기 전 모여서 엑스레이를 보고 간밤에 들어온 응급 환자의 사례를 검토하는 것으로 하루를 시작했다.

감염 위험 때문에 배낭은 바닥 말고 의자 위에만 올려둘 수 있었다. 분만실은 물로 씻어 내릴 수 있도록 바닥에 타일을 깔았고, 외부에서 흙을 묻혀 들어오는 것을 막기 위해 의료진은 실내화를 신었다. 요즘 나칼라에서 탈수 증세를 보이는 어린이는 30년 전 소아과 의사 친구가 주장한 대로 정맥주사를 맞았다.

지금의 모잠비크는 더 이상 우리가 살던 곳이 아니었다. 그렇다고 해서 모든 게 완벽했다는 말은 아니다. 사실 완벽과는 거리가 멀었다. 그래도 모든 것이 발전했다.

나칼라 북쪽에는 극도로 가난한 동네들이 아직 있었는데, 의사 초년생 두 명이 그곳에 사는 대규모 인구를 모두 책임졌다. 임신한 열세 살 소녀의 이야기를 들었을 때, 그들이 맡은 일의 규모가 어느 정도인지 분명해졌다. 출산이 임박했을 때,

그 소녀는 아기를 낳기에는 골반이 너무 좁았던 탓에 중태에 빠졌다. 소녀는 내가 있던 시절만 해도 병원을 찾는 환자가 없던 북쪽 지역의 외딴 동네에서 나칼라 병원으로 실려 왔다. 하지만 나칼라로 오는 도중에 위험한 고비를 넘기지 못하고 자궁이 파열되고 말았다. 소녀는 아기를 잃었을 뿐 아니라 파열된 자궁을 수술로 제거해야 했다. 이는 소녀가 다시는 아이를 가질 수 없다는 뜻이었다. 앙네타와 나는 어린 소녀가 가정 분만을 시작한 후 몸이 견뎌내지 못할 때 어떤 일이 벌어지는지 너무나도 잘 알고 있었다. 이 사건이 전하는 메시지는 분명했다. 즉 도시에서는 많은 것이 개선되었지만, 이 지역의 일부 동네는 우리 때와 다를 바 없이 가난했다.

의료진은 내게 큰 호기심을 보이며 함께 이야기를 나누고 싶어 했다. 그들은 보건 서비스의 몇 가지 측면이 아직 불충분하다는 것을 잘 알았고, 내가 이곳에 좀 더 머무르기를 바랐다. 전문성 부족은 계속적인 발전을 가로막는 걸림돌이었다. 내가 할 역할이 있을 거란 생각이 들었다. 30대 때 나는 간호사들에게 배우려고 노력하는 의사였지만, 60대인 지금은 전문가를 훈련하는 데 도움이 될 수 있을 터였다. 젊은 의사들은 그 나라 수도에 있는 의과대학에 다녔고 학위도 땄지만 전문 기술이 부족했는데, 이런 기술은 숙련된 전문의 밑에서 훈련받으며 획득해야 하는 것이다.

1970년대 말 2년간 나칼라에서 지내는 동안 나는 제1형 당

집무실의 과거와 현재.

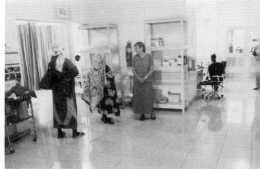

진료소의 과거와 현재.

뇨병을 진단한 적이 없었다. 환자들은 모두 병원에 오기 전에 죽었다. 이제 의사들은 지금까지 보지 못한 질환에 대처하는 법을 배워야 했다. 그날 저녁 회진을 돌면서 우리는 스물한 살 된 한 여성의 모습에서 변화하는 시대를 목격했다.

치료받지 않아 진행된 단계에 이른 당뇨병 환자가 다 그렇듯 그 여성은 극도로 마른 상태였다. 그녀는 온몸으로 불안을 표현했다. 회진을 도는 의료진이 서로 이야기를 나누며 서 있는 동안, 그녀는 그 의사들이 자신에게 곧 죽는다는 선고를 내리기라도 할 것 같은 표정이었다.

당뇨병은 처음에는 빈뇨와 체중 감소를 보이다가 과다호흡과 의식상실로 이어지고, 그런 다음에는 제때 인슐린을 투여하지 않으면 죽음에 이르게 된다. 병의 진행은 빠르고, 때로는 일주일 정도로 짧을 수도 있다.

병상 옆에 서 있을 때 누구나 그렇게 하듯 나는 위로의 말을 건네려고 했다. 모잠비크인 의사들이 내 좌우에 섰고, 나는 나 자신이 1975년 후딕스발병원에서 더 경험 많은 의사들한테 당뇨병 치료에 대해 배웠듯이 그들에게 그녀의 상태에 대해 말했다.

우리는 나칼라와 그 주변에서 일주일을 온전히 보냈다. 우리 생에서 가장 힘들었던 2년 간의 임상을 함께 보낸 동료들을 다시 만났을 때는 가슴이 뭉클했다. 우리는 지역 경제의 성장뿐만 아니라 아직 남아 있는 큰 과제들에도 주목했다.

30년 전 산부인과 병동의 간호조무사이던 로사 부인이 시장 근처 한 레스토랑에서 우리를 위해 점심 자리를 마련했다. 내가 여분의 안경을 주었던 엔리케 씨는 이제 거의 눈이 멀어서 누군가의 도움 없이는 식사를 할 수 없었다. 엔리케의 손자가 오토바이로 그를 데려다주었다. 엔리케가 과거의 일을 기억하는지는 분명하지 않은 데다 귀도 잘 들리지 않아 대화에 어려움이 있었지만, 우리는 우리가 누구인지 설명하기 위해 최선을 다했다. 그들 모두를 다시 보니 눈물이 날 것만 같았다.

그리고 마침내 아메드에게 사과할 기회가 왔다.

아메드는 우리 병원의 청소부였다. 나는 병원 구석구석을 돌며 심지어 화장실까지 검사하곤 했다. 그리고 더러워 보이는 것이 하나라도 있으면 화를 냈다. 모든 곳이 깨끗해야 했다.

어느 날 아침, 화장실이 더러웠다. 물조차 제대로 내리지 않은 상태였다. 나는 화가 나서 소리쳤다. "아메드, 어디 있어요?"

"아직 안 왔는데요." 누군가 말했다.

"뭐라고요? 아직 안 왔다고? 벌써 8시 45분이잖아요!"

"무슨 일인지 우리도 모릅니다."

"누가 가서 데려오면 안 돼요?"

"하지만 좀 기다려보는 게…."

나는 말을 끊고 더 큰 소리로 말했다. "누가 가서 당장 여기로 데려오세요."

한 시간 후, 아메드가 내 방문 밖에서 떨며 서 있었다.

"의사 선생님, 늦어서 정말 죄송합니다. 어젯밤에 아들이 죽었어요."

내 표정은 바뀌지 않았다. "그래요? 어떻게 죽은 거죠?"

"홍역이었어요."

"왜 예방접종을 하지 않았어요?"

아메드의 첫아들이 죽었다. 그의 집은 초상을 치르느라 경황이 없는데, 나는 거기다 대고 늦었다며 그를 꾸짖고, 그것도 모자라 아이한테 예방접종을 하지 않았다고 타박한 것이다. 떠올리기도 싫은 끔찍한 순간이었고, 당시 그곳에서 일한 모든 사람처럼 내가 얼마나 큰 압박을 받고 있었는지 보여주는 사건이기도 했다.

아메드는 그 일을 거론하고 싶어 하지 않았다. 그래서 우리의 이야기는 다시 일상과 오래된 일화들로 되돌아갔다.

우리는 차를 타고 옛날에 살던 집을 지나가다가 뒷문에 그것이 아직까지 붙어 있는 것을 보고 감회에 젖었다. 우리가 거기에 사는 동안 도둑을 맞은 적이 있는데, 그 도둑이 부엌문에 달린 창문을 부수었다. 나는 스웨덴에서 보낸 나무 상자의 뚜껑을 못으로 박아 부서진 창을 수리했다. 스웨덴의 우리 가족은 그 상자에 고향 음식을 가득 채워 보내주었다. 뚜껑의 주소라벨에는 "나칼라의 한스 로슬링 박사에게"라고 적혀 있었는데, 30년이 지났음에도 여전히 글자를 알아볼 수 있었다.

우리에게 큰 의미가 있었던 2년이 나칼라에서는 별로 중요하지 않았다는 게 우리로서는 충격이었다. 도시를 떠나서도 충격은 계속되었다. 변한 게 거의 없는 외딴 마을들은 희망 없이 정체된 삶을 이어가고 있었다. 동시에 우리는 의욕적인 젊은 모잠비크인들을 보고 힘이 났다.

모잠비크 방문 마지막 날, 우리는 76세 노부인의 초대를 받아 함께 차를 마셨다. 부인은 미국에서 태어났지만 오래전 모잠비크 시민이 된 사람으로, 자기 나라의 발전에 대한 매우 현실적이고 사실적인 견해를 우리와 공유했다. 부인의 견해는 모잠비크라는 나라를 건설하는 게 어떤 의미인지 깊이 이해하고 있는 사람에게서 나올 만한 것이었다. 그 부인의 이름은 재닛 몬들라네Janet Mondlane였다.

앙네타와 나는 1968년 가을 스웨덴에서 재닛을 만났다. 그녀는 우리가 살던 공동 학생 아파트에 저녁을 먹으러 온 첫 손님 중 한 명이었다.

재닛은 1930년대에 일리노이주에서 태어났고, 열일곱 살 때 위스콘신주 제네바의 지역 교회에서 열린 에두아르도 몬들라네의 '아프리카의 미래'에 대한 강연에 참석했다. 에두아르도는 모잠비크 시골에서 성장했고, 재닛을 만났을 때는 대학 공부를 위해 미국에 막 도착한 참이었다. 그들은 몇 년 후 결혼해서 세 아이를 낳았고, 그 후 탄자니아의 다르에스살람으로 이주했다. 에두아르도는 모잠비크 해방전선 프렐리모의 지도자가 되었고, 이웃 나라 탄자니아에 프렐리모 본부를 조직했다. 유럽의 다른 식민주의 열강들과 달리 포르투갈의 파시스트 정권은 아프리카 식민지를 포기할 의사가 전혀 없었다.

탄자니아에 머무는 동안 재닛 몬들라네는 망명한 모잠비크인들을 돕는 교육센터를 맡아 운영했다. 1968년 당시 스웨덴에 온 건 자신의 프로젝트를 위한 자금을 모으기 위해서였다. 그날 저녁을 먹으며 대화를 나누는 동안 앙네타와 내가 그녀의 말에 얼마나 놀랐는지 생생하게 기억난다. 그녀는 모잠비크에 한 번도 가본 적이 없는데도 진짜 모잠비크인처럼 말했다. 내가 그 1년 전에 그녀의 남편 몬들라네를 만났을 때 그랬던 것처럼, 독립 이후와 먼 미래까지 생각하는 재닛에게 우리는 감명을 받았다. 당시 재닛은 교사 양성 과정을 준비하고 있었는데, 이렇게 길러낸 교사들이 언젠가 독립을 이룬 모잠비크에서 다음 세대 교사들을 교육하게 될 터였다.

에두아르도는 그로부터 1년 후 살해되었다. 모잠비크가 1975년 독립한 후 재닛 몬들라네는 그 나라 초대 지도자의 미망인으로서 수도 마푸토로 이주했다. 하지만 우리가 모잠비크에 사는 동안에는 만나지 못하다가 이제야 그녀의 초대를 받은 것이었다. 우리에게는 공통의 친구가 있었는데, 마푸토에서 역학 교수로 일하는 줄리 클리프였다. 43년이 흘러 우리가 재닛을 만날 수 있도록 자리를 마련해준 사람이 바로 줄리였다.

재닛의 보금자리는 도시 중앙에 있는 언덕 꼭대기의 아름다운 곳에 있었다. 창문으로는 항구 입구가 보였다. 하지만 그녀가 사는 다세대주택 2층은 수수했다. 우리는 재닛을 대번에 알아보았다. 그녀의 미소는 오래전과 마찬가지로 매력적이었다.

"어서 와요." 재닛이 말했다. "마침내 지난번 초대에 답례할 기회가 생겼군요."

그녀의 집을 빠르게 둘러본 후 소파에 앉았을 때 나는 과거의 일을 묻지 않을 수 없었다. "1968년에 작은 학생 아파트에서 함께 저녁 먹은 일을 정말 기억하세요?"

재닛은 환하게 웃으며 손바닥을 다리에 대고 탁 쳤다.

"그럼요! 우리가 뭘 먹었는지는 기억나지 않지만, 두 분이 부엌에서 식사를 대접한 건 기억해요." 그녀가 말했다.

앙네타와 나는 같은 생각을 하면서 서로를 바라보았다. 거실에 정식 만찬을 할 공간이 충분함에도 불구하고 부엌에서 저녁을 대접하는 특이한 문화를 재닛이 아직까지 기억하고 있었던 것이다. 재닛은 우리의 생각을 재빨리 읽고 우리 손을 잡았다.

"우리 모두가 얼마나 젊었었는지, 두 분과 함께 어울리며 얼마나 편안했는지도 기억합니다. 두 분은 우리의 독립 투쟁에 큰 관심을 보여주었죠." 그녀가 말했다. "하지만 어떤가요? 두 분이 이곳에서 일한 30년 전에 비해 모잠비크가 변한 것

같나요?"

나칼라에 의사가 훨씬 많아졌다는 내 말에 그녀는 고개를 끄덕였다. 그리고 도시 교외와 시골 마을 대부분에 새로운 초등학교가 생겼으며, 예전에는 중학교만 있던 곳에 고등학교 교실이 추가되었다는 앙네타의 말을 듣고는 더욱 기뻐했다. 우리는 예쁜 색깔로 칠한 신축 학교로 10대 소년·소녀들이 줄지어 들어가는 것을 보았을 때 기쁜 동시에 감회가 새로웠다.

그런 다음에는 뒤처진 마을의 여전히 극심한 가난을 보고는 절망을 느꼈다는 말도 하지 않을 수 없었는데, 그 대목에서 분위기가 다소 가라앉았다. 우리는 재닛에게 정치, 통치, 지원금에 대해 물었다. 구호 기금이 경제성장을 위한 최선의 방법으로 쓰였는가? 지역사회 지도자들은 얼마나 부패했는가? 그리고 재닛이 자주 받았을 질문에 대해서도 물었다. 만일 당신 남편이 살아 있었다면 부패가 지금보다 덜했을까?

우리의 질문에 답할 때, 그녀는 우리와 매우 중요한 뭔가를 공유하는 친구처럼 차분하고 진지했다.

"아프리카에서 가장 가난한 나라의 국가원수가 되는 건 어려운 일이에요. 아마 세상에서 가장 힘들고 가장 도전적인 일일 거예요. 극빈층부터 일가친척까지 모든 국민이 당신을 바라본다고 생각해봐요. 그들이 바라는 건 많고도 다양하죠. 수많은 사람이 당신에게 의존해요. 그동안 당신에게 도움을 준 사람들이 이제 당신한테 보답을 기대합니다. 솔직히 제 남편이 대통령으로 어땠을지 잘 모르겠어요. 후임 대통령들보다 낫지도 못하지도 않았을 거예요. 그리고 현 대통령인 아르만두 게부자Armando Guebuza가 잘하고 있다고 생각해요."

재닛은 모잠비크가 건설되는 동안 자신이 지켜본 일을 설명했다. 몬들라네 부부가 50년 전 아프리카로 돌아왔을 때 공유한 비전은 이제 현실이 되었다. 식민지이던 나라는 지금 비교적 안정된 독립국가가 되어 국민에게 선출된 대통령이 법적으로 직위를 계승한다. 국민은 훨씬 더 나은 교육을 받는다. 재닛의 남편 이름을 딴 수도의 대학은 교사와 여러 전문가를 양성할 뿐 아니라, 그 대학만의 독자적 연구 분야를 개발하고 있었다.

"모든 일에는 시간이 걸려요. 밖에서 보면 실패만 보기 쉽죠. 우리가 그동안 이룬 성과를 무색케 하는 수많은 심각한 문제들이 있으니까요."그녀가 말했다. "나칼라에 대해 두 분이 하신 말씀은 제가 보는 것과 일치합니다. 많은 발전을 이루었지만 아직도 할 일이 많아요."

그러고 나서 그녀는 표정이 매우 진지해지더니, 손짓으로 자신의 메시지를 강조하려고 손에서 찻잔과 케이크를 내려놓았다.

"모잠비크가 어디서 시작했고, 앞으로 갈 길이 얼마나 먼지를 생각하면 30년은 그리 긴 시간이 아닙니다."

우리는 발전할 시간을 허락해야 한다.

하지만 기다릴 수 없는 일도 있다. 한 가지 대표적 사례가 바다를 건너갈 수 있는 치명적인 바이러스이다. 내 인생에서 가장 끔찍하고 힘든 일이 2014년 서아프리카에 에볼라가 발생했을 때 시작되었다.

7 에볼라

에볼라에 대한 공포가 나를 엄습한 것은 2014년 9월 어느 날이었다. 그날 오후 나는 트위터에서 미국의 가장 권위 있는 의학 학술지 〈뉴잉글랜드 저널 오브 메디신New England Journal of Medicine〉에 실린 에볼라 관련 기사를 보았다. 그 기사를 쓴 사람들은 세계보건기구WHO 전략국장인 크리스 다이Chris Dye의 팀이었다.

기사에 포함된 한 그래프가 간담을 서늘하게 했다. 지난 한 달 동안 에볼라 신규 사례 수가 매주 가파른 증가세를 보였기 때문이다. 앞으로 몇 주 동안 예상되는 신규 사례 수도 그래프에 표시되어 있었다. 발생을 멈추기 위한 어떤 과감한 조치를 취하지 않으면 확산이 가속화될 터였다. 나는 기사의 일부를 소리 내어 읽기까지 한 것으로 기억한다.

바로 전날 저녁 포르투갈에서 프레젠테이션을 마치고 돌아온 나는 다음 날 아침 또 다른 프레젠테이션을 위해 스위스로 떠날 예정이었다. 그럼에도 이 중요한 연구에 정신을 빼앗겨 밤늦게까지 깨어 있었다. 나는 뉴스에서 에볼라를 처음 언급한 지난 2월부터 에볼라 발생에 대해 알고 있었고, 8월부터는 서아프리카의 에볼라 유행을 진지하게 걱정하기 시작했다. 하지만 지난 몇 달 동안 내가 느낀 것은 더 전문적인 관심이었다.

크리스 다이의 연구팀은 유행이 시작된 순간부터 9월 14일까지의 에볼라 데이터를 사용해 11월 초까지 예상되는 대략적인 일일 신규 사례 수를 추산했다. 두려움을 불러일으키는 건 그들의 예측을 표시한 선이 점점 더 가파르게 상승하고 있다는 점이었다. 9월 중순까지 일일 신규 사례 수가 3주마다 두 배씩 증가했다. 그들의 분석은 이 유행병에 대한 대응이 충분히 신속하고 효과적이지 않을 경우 이러한 추세가 계속될 것임을 암시했다.

이미 9월 초에 라이베리아 수도 몬로비아Monrovia의 거리에서 사람들이 죽어가고 있었는데, 이는 현대에 들어서는 전쟁이나 자연재해가 아니면 일어나지 않은 일이다. 너무 많은 사람이 너무 빨리 병에 걸렸다. 곧 병상이 바닥났고 많은 환자가 치료를 받지 못했다.

그래프는 신규 사례 수가 앞으로도 3주마다 두 배씩 계속 증가할 경우 어떻게 될지 예측했다. 9주 후인 11월 초에는 일일 신규 환자 수가 두 배도, 네 배도 아닌 여덟 배가 될 터였다.

신규 사례가 이 속도로 증가할 경우, 가장 심각한 영향을 받을 가능성이 높은 곳인 몬로비아는 곧 마비될 터였다. 이런 추이를 지수적 증가 또는 폭발적 증가라고 부른다. 이는 평균적으로 한 환자가 건강한 사람 둘을 감염시키고, 그들 각각이 몇 주 내에 증세가 악화되어 다시 두 사람 이상을 감염시킬 수 있음을 뜻했다. 하지만 내게 공포감을 불러일으킨 것은 숫자

자체가 아니라, 에볼라의 지수적 증가를 억제하지 못할 경우 11월에 몬로비아가 처할 상황이었다. 라이베리아는 최근 종식된 내전 때보다 훨씬 더 큰 혼란에 빠질 터였다. 많은 사람이 서둘러 나라를 떠나려 할 것이다. 그렇게 되면 큰일인데, 병의 확산이 세계적 규모가 되어 완전히 예측 불가능해질 것이기 때문이다.

이런 두려움이 그해 갭마인더재단의 우선순위를 바꿔놓았다. 무엇을 하면 도움이 될까? 우리는 에볼라의 위험을 설명하는 영상을 제작했다. 신규 사례 수가 3주마다 두 배씩 증가하면 어떻게 될지 설명하는 데 중점을 두었다. 우리가 제작한 짧은 영상은 단 며칠 만에 수백만 회의 조회 수를 달성했다.

에볼라 발생은 지금까지 서아프리카의 작은 나라들인 기니, 시에라리온, 라이베리아 세 곳에만 국한되었다. 그렇다면 왜 2014년 유럽과 북미에서 에볼라 공포가 그렇게 급속하게 확산했을까? 이 치명적 바이러스는 사람의 몸 안에 실려 국경과 바다를 건너 이동할 수 있기 때문이다. 감염된 개인이 다른 곳으로 여행하면 그곳이 어디든 다른 사람을 감염시킬 수 있다. 물론 에볼라 공포를 더욱 부추긴 건 아직까지 효과적인 치료제가 없다는 사실이었다.

그 6개월 전인 2014년 3월 말, 나는 기니에서 라이베리아로 에볼라가 확산했다는 WHO의 발표에 주목하긴 했다. 하지만 6개월 후 내가 몬로비아로 가서 라이베리아 보건부에 내 책상

을 두고 '에볼라 감시국 부국장Deputy Director of Ebola Surveillance'
으로 일하게 될 줄은 전혀 몰랐다. 게다가 누군가 내게 올해는
에볼라 때문에 크리스마스와 새해를 가족과 함께 보내지 못하
는 최초의 해가 될 거라고 말했다면, 끔찍한 농담처럼 들렸을
것이다. 실제로 그해 나는 라이베리아에서 내 룸메이트이자 상
사이던 루크 바오Luke Bawo와 함께 잊지 못할 크리스마스를 보
냈다. 라이베리아를 떠나기 직전 나는 전통적인 족장 지위와
'타누에 추장Chief Tanue'이라는 영예로운 칭호를 수여받았다.

내가 현실을 똑바로 깨달은 건 2014년 가을이 되어서였다.
나는 에볼라와의 전투에 참여하기 위해 약속된 모든 스케줄
을 취소하거나 연기해야 했다. 나 같은 전문가들은 위험의 규
모를 더 일찍 알았어야 했다. 우리 대부분은 이 유행병의 긴급
성을 알기까지 시간이 걸렸고, 나머지 세계도 마찬가지였다.
WHO에서 일하는 소수의 역학자와 열대 질환 전문가들이 앞
으로 닥칠 일을 예견했지만, 그들에게는 조치를 취하는 데 필
요한 예산이 없었다.

우리는 왜 이런 식으로 실패했을까? 우리는 상당한 기간 동
안 먼 아프리카 국가들에서 에볼라가 여러 차례 발생하는 것
을 지켜보았다. 2013년 하반기부터 2014년 봄까지 바이러스
가 기니 시골의 외딴 고지대에서부터 라이베리아와 시에라리
온의 고립된 지역들로 이동했지만, 세계는 개의치 않았다. 대
도시로는 확산하지 않았기 때문이다. 즉 감염이 정부 청사가

있는 곳이나 국제공항 근처까지 확산한 적은 없었다.

하지만 머지않아 기니와 라이베리아의 수도인 코나크리Conakry와 몬로비아에서 감염 사례가 발생하기 시작했다.

에볼라가 광범위한 빈민가를 끼고 있는 대도시로 확산하기 시작했을 때 나를 포함한 공공 보건 전문가들이 더 신속하게 대응했어야 했다. 나는 특히 나 자신을 탓했는데, 내 경우는 세계 보건 분야에 종사하는 그냥 전문가가 아니었기 때문이다. 아프리카 외딴 시골 지역의 유행병이 수십 년 동안 내 연구의 초점이었다. 만일 감염이 대규모 빈민가 인구와 국제공항을 갖춘 대도시로 번진다면 에볼라가 세계적 위협이 될 수 있다는 것을 나를 포함해 이 분야에서 일하는 과학자 대부분은 이미 간파하고 있었다. 그리고 이제 실제로 그런 일이 일어났다.

2014년 8월 8일, WHO는 에볼라 유행이 세계적 규모에서 보건에 심각한 위협이 되었다고 선언했다. 마침내 모두가 주목하기 시작했고, 경보가 울려 퍼졌다. 외국인 투자가 중단되면서, 처음에는 항공기 예약 취소와 피해 국가를 고립시키려는 시도 같은 역효과를 낳는 조치들이 이어졌다. 하지만 자원resource의 흐름은 결국 서아프리카의 에볼라를 통제하는 쪽으로 돌아섰다.

그 당시 전 세계가 느낀 공포는 완전히 정당한 것이었지만 너무 늦게 수면 위로 올라왔다. 이제 우리가 할 수 있는 일은 잃어버린 시간을 만회하는 것뿐이었다.

그날은 10월 10일이었다. 우리는 스톡홀름에 위치한 정부 청사에 있었다. 유진 부샤이자Eugene Bushayija가 나를 똑바로 쳐다보았다. 매우 심란한 얼굴이었다. "몬로비아에서 발생한 에볼라에 모두가 속수무책이에요." 그가 말했다.

유진은 국경없는의사회에서 일했다. 우리는 스웨덴 정부 관계자 및 학계 인사들과 함께 스웨덴이 에볼라 사태에 대해 무엇을 할 수 있는지 논의한 후 회의실에 둘만 남은 터였다. 서아프리카에서 무슨 일이 일어나고 있는지 아무도 정확히 알지 못하는 것 같다는 데 우리는 의견을 함께했다.

유진은 이어서 말했다. "국경없는의사회의 치료센터는 받을 수 있는 환자가 한계치에 달했어요. 대다수가 에볼라 양성반응을 보였고요. 하지만 우리만 치료 시설을 운영하고 있는 게 아닌 데다 국경없는의사회는 정부와 독립적으로 일하기 때문에 우리도 전체적인 상황은 확실히 몰라요. 다만 몬로비아에 있는 우리 치료센터 한 곳에만 이번 주 WHO 보고서에 올라간 것보다 많은 확진 사례가 등록되었어요."

나는 현지 병원에서 힘든 임상 일을 하는 것은 내 나이에 적합하지 않다는 걸 잘 알고 있었지만, 내가 할 수 있는 일이 분명히 있으리라 생각했다.

스톡홀름에서 회의를 하고 열흘 후인 2014년 10월 말, 나는 몬로비아의 사무실에 앉아 있었다. 오면서 여행 가방 두 개에 필요할지도 모를 물건들을 챙겨왔다. 노트북, 프린터, 프로젝터, 예비 USB, 그리고 '가장 중요한' 적절한 옷가지까지. 처음에 앙네타는 내가 가는 것에 동의하지 않았다. "당신이 꼭 가야 해?" "그저 당신이 얼마나 용감한지 스스로에게 그리고 남들에게 증명하고 싶은 건 아니야?" 이런 의문들에 대해 의견을 나눈 끝에 앙네타는 내가 상황을 바꿀 수도 있을 것이라는 결론에 도달했다. 나는 앙네타의 전폭적인 지지를 얻었다.

비행기에서는 에볼라에 대한 자료를 읽으며 시간을 보냈다. 착륙 전 나는 감염에 노출되지 않도록 나 자신을 보호할 준비를 했다. 공항은 어떤 모습일까? 여행 가방을 닦을 소독용 물티슈를 가져올걸. 내 머릿속은 감염될 수 있는 모든 경로와 그렇지 않은 경로들에 대한 생각으로 가득했다. 스웨덴 대사관에서 나온 친절한 여성이 공항에 도착한 나를 태워 대사관에서 예약해둔 그랜드호텔까지 데려다주었다. 호텔에 들어가기전 소독 절차를 안내받았다. 들어올 때마다 염소처리수가 담긴 양동이에 손을 씻어야 했다. 양동이는 스툴에 놓여 있었고, 그 옆 바닥에는 신발을 씻을 수 있도록 염소처리수를 담은 플라스틱 대야가 놓여 있었다.

호텔은 최근에 지은 것 같았다. 로비는 새로 도색한 옅은 노란색 벽과 암적색 돌기둥이 높은 천장을 떠받치는 품격 있는 공간이었다. 오른쪽에는 현금인출기와 작은 상점 두 개가 보였다. 미소를 머금은 접수대 직원이 내게 3층 방 열쇠를 건넸다.

　그날처럼 티끌 하나 없이 깨끗한 최고급 호텔이 고마운 적
은 없었다. 그래도 위험은 여전히 컸다. 나는 어느 때보다 꼼꼼
하게 몸을 씻었다. 그런 다음 클로르헥시딘chlorhexidine에 적신
티슈로 옷장 선반을 닦은 후 옷이 벽에 닿지 않도록 강박적으
로 개켜 올렸다. 책상과 여행 가방도 소독용 물티슈로 닦았다.
마침내 침대에 누웠으나 불안한 상태로 잠이 든 탓인지 열이
나는 꿈을 꾸었다. 감염 공포는 몬로비아에 머무는 내내 떠나
지 않았다. 하지만 1~2주가 지나자 이런 준비 과정은 거의 의
식하지 못하는 일상이 되었다.

　몬로비아에서의 첫날, 나는 이 유행병에 대한 현지 반응을
전반적으로 파악할 수 있었다. 어디를 가나 정신이 없었다. 라
이베리아 지도를 벽에 붙여놓은 작은 방들로 전문가들이 몰려
들어갔다. 나는 안내를 받으며 높은 사무실 건물들을 들락거렸
는데, 들어갈 때마다 항상 입구에서 멈추어 염소처리수에 손과
신발을 씻어야 했다. 미국 질병통제예방센터CDC가 운영하는
미국 사무실에서는 TED 강연을 본 직원들이 나를 알아보았기
때문에 내 소개를 하는 게 쉬웠다. 그들은 내가 라이베리아에서
뭘 하고 있는지 알고 싶어 했고, 내가 독립적인 전문가로 몇 달
간 일하기 위해 이곳에 왔다는 사실을 알고 깜짝 놀랐다.

　그날 내가 돌아다닌 수많은 복도 중 한 곳에서 우연히 마
주친 라이베리아의 의약국 부국장 톨버트 니엔스와Tolbert

Nyenswah도 나를 알아보았다. 나는 그에게 카롤린스카연구소 명함을 주면서 가난한 아프리카 국가들의 유행병을 조사하는 일에 거의 20년을 종사했으며, 모잠비크의 한 지역 병원에서 공공 의사로 일한 적도 있다고 설명했다.

"그래서 자원 부족이 뭘 의미하는지 아주 잘 압니다." 나는 덧붙여 말했다.

그는 놀람과 수긍이 뒤섞인 표정으로 고개를 끄덕였다. 내가 테드 강연을 하기 전에 뭘 했는지는 몰랐던 것이다. 나는 몸을 숙여 가방에서 편지 한 장을 꺼냈다.

"엘런 존슨설리프Ellen Johnson-Sirleaf 대통령께 드리는 편지를 가져왔습니다. 스톡홀름 왕립과학원에서 보낸 것입니다. 당신을 통해 전달해도 될까요?"

그 편지는 왕립과학원의 두꺼운 편지지에 아름다운 손 글씨로 작성한 것이었다. 과학원의 종신 간사 스타판 노르마르크Staffan Normark는 왕립과학원뿐 아니라 국제 과학계 전체를 대표해 에볼라에 대한 연구가 이 정도밖에 진행되지 못한 것에 사과했다.

나 역시 이 문제로 골치가 아팠다. 우리 같은 세계 보건 전문가들은 앞서 치료제 개발이 필요한 17가지 질병 목록을 작성해 제약 회사들에 제출했다. 에볼라도 이 목록에 포함되었다. 하지만 연구가 진행되지 않은 탓에 간단한 진단 방법, 백신 그리고 치료제가 나와 있지 않았다.

짧은 편지를 읽는 톨버트의 얼굴은 진지했다. 그러고 나서 한숨을 조금 내쉬고는 찡그린 눈으로 나를 올려다보았다. 그는 한동안 말을 잇지 못했다. "고맙습니다. 이런 편지를 받기는 처음입니다. 대통령도 이러한 사과에 감사할 것입니다."

또 다른 복도에서는 라이베리아의 매우 유능한 보건부 차관을 소개받았다. "내일 정책 조정 회의에 참석해주세요. 1층에서 9시에 시작합니다. 국내 질병 대응팀 지도자들과 해외 전문가들에게 당신을 소개하려고 합니다. 이곳에 오신 것을 환영합니다."

톨버트 니엔스와 함께 일하는 특권을 누린 몇 달 동안, 그의 뛰어난 지도력과 에볼라 대응을 관리하는 침착하고 사려 깊은 방식에 나의 놀라움과 존경심은 점점 커져갔다.

첫날 일정을 마치고 에어컨이 돌아가는 시원한 호텔 방으로 돌아왔을 때 나는 땀에 젖은 옷이 혹시 감염되었을까 봐 불안했다. 우선 손 소독제를 흠뻑 적신 냅킨으로 가방을 닦았다. 그런 다음 옷을 벗고 냅킨으로 벨트를 닦았다. 그리고 그날 입은 모든 옷을 세탁 바구니에 넣고 샤워를 했다. 손톱을 특별히 꼼꼼하게 닦는 것을 포함해 몸을 씻는 데 30분이 넘게 걸렸다. 그리고는 깨끗한 속옷만 입은 채 침대보와 담요, 겉 시트를 걷고 침대에 누웠다.

누운 채로 첫날을 돌아보았다. 일이 예상 밖으로 잘 풀렸는데도 자꾸만 의심이 들었다. 내가 잘 해낼 수 있을까? 지나치게 철저히 씻고 닦는 게 조금은 부끄럽기도 했지만, 그 과정은 매일 나를 진정시키는 일종의 의식이 되었다.

조금 더 쉬다가 엘리베이터를 타고 꼭대기 층에 있는 레스토랑에 가서 저녁으로 근사한 뷔페를 먹고, 입가심으로 별이 총총한 까만 하늘 아래서 코카콜라를 마셨다. 옥상 테라스에서 맞는 열대의 밤은 따뜻했다. 내가 몬로비아에서 가장 좋은 호텔에 머물 수 있는 것은 스웨덴에 유익한 연구를 지원하는 발렌베리재단Wallenberg Foundation의 보조금 덕분이었다. 나는 비판적 양심의 소리를 애써 가라앉히며 나 자신한테 단호하게 말했다. "이 모든 걸 열심히 일하는 것으로 갚아야 해." 방으로 돌아와서는 금방 잠들었지만, 열과 설사에 시달리는 악몽을 꾸다가 잠이 깼다.

"WHO 보고서에는 왜 현재 몬로비아의 에볼라 확진 사례가 제로에 가깝다고 적혀 있죠? 이건 명백히 사실이 아닙니다!" 나는 다음 날 아침 미국 CDC 사무실에서 열린 회의 때 솔직하게 말했다.

세계 최고이자 누구보다 경험이 풍부한 역학자 중 한 명인 프랭크 마호니Frank Mahoney도 그것을 눈치챘다. 격분한 그는 자신이 생각하는 이유를 체계적으로 설명하기 시작했다. 프랭크는 키가 작고 약간 뚱뚱했으며, 머리를 짧게 자르고 턱은 면도하지 않은 채였다. 그는 몸에 잘 맞지 않는 짙은 색 재킷에 흐물흐물한 타이를 매고 있었다. 그의 동료 조엘 몽고메리Joel Montgomery 역시 매우 유능한 역학자였는데, 프랭크보다 약간 더 하얀 셔츠를 입고 머리도 약간 더 긴 그는 딱 그만큼 더 차분하게 말했다.

두 사람 다 이 문제가 어떤 식으로든 라이베리아 보건부의 에볼라 감시국에서 시작되었다고 생각했다. 에볼라 감시국 국장은 루크 바오라는 이름의 라이베리아 사람이었다. 또 다른 미국 역학자 테리 로Terry Lo가 내 질문과 의혹을 중간에 끊고 끼어들었다. "당신이 보건부에 가서 그를 만나보는 게 좋겠어요. 그는 말하기 편한 사람이에요. 제가 거기서 일하거든요. 회의가 끝나면 저와 함께 가시지 않을래요?"

우리가 출발한 것은 오전 늦은 시간이었고, 벌써부터 몬로비아 거리엔 햇빛이 쏟아지고 있었다. 15분 후 차가 보건부의 누렇게 바랜 3층짜리 콘크리트 건물 앞에 섰다. 보건부 로고를 새긴 흰색 지프차들이 가득 서 있는 주차장 둘레에 똑같이 변색된 콘크리트 벽이 높게 솟아 있었다.

보건부의 긴 복도로 들어서기 전, 입구를 지키는 경비원들이 염소처리수로 소독하는 절차를 따르는지 확인하기 위해 우리를 주시했다. 테리 로는 그의 사무실로 나를 데려갔다. 그곳에서는 간신히 쑤셔 넣은 네 개의 책상에서 사람들이 열심히 일하고 있었다.

"저는 HISP 데이터베이스를 관리하고 있습니다." WHO 직원인 중년의 아일랜드인 남성이 말했다.

"HISP라고요? 그게 뭐죠?" 내가 물었다.

사무실에 있던 사람들이 일제히 나를 쳐다보았다. 내가 약어를 알아듣지 못하자 당황한 것이 분명했다.

"건강 정보 시스템 데이터The Health Information System Data를 말합니다."

데이터 입력 시스템에 대해 질문하려는 순간 문이 열렸다. 새로운 얼굴이 재빨리 안으로 들어왔다. 나는 그의 날쌘 움직임에 놀랐는데, 그 사람은 다리가 불편해서 손을 이용해 앞으로 움직여야 했기 때문이다. 하지만 아무도 알아채지 못한 듯했고, 그는 자신의 움직임을 잘 통제했다. 이는 그가 오랫동안 자신의 장애에 대처해왔다는 뜻이었다.

테리가 손짓으로 그 사람의 주의를 끌며 말했다. "로슬링 교수님, 제 상사 루크 바오를 소개합니다."

루크가 심한 라이베리아 억양이 섞인 영어를 사용해서 나는 활기찬 대화를 따라가기 위해 긴장해야 했다. 내가 여기서 뭘 하고 있는지 몹시 궁금했던 그는 내게 몇 가지 솔직한 질문을 했다. 나는 에볼라를 통제하려는 보건부의 노력에 힘을 보태고 싶다고 말했고, 독립적인 자격으로 일할 수 있는 충분한 자금을 지원받았다고 덧붙였다.

"그런데 여기에 책상을 하나 더 놓기는 어렵겠는데요." 나는 마지막으로 지적했다.

그 문제는 쉽게 해결되었다. 루크가 나를 옆방으로 안내하며 어서 오라는 손짓을 했다. 그 방에는 에어컨, 작은 냉장고, 그리고 초록색으로 칠한 철제 책상 두 개가 놓여 있었다. 책상 상판은 갈색 반점이 있는 플라스틱이었다. 두 책상 중 큰 쪽에는 서류 더미, 상자들, 프린터가 놓여 있었다. 더 작은 책상에는 아무것도 없었다.

루크가 그 책상을 가리켰다. "저쪽이 당신 책상입니다."

"고맙습니다." 나는 예상치 못한 일이라 놀랐지만 기뻤다. "그런데 저건 누구 책상이죠?" 큰 책상을 가리키며 물었다.

"제 자리입니다. 앞으로 제 방에서 일하시면 됩니다. 에볼라 감시국 부국장으로서 말입니다. 여기서 함께 일하면 임무를 나눠 맡기 쉬울 겁니다. 열쇠도 드릴게요. 여분의 열쇠가 있어요. 가방을 둘 공간도 있습니다." 그러곤 내 책상 뒤의 공간을 가리켰다.

그는 상사처럼 고압적인 대신, 마치 이 모든 게 아주 당연한 일인 듯 차분하고 유쾌하게 말했다. 그리고 나서 그의 얼굴과 목소리가 자못 진지해졌다.

"우리 라이베리아는 당신이 꼭 필요합니다. 어떠십니까?" 그가 내 눈을 뚫어져라 쳐다보며 물었다. 나는 그의 꾸밈없고 직접적인 태도가 마음에 들었지만 상당히 놀랐다. 현관을 통과한 지 20분이 채 되지 않아 보건부의 공직을 제의받은 것이다. UN 파견에 관한 내 문의에 즉시 답변이 온 것부터 스웨덴에서 준비를 마치는 것까지 모든 게 얼마나 순조롭게 진행되었는지 문득 떠올랐다. 나는 이 도시에서 가장 좋은 호텔에 묵었고, 에볼라와의 전투를 책임지고 있는 라이베리아 사람들에게 매우 좋은 인상을 받았다.

지금까지도 이때 내가 얼마나 순식간에 마음을 정했는지 생각하곤 한다.

"네, 좋습니다. 하지만 이렇게 간단해도 될까요? 계약서를 쓰고 우리 두 사람이 서명해야 하지 않을까요?" 내가 물었다.

"그럴 필요 없습니다." 루크가 말했다.

루크는 이후로도 좋은 상사에 대한 내 모든 기대를 충족시켰다. 우리는 절친한 친구가 되었고, 크리스마스에는 내 가족 대신 그의 가족과 함께 보냈다. 며칠 내로 나는 보건부 로고가 찍힌 명함을 받았다. 얼마 후에는 멋지고 화려한 서아프리카 셔츠 몇 벌을 선물받았다.

"연한 파란색 셔츠는 그만 입으세요." 루크가 말했다. "이걸 입으면 우리처럼 보일 겁니다."

그가 셔츠를 선물한 데는 그럴 만한 이유가 있었다. 에볼라와의 전투를 위해 고용된 외국인 스태프 대부분은 그들이 소속된 조직의 로고나 이니셜을 새긴 티셔츠, 조끼, 모자를 착용했다. 내 옷은 내가 누구인지를 보여줘야 했다. 나는 지금 라이베리아 보건부와 정부에서 고용한 공무원이었다.

내 임무는 루크의 직원들과 함께 숫자를 집계해 10쪽 분량의 일간 보고서를 작성하는 것이었다. 그러면 루크가 그것을 점검한 뒤 발표했다.

그 보고서의 문제가 곧 고통스러울 정도로 명백해졌다. 보건부 직원들은 CDC가 제공한 데이터베이스에 의존했다. 지난번 에볼라 발생 때까지는 이 기록 방법이 문제가 없었다. 하지만 이번에는 하루 확진자 수가 지난번보다 훨씬 많았다.

근무 첫날, 나는 라이베리아의 13개 행정구역이 모두 일간 보고서를 제공하는 것은 아님을 알았다. 이유는 이메일과 전화로 부정기적으로 연락했기 때문이고, 그 결과 전형적인 오류가 생겼다. 즉 '0'은 '신규 확진 사례가 없다'는 뜻이 아니었다. 보고가 들어오지 않은 경우도 '0'으로 입력했다. 나의 첫 번째 개입은 보고가 들어오지 않을 때 표에 0을 입력하는 대신 그 칸을 '검은 박스black box'로 처리하는 것이었다.

또 하나의 문제는 보건부 직원들이 에볼라에 대해 보고하는 지역 공무원들과 자비로 연락을 취한다는 점이었다. 그들은 자신의 전화기와 공중전화 카드를 사용해 먼 지역의 동료들과 통화해야 했다. 보건부 예산으로는 통화 비용을 전부 충당할 수 없었고, 막대한 경제적 자원을 보유한 국제기구들은 핵심 인력에게 전화 카드를 제공하지 않았다. 아마 '부패 방지'를 위해서였을 것이다.

내가 갭마인더와 라이베리아 보건부 간 합의를 통해 전담 자금 계획을 마련하기까지는 오래 걸리지 않았다. 직원들에게 무료 전화 카드를 제공하는 것이 목적이었고, 제약은 딱 한 가지였다. 카드는 동료들과 연락할 때, 매일 저녁 국내의 가족 친지에게 전화를 걸어 정보를 수집하고 새로운 사례에 대한 소문을 입수할 때만 사용해야 했다. 그 밖에, 전화카드의 '사용 시간'을 팔다가 적발되면 엄중 처벌한다는 게 유일한 규칙이었다. 전화 카드 비용은 에볼라와의 싸움에 기여하길 원하는 스웨덴 자선 단체들의 기부금으로 마련했고, 갭마인더가 집행을 맡았다. 이런 비용-효율적인 조치를 신속하게 시행할 수 있었던 것은 라이베리아 보건부에서의 내 위치와 월드위원트 재단World We Want Foundation, 요크니크재단Jochnick Foundation, 안데르스발재단Anders Wall Foundation의 지원 덕분이었다.

나를 자극해 조치를 취하게 만든 학술 기사가 발표되기 몇 주 전인 2014년 8월과 9월, 몬로비아 빈민가의 한 인구 밀집 지역에서 사상 최대 규모의 에볼라가 발생했다. CDC 데이터베이스는 세 군데 출처에서 각각 받은 자료로 구축되었다. 첫 번째는 가정에서 환자를 검진한 기록, 두 번째는 치료 시설에 입원한 환자의 검진 기록, 세 번째는 검사 기관의 결과였다. 내가 몬로비아에 도착하기 몇 주 전인 9월 하순에 이 시스템이 내부적으로 붕괴했다.

데이터 수집이 불가능해진 이유는 이 3단계 인풋은 모든 단계에서 신분증 또는 그와 유사한 것을 통해 확인한 환자의 신원이 일치한다는 것을 전제로 했기 때문이다. 누군가 환자의 집에서 검사한 것을 기록해야 했고, 그다음에는 의료진이 입원 사실을 보고해야 했으며, 가장 중요한 마지막 단계에서는 검사 기관에서 환자의 혈액을 분석한 결과를 해당 개인의 데이터 세트에 추가해야 했다.

라이베리아 사람들은 오직 이름, 주소, 나이, 성별만으로 신원을 확인할 뿐 고유의 식별 번호가 없기 때문에 이름의 철자가 약간 바뀌거나 집 주소가 틀리는 경우 시스템 전체가 무너질 수 있었다. 같은 사람을 세 번 집계하는 일도 전혀 불가능하지 않았다. 따라서 당연히 아무도 그 숫자를 믿지 않았다. 이는 또한 검사 기관들이 혈액 샘플 데이터를 자체적인 엑셀 스프레드시트에 입력하기 시작했음을 뜻했는데, 그들은 이 엑셀 파일을 공유하지 않았다.

모든 관계자가 이런 사정을 어느 정도 알고 있었지만, 자문 또는 집행 임무를 맡고 있는 어느 누구도 과감한 변화의 필요성을 받아들일 준비가 되어 있지 않았다. 당국이 감염병 확산 경로를 제대로 파악하기 위해서는 단순화한 보고 체계를 도입해야 했다. 나는 몇 가지 새로운 지침을 마련했다. 루크가 그것을 훑어보며 걱정스러운 표정을 지었다. "우리가 WHO의 형식을 없애면 그들이 뭐라고 할까요?"

"그들도 받아들여야죠."

루크가 내 제안을 검토하는 동안 나는 지금은 위기 상황이므로 데이터를 하루빨리 정리해야 한다고 강조했다. 하지만 검사 결과 데이터의 방대한 미처리분을 작업해달라고 맡길 만한 외국 기관이 있을까?

"스톡홀름에 있는 제 보스한테 부탁해보겠습니다. 실은 제 아들인 올라 로슬링입니다. 그는 엑셀 데이터를 정말 빠르게 정리합니다."

그 제안을 듣고 루크의 얼굴이 밝아졌다. 몇 시간 내에 검사 기관의 모든 엑셀 파일이 올라에게 전송되었다. 올라는 아침 일찍 일어나 총 6,582개 혈액 샘플에 대한 모든 검사 데이터를 정리하기 시작했다. 다음 날 아침 만사를 제쳐놓고 이메일부터 열어보니 에볼라 신규 사례 수를 보여주는 완전하고도 믿을 수 있는 그래프가 도착해 있었다. 다행히도 그래프는 확진자 수가 이미 감소하고 있음을 보여주었다.

"좋은 방법이 생각났어요." 12월 초 어느 날 모세스 마사콰이Moses Massaquoi가 말했다. 모세스는 예리하고 유쾌한 사람이었다. 라이베리아의 모든 치료 시설을 책임지고 있는 그는 에볼라와의 싸움을 이끄는 그 나라의 여섯 지도자 중 한 명이었다. 그가 생각해냈다는 그것은 예상치 못한 다소 성가신 문제를 해결할 방법이었다. 그날 아침 나는 조정 회의가 끝난 후 몇몇 라이베리아인과 함께 회의실에 남아 있었다. 내가 조금 전에 보여준 최근 그래프는 몬로비아의 신규 사례 수가 계속 감소하고 있으며, 현재는 하루 10명 미만임을 나타냈다.

모세스도 수도에 있는 치료 시설 다섯 곳이 거의 비었음을 나타내는 데이터 세트를 보여주었다. 빈 침상이 600개였다. 문제는 몇몇 국제기구에서 약속한 추가 치료 시설의 공사가 늦어진 바람에 시설이 완공된 지금은 필요 없게 되었다는 것이었다.

"이 사람들이 단순히 사실을 받아들이고 그들의 계획을 중단했다면 문제가 되지 않았을 거예요." 모세스가 한숨을 푹 쉬었다. 그는 톨버트를 쳐다보고는, 외국 대사들이 우리가 조정 회의에서 국제기구 대표들과 합의한 내용에 개의치 않고 대통령을 직접 만나 건물을 계속 짓길 고집했다고 설명했다. 아마 그 대사들에게는 고국의 텔레비전에서 방영하는 개소식 보도가 매우 중요했을 것이다.

"대통령이 압박을 받고 있는 건 사실입니다. 당신이 생각해 낸 묘안이라는 게 뭡니까?" 톨버트가 물었다.

"외국 대사들을 위해 성대한 의식을 열어주는 겁니다. 군악대를 동원하고 보건부의 누군가가 건물 입구에서 대사들에게 감사를 표하는 거죠. 직원들이 보호 장비를 착용한 채 도열하고요. 텔레비전에 나오면 근사하겠죠? 하지만 그들이 시설을 열지 않고 우리한테 넘기도록 해야 합니다. 에볼라 외의 질환에 걸린 환자들을 위해 더 폭넓게 사용하는 데 우리가 합의하기 전에는 시설을 열면 안 됩니다."

모세스의 기발한 아이디어를 듣고 모두가 환하게 웃었다.

"괜찮은 생각이군요. 제가 대사들과 이야기를 나눠볼게요." 톨버트가 여전히 웃음이 가시지 않은 얼굴로 말했다.

이런 얘기를 나눌 때는 오해가 있어서는 안 된다. 국제 구호 기구의 압도적 다수가 매우 중요한 기여를 하는 것은 분명한 사실이다. 그들이 터무니없는 조작에 의지할 생각을 하는 건 오직 그들의 일을 외부 청중에게 알릴 때뿐이었다. 아마 자기 보호가 가장 큰 이유일 것이다. 정부 보조금이든 공공 기부든 본국에서 재정 지원을 확보해야 하기 때문이다. 아니면 자기 자리를 지키려는 특정 자선단체 대표와 관련이 있을지도 모른다. 이유가 뭐든 라이베리아 입장에서 그들의 행동은 도움이 되지 않았다.

11월 동안 라이베리아의 에볼라 신규 사례 수는 빠르게 감소했다. 시골 지역의 발생이 잇따라 잡혔다. 11월 말의 그래프는 크리스마스 전에 에볼라가 종식될 것임을 암시했다.

곧 경보를 해제할 수 있을 거라는 환상을 피하기 위해 나는 y축에 로그눈금으로 사례를 표시해 그래프를 다시 그렸다. 그랬더니 발생이 시작될 때와 같은 모양새로 끝나는 형태를 보여주었다. 즉 신규 사례가 점점 줄어들되 갑작스러운 폭발이 일어나는 느린 경로를 따랐다. 에볼라와의 싸움에서 성공한 것은 대체로 지역 상점에 손 씻는 장소를 마련하고, 아이들을 학교에 보내지 않는 등 필요한 조치가 무엇인지 파악한 라이베리아 대중 덕분이었다.

12월 동안 에볼라를 통제하는 일에서 의료진의 피로로 인한 심리적 영향이 두드러지게 나타났다. 거의 텅 빈 병원에 입원한 환자들은 치료를 잘 받았지만 후속 조치, 특히 접촉자 추적은 이상적인 것과는 거리가 멀었다. 대부분의 일이 관성화되면서 데이터 분석이 불완전해졌다. 사고 패턴을 재설정하는 것, 즉 우선순위를 다시 정하는 것이 매우 중요했다. 그러기 위해 먼저 할 일은 주요 임무의 '단계 변화'를 꾀하는 것이었다. 즉 '소방관 단계'가 완료되면 '수사관 단계'를 시작해야 한다. 이는 다른 무엇보다 우리가 숫자가 아닌 이름으로 사례를 등록했음을 뜻했다. 에볼라 유행이 멈추게 하기 위해서는 환자의 접촉자 추적이 완벽해야 했다.

바로 이런 이유로 12월 중순에 나는 업무 일정의 절반을 보건부에서의 역학 감시에서 수도에 마련된 접촉자 추적팀 사무실의 새로운 기지로 옮겼다. 그리고 '작전 상황실'도 꾸렸다. 그곳은 매일 아침 접촉자 추적 담당자에게 들어오는 보고서를 검토하기 위한 회의 장소로 쓰였다. 또 라이베리아 각계각층에서 일하고 있는 국제기구 역학자들의 업무 공간이기도 했다.

한 가지 핵심 과제는 모든 사례를 그 도시의 상세한 지도에 표시하는 것이었다. 그만큼이나 중요한 또 한 가지 과제는 환자가 접촉 가능성이 있다고 보고한 사람들이 사는 곳을 지도 위에 표시하는 것이었다. 이를 통해 우리는 도시 전체의 에볼라 확산 동향을 파악할 수 있었다.

누군가 에볼라로 사망했다는 사실을 아는 즉시 우리는 사망자와 물리적으로 접촉했을 가능성이 있는 모든 사람의 목록을 작성했다. 감염 후 처음 며칠 동안은 전염성이 없었다. 증상이 나타나기 시작할 때가 바로 그들을 격리시켜야 할 시점이었다. 이것이 에볼라 바이러스의 확산을 막는 열쇠였다. 우리는 접촉자 목록을 면밀하게 조사한 다음, 에볼라 환자와 밀접 접촉했을 가능성이 있는 사람들을 찾기 위해 매일 가정 방문을 돌았다.

어느 날, 목록에 올라 있는 가정에서 한 소년이 실종되었다. 소년의 어머니는 아들이 어디 있는지 모른다고 주장했지만, 실은 우리에게 말하지 못한 것이었다. 우리는 이런 경우 너그러운 마음과 예리한 두뇌 그리고 역학 박사 학위를 지닌 라이베리아 사람 모소카 팔라Mosoka Fallah에게 의지했다.

모소카는 소년의 어머니를 찾아가 이야기를 나누었다. 그녀는 남편이 집을 나가면서 싱글 맘이 되었다. 소년은 아버지가 데려간 것이었다. 가끔씩 있는 일이지만 그녀는 어찌해볼 도리가 없었다. 그것은 가난한 동네에 사는 많은 여성이 흔히 겪는 일이었다. 무엇보다 공식적인 도움, 즉 급할 때 연락을 취할 곳이 없었다.

모소카는 소년을 다시 데려오라고 어머니를 부드럽게 설득했다. 교통비가 없었기 때문에 모소카가 돈을 주었고, 어머니는 다음 날 가기로 동의했다.

그때 어머니가 자기 손에 들린 지폐를 보고 말했다. "이렇게 빳빳한 새 지폐는 사용할 수 없어요. 일부러 구겨도 소용없을 거예요. 그래도 그 사람은 새 돈인 줄 알 테니까요."

빈민가에서는 지폐가 수많은 사람의 손을 거치기 때문에 낡고 너덜너덜했다. 그 여성의 전남편은 어떤 부자가 돈을 주었다는 걸 바로 알아챌 터였다. 그녀는 자기가 전남편이 모르는 사람과 둘 사이의 일을 공유했다는 사실을 전남편이 알면 화가 나서 협조하지 않을까 봐 겁이 났다. 그 무엇도 그녀의 정보를 드러내서는 안 되었다.

그래서 모소카는 오래된 지폐를 마련해주었고, 소년의 어머니는 다음 날 아들을 집으로 데려왔다. 그뿐만이 아니었다. 모소카를 신뢰하게 된 그녀는 우리를 위해 접촉자 추적 요원이 되었다. 모소카 팔라는 유행병과의 싸움에 임할 때는 스프레드시트뿐 아니라 인류애를 가져야 한다는 사실을 알고 있는 사람이었다.

에볼라 유행과의 싸움에서는 숫자로 생각하는 것뿐 아니라 사람들의 필요에 공감하는 것이 그 어느 때보다 중요했다. 신규 사례가 정확히 어디서 증가하고 어디서 감소하고 있는지 알아내는 것은 가장 어려운 일 중 하나였는데, 이것과 관련해 장례 문화가 특별한 문제를 일으켰다. 우리는 이런 극단적 상황에서도 시신을 꼭 고향 마을로 옮겨 매장해야 하는 이유가 뭔지 이해할 수 없었다.

아직도 기억나는 사례가 하나 있다. 에볼라에 걸린 한 할머니가 빠르게 병세가 악화해 사망했다. 가족은 남편 옆에 묻히고 싶다는 할머니의 소망을 들어주겠다고 약속한 터였다. 그들은 할머니의 시신을 씻겨 좋은 옷을 입힌 후 낡은 택시에 실었다. 그리고 택시 기사에게 할머니의 고향 마을까지 가는 위험수당을 지불하고 자신들도 그 시신 옆에 탔다. 할머니는 고향 마을에 묻혔지만, 에볼라는 이렇게 해서 또 다른 마을로 퍼졌다. 우리는 예방 지침을 전달하려고 노력했지만, 대개는 소용이 없었다.

왜 꼭 그래야 하는지 이해하기 어려웠다. 사람들이 어쩌면 그렇게 생각이 없을 수 있을까? 하지만 그것은 똑똑하고 멍청하고의 문제가 아니었다. 그것은 평생, 아마 내전 동안에도 가족을 위해 살았던 영웅적인 여성인 어머니나 할머니에 대한 사랑이었다. 누구에 대한 의무가 가장 중요했을까? 할머니일까, 유행병 당국일까? 이건 대부분의 사람에게 쉽지 않은 선택이었다.

우리는 장례비를 지급해야 한다는 것을 깨달았고, 몇몇 경우에는 에볼라 유행이 끝날 때까지 그렇게 할 수 있었다. 유족은 시신을 어디에 매장할지 결정할 수 있었지만, 얼굴이 노출되는 적십자 장막으로 시신을 감싸야 했다. 장례식을 거행할 때는 보호복을 착용한 장례 도우미들의 도움을 받았는데, 이들이 시신을 무덤에 안치했다. 장례 도우미들이 관련 지식을 숙지하고 있을 뿐 아니라 인간미가 있는 한 이 방법은 잘 작동했다.

○♢

"들어가도 될까요?"

가벼운 노크 소리가 들리더니, 한 여성이 사무실 문으로 얼굴을 내밀었다. 두 가닥으로 가늘고 길게 땋은 아름다운 검은 머리카락이 그녀의 얼굴을 감싸며 어깨 위로 흘러내렸다. 나는 그녀를 알아보았다. 시골 지역 에볼라 대응팀의 부지휘자로 임명된 보건부 재무담당관 미아타 그바냐Miatta Gbanya였다. 나는 어서 들어오라고 하면서 언제든 환영이라고 말했다.

"실은 루크에게 할 말이 있어요. 그가 어디 있는지 아세요?"

나는 그의 소재를 몰랐지만, 우리가 함께 검토할 일간 보고서가 있기 때문에 그가 곧 돌아오리라 예상했다.

때는 11월 말을 향해 가고 있었다. 새로운 확진 사례 수가 확실히 줄어들고 있었기 때문에 우리의 일과에도 한결 여유가 생겼다.

"앉으세요. 좀 쉬셔야 합니다." 나는 그녀에게 말하며 의자를 꺼내주었다.

우리는 수차례 공식 문제를 논의한 적이 있지만, 에볼라 통제를 맡고 있는 가장 바쁜 공무원과 몇 분간 사적인 이야기를 나눌 수 있는 건 특권이었다. 나는 미아타 그바냐가 내전 때 성장했고, 간호사 수련을 받았으며, 콩고와 남수단의 인도주의 단체에서 활동했다는 사실을 알았다. 그녀는 나중에 방글라데시로 가서 그 나라 최고 대학에서 공부하고 공공 보건 석사 학위를 취득했다.

나는 그녀를 매우 존경했는데, 그때까지 감히 물어보지 못한 질문이 하나 있었다. 그녀의 기분이 좋아 보였기에 지금이 내 호기심을 채울 절호의 기회라고 생각했다.

"듣기로는 제가 10월 말에 도착하기 전 한 달이 최악이었다더군요. 그때 당신은 어땠나요? 가장 힘든 게 무엇이었나요?"

그녀는 생각에 잠겼다. 당시 수많은 나쁜 일이 일어났다.

"아마 최악의 순간은 10월 초였을 거예요. 저는 미국과 전화 통화를 하고 있었어요. 에볼라 통제 조치에 그들이 추가 기부를 하기로 했는데, 엉뚱한 조건을 걸었어요. 저는 왼손에 든 업무용 휴대폰으로 그 점을 막 지적하려던 참이었어요." 그녀가 한 손을 왼쪽 귀에 갖다 댔다. "그때 제 개인 휴대폰이 울렸어요. 사촌이었는데, 흥분한 목소리였어요. 그래서 저는 미국 협상가에게 다른 전화를 받을 수 있도록 잠깐만 기다려달라고 부탁했어요. 그는 괜찮다고 하면서 짧게 끝내달라고 말했죠.

몇 분 내로 결정을 내려야 한다면서요."

그녀는 반대쪽 손을 오른쪽 귀로 올렸다. "사촌은 울고 있었어요. 어머니가 열이 높고 설사를 한다는 거예요. 사촌이 어머니를 모시고 에볼라 병원으로 갔지만 이미 대기자가 있었기 때문에 아무도 입원시켜주지 않았어요. '제발, 도와줘.' 그 순간 제 왼손에는 국가에 대한 책임이, 오른손에는 사랑하는 이모에 대한 책임이 놓여 있었죠."

그러곤 입을 다물었다. 시선은 나를 스쳐 지나갔고, 손은 그대로 귀를 덮은 채였다.

나는 잠시 후 조용히 물었다. "그래서 나라와 가족 중 뭘 택하셨나요?"

미아타가 내 눈을 똑바로 보았다.

"나라를 선택했어요. 그 가을에 지도자 위치에 있는 모든 사람이 그랬던 것처럼 말이죠. 여기 보건부에서 우리가 날마다 그랬듯이 말입니다. 낮에는 일하느라 정신이 없었죠. 하지만 밤이 되면 죽은 이들을 위해, 친구와 동료와 친척들을 위해 울었습니다. 그러고 나서 서서히 필요한 지원을 얻게 되었고, 그 바이러스에 맞서 승리하기 시작했죠."

나는 마지막으로 이 질문을 하지 않을 수 없었다. "이모는 어떻게 되셨나요?"

"돌아가셨어요. 에볼라였어요." 마치 불가피한 일이었던 것처럼 미아타가 말했다.

한참을 말없이 있다가 내가 다시 입을 열었다. "저는 여러분이 하고 있는 일에 깊은 감명을 받았습니다. 이곳에 오기 전에는 유럽 언론에서 하는 말을 곧이곧대로 받아들였습니다. 국제 역학자들이 통제에 나서기 전에는 혼란이 계속될 것이라는 말을요."

"그렇겠죠. 우리를 어떻게 묘사하고 있는지 잘 압니다. 그들은 자신의 조직에 매몰되어 있어요. 그 조직들 중 일부는 훌륭하고, 좋은 사람들을 여기로 데려와 우리를 돕죠. 하지만 국제 조직은 칭찬받기를 원해요. 많이 받을수록 좋죠."

그녀는 다소 냉소적으로 웃었고, 그때 루크가 들어왔다.

"뭐죠? 뒤에서 나를 비웃는 겁니까?" 그가 농담조로 말했다.

"그게 아니고요, 칭찬받고 싶어 안달인 '상어들'을 비웃고 있었어요."

미아타가 즐겁게 말했다.

나는 라이베리아 지도자들이 화나고 지쳤을 때 국제기구를 '상어'로 칭한다는 사실을 이미 알고 있었다.

⌇

2015년 초가 되자 2014년 6월 이후 처음으로 라이베리아·기니·시에라리온 모두에서 한 주간의 새로운 확진자 수가 100명 미만으로 떨어졌다.

그 무렵 나는 에볼라와 싸우는 동안 보류해둔 일로 복귀했다. 2015년 1월, 앙네타와 나는 다보스에서 열린 세계경제포럼에 두 번째로 참석했고, 출발하면서 기차 짐칸에 들어가지도 않는 거대한 검은색 여행 가방을 가져갔다.

나는 본회의장에 모인 약 1,000명의 청중 앞에서 연설하기로 되어 있었다. 나와 빌 게이츠, 멀린다 게이츠의 발표는 금요일 밤 본 행사의 첫 번째 순서였다. 우리가 준비한 연설 제목은 '지속 가능한 발전'이었고, 진행 순서는 간단했다. 빌과 멀린다 게이츠가 '미래 전망'에 대해 CNN 뉴스 진행자 파리드 자카리아Fareed Zakaria와 함께 약 30분간 대화를 나눌 예정이고, 그 전에 내가 15분 동안 '사실을 제대로 알기'에 대해 말할 계획이었다.

검은색 여행 가방은 그때 쓸 예정이었다.

가방에는 청중 한 명당 한 개씩 배정되는 응답 장치가 들어 있었다. 우리의 계획은 그곳에 모인 사회 지도층이 오늘날 세계의 기본적인 사실들에 대해 어떻게 알고 있는지 알아보는 것이었다. 회의 조직위원들은 흥분에 들떴다. 그들은 행사를 시작하기 전 게스트의 의자에 장치를 설치하는 걸 도왔다. 우리 갭마인더재단 사람들은 전에도 이 장치를 사용해 특정 집단 사람들이 얼마나 알고 있는지 조사한 적이 있었다. 그 결과는 은행가, 정치인, 언론, 국제기구 활동가 등 많은 부문에서 놀라울 정도로 실망스러웠다. 강연의 청중은 전반적으로 30년 전의 세계관을 가지고 있었다.

하지만 이번에는 결과가 확실히 다를 거라고 생각했다. 회의장에 모인 사람들은 모두 자기 분야의 세계 최고였다. 나는 무대로 걸어 나가면서 맨 앞줄에 앉아 있는 UN 전 사무총장 코피 아난Kofi Annan과 그의 아내를 보았다.

내 소개를 할 때는 무척 떨렸다.

"시작하기 전에 세 가지 질문을 드리려고 합니다."

첫 번째 질문이 내 뒤에 있는 대형 스크린에 떴고, 그다음에 세 가지 답변이 떴다.

지난 20년 동안 극빈층의 비율은?
  a) 거의 두 배가 되었다
  b) 거의 같은 수준을 유지했다
  c) 거의 반으로 줄었다

나는 코피 아난이 빠르게 응답 버튼을 누르는 것을 지켜보았다. 이제 다음 질문이 등장할 차례였다.

전 세계 1세 아동 중 몇 명이 홍역 예방접종을 받을까?
  a) 10명 중 2명
  b) 10명 중 5명
  c) 10명 중 8명

나는 회의장에 있는 사람들이 이마를 찡그리는 걸 보았다.

답변이 빠르게 들어오고 있는 게 내 스크린에 보였다. 기술이 제대로 작동하고 있었다.

마지막 질문으로 넘어갔다. 그것은 전 세계 어린이 수를 묻는 질문이었다. 그 숫자를 제시하기 위해 나는 선 그래프를 보여주었다. 1950년에 10억 명 미만의 어린이가 있었고, 그 수는 21세기 초까지 꾸준히 증가했다.

앞으로는 어떻게 될까? 청중에게 점선으로 표시한 세 가지 선택지를 보여주었다. A선은 2100년까지 40억 명에 도달했다. B선은 30억 명을 향해 비교적 완만하게 상승했다. C선은 아무런 변화 없이 어린이 수가 21세기 말에도 여전히 20억 명임을 표시했다.

이 질문은 분명 세계의 가장 기본적인 인구통계학적 사실을 묻는 것이었다.

청중은 불안해 보였다. 코피 아난은 상의하기 위해 아내 쪽으로 몸을 기울였다. 응답은 전보다 느린 속도로 들어왔지만, 마침내 모두가 버튼을 눌렀다.

나는 청중에게 그들의 성적을 보여주었다. 극빈층의 비율에 대한 질문에는 다보스 대의원들의 61퍼센트가 정답을 맞혔다. 20년 동안 절반으로 줄었다는 것이 정답이었다. 다보스 대의원들은 스웨덴 국민보다 훨씬 잘 맞혔다. 스웨덴에서는 설문에 응한 사람의 23퍼센트만이 정답을 맞혔다. 미국에서는 5퍼센트였다.

그다음으로 홍역에 대한 질문을 살펴보았다. 이 질문은 그 자리에 모인 사람들의 최대 이슈였다. 많은 정치인, 보건 건문가, 제약 회사 사장들이 참석해 있었다. 게다가 빌과 멀린다가 곧이어 게이츠재단을 대표해 연설할 예정이었는데, 게이츠재단은 세계에서 가장 가난한 어린이들의 예방접종을 대대적으로 후원하고 있었다. 나는 이 영향력 있는 사람들 대다수가 예방접종률을 알고 있으리라고 추정할 충분한 이유가 있었다. 정답은 1세 아동의 80퍼센트 이상이었다.

하지만 실제로는 23퍼센트라는 충격적으로 낮은 비율만이 정답을 맞혔다.

인구통계학적 질문은 어땠을까? 정답은 어린이 수가 더 이상 증가하지 않고 있으며, 이번 세기 동안 크게 변하지 않을 가능성이 높다는 것이다. 출산율은 연간 1억 3,000만 명으로 안정되어 있는데, 이는 전 세계 부부의 80퍼센트가 피임을 하고 대다수 여성이 낙태를 선택할 수 있기 때문이다.

그러면 몇 명이나 정답을 맞혔을까? 겨우 26퍼센트였다. 그래도 스웨덴과 미국 사람들보다는 훨씬 좋은 성적이었는데, 두 나라는 각각 11퍼센트와 9퍼센트만이 정답을 맞혔다.

나는 침팬지를 언급해 청중을 자극하고 싶은 충동을 억누를 수 없었다. 만일 동물원에 있는 침팬지에게 A, B, C로 표시된 바나나 중 하나를 고르라고 한다면, 무작위로 고르는 것임에도 불구하고 침팬지가 각각의 철자를 선택할 확률은 33퍼센트일 것이다. 마찬가지로 정답이 뭔지 전혀 모르는 사람들이 단순히 추측만으로 찍어도 정답을 고를 확률이 적어도 3분의 1은 될 것이다. 내 앞의 엘리트 청중은 지속 가능한 사회경제적 발전에 대한 세미나에 참석하기 위해 줄을 선 사람들이었음에도 세 가지 질문 중 두 가지에서 침팬지보다 못했다.

갭마인더재단의 명확하고 포괄적인 데이터 세트는 놀라운 성공을 거두었다. 우리는 열 번의 TED 강연, 두 편의 BBC 다큐멘터리, 그리고 많은 공개 영상물과 시각화 프로그램을 통해 우리가 관찰한 사실을 알림으로써 매년 600만 명 이상의 이해를 증진했다. 하지만 지식을 보급하기 위한 이 모든 노력에도 불구하고, 우리는 가장 잘 알고 있다고 여겨지는 사람들의 세계관에는 기껏해야 미미한 영향밖에 미치지 못한 듯했다. 이건 심각한 문제였다. 다보스에서 내가 던진 질문은 결코 사소한 것이 아니었다. 그 세 가지 질문은 세계의 기본적 변화 패턴을 묻는 것이었다.

극빈층의 비율을 기술하는 가장 정확한 방법은 무엇일까? 급격한 증가일까, 거의 변함없음일까, 아니면 급격한 감소일까? 이 세 가지 보기는 신호등과 비교할 수 있을 만큼 근본적으로 다른 것이다. 녹색, 노란색, 빨간색 신호등 중 언제 운전하는 것이 옳은가?

홍역 예방접종을 받은 1세 아동의 비율을 묻는 질문은 기본적인 보건 의료 혜택을 받고 있는 어린이의 비율을 묻는 것과 같다. 80퍼센트 외의 모든 답변은 당신이 30년 이상 뒤처져 있음을 나타낸다.

사람들 대부분이 피임법을 사용할 수 있고 전 세계 어린이 수가 더 이상 증가하지 않고 있다는 걸 모르는 사람은 필수적인 인구통계학적 사실을 이해하지 못한 것이다.

나는 스톡홀름으로 돌아와서 올라와 안나에게 다보스 대의원들조차 이 세계, 즉 그 사람들을 중요 인물로 분류하는 세계에 관한 사실들을 알지 못한다고 말했다. 우리의 접근 방식을 바꿀 때가 되었다는 데 우리 모두가 동의했다. 내 결론은 우리가 더 나은 교육 자료를 만들어야 한다는 것이었지만, 올라와 안나는 동의하지 않았다. 안나는 우리의 자료가 이미 충분히 훌륭하다고 강조했다. 다른 무언가가 필요했다. '옛 서구'의 대중과 전문가들은 '나머지 세계'를 현실적으로 이해하는 일 앞에서는 머리가 마비되는 건지도 몰랐다. 우리가 해야 할 새로운 일은 사람들의 관심을 사로잡아, 무엇이 무지를 그토록 끈질기게 만드는지 이해시키는 것이어야 했다.

얼마 후 올라와 안나는 '팩트풀니스Factfulness(사실충실성)'라는 개념을 구상했다.

우리는 그것을 책의 제목으로 정하고, 즉시 우리의 생각을 펼치기 시작했다.

후기

"한스 로슬링이 책을 쓸 거예요. 그를 도와주시겠어요?"

2016년 12월 어느 날 저녁, 나투르앤쿨투르Natur & Kultur 출판사 발행인 리샤르드 헤롤드Richard Herold가 내게 전화를 걸어 물었다. 나는 지하철 승강장에 서서 전화를 받았다. 리샤르드가 말한 책의 내용은 그들이 이미 집필하기 시작한《팩트풀니스》처럼 한스의 연구가 아니라, 한스의 인생 스토리였다. 리샤르드는 한스가 암 투병 중이며 남은 시간이 얼마 없다고 설명하면서 급하다고 말했다. 서둘러 집필해야 했다.

곧 알게 되었지만 한스는 이미 회고록을 쓰기 시작한 상태였다. 지난 몇 달 동안 그가 쓴 조각 글을 손질하고 늘릴 필요가 있었다.

몇 주 후, 리샤르드와 나는 웁살라로 가서 한스와 앙네타의 집 문 앞에 서서 기다렸다. 우리는 첫 만남을 위해 머핀 한 봉지를 가져왔다. 어쩌면 이게 마지막 만남일지도 몰랐다. 긴장된 마음으로 초인종을 눌렀다. 어떤 모습일까? 그는 침대에 누워 있을까? 말은 할 수 있을까?

앙네타가 문을 열었고, 한스가 활기차게 얼굴을 내밀며 기쁘게 웃었다. 다른 건 몰라도 말하는 데는 아무 문제가 없는 게 분명했다. 우리가 현관 복도에 서서 이런저런 물건을 살펴보는 동안 한스가 물건들의 사연을 하나씩 열정적으로 들려주었다.

그중에서도 거대한 붉은색 나무 시계가 눈에 띄었다. 그 시계는 거대한 붉은색 나무 요람 안에 들어 있고, 양옆에 붉은색 나무 의자가 하나씩 놓여 있었다. 많은 공간을 차지하는 이 물건들 전체가 한스에게 수여된 예술 작품이었다. 그 시계를 놓을 수 있는 장소는 현관뿐이었다.

벽에 걸린 지도에는 바순다Vassunda에 있는 앙네타의 가족 농장이 보였는데, 지금은 골프장으로 바뀌었다. "여기가 어딘지 알죠?" 그가 물으며 나를 보았다.

그건 일종의 테스트였고, 한스는 그러면서 즐거워했다. 나는 웁살라 카운티의 지리를 잘 모른다고 털어놓았지만, 한스는 이미 거실로 향하며 그들 부부의 결혼 50주년을 어떻게 기념했는지 들려주느라 내 말을 듣지 못했을 것이다.

"관계에 확신이 있으면 공간과 생각의 움직임이 자유로워져요." 그가 말했다.

앙네타와 한스는 열네 살 때 같은 반이었다. 교사들 중 한 명이 통계적으로 그 반의 누군가는 커서 같은 반 친구와 결혼하게 될 거라고 말한 적이 있었다. 앙네타는 친구들을 둘러보며 이런 생각을 했다고 한다. '어쨌든 나는 아니야.' 하지만 불과 몇 년 후 앙네타와 한스는 웁살라의 금주협회에서 열린, 맨정신은 결코 아니었던 새해 축하 파티에서 만났고 그때부터

시계 옆에서.

줄곧 함께했다.

　모두가 거실에 모였을 때 앙네타가 커피를 내왔고, 한스는 우리에게 스테이플러로 찍은 두 장의 종이에 단정하게 쓴 이력서를 건넸다. 그는 병에 대해서는 이야기하고 싶지 않은 게 분명했고, '세계'라는 화제를 선호했다.

　한스는 노트북을 가까이 두기 위해 앉은 자리 근처로 탁자를 끌어왔다.

"조심하세요. 온통 전선들이니까." 그가 한 손에 리모컨을 들고 탁자 밑을 이리저리 뒤지며 말했다.

웁살라 주위에 어둠이 내릴 무렵, 한스는 컴퓨터 화면 앞에서 앙상한 팔로 손짓을 해가며 아동 사망률 그래프에 대해 말했다. 그 그래프를 어떻게 작성했는지 내가 미처 따라가기도 전에 화제가 숫자와 그래프에서 일화로 변해가고 있었다. 한스는 우리의 커피 잔을 채운 후 1970년대에 모잠비크의 한 병원에서 젊은 의사로 일한 이야기를 들려주었다. 리샤르드와 나는 조용히 귀 기울였다. 그는 특히 자신이 내린 힘든 결정들에 대해 이야기했고, 산모의 생명을 구하기 위해 태어나지 않은 아기를 조각조각 잘라서 꺼내야 했던 일을 묘사했다. 그런 말도 안 되는 딜레마를 초래한 것은 극단적인 가난이었다. 그는 저소득 국가에서 일하다 보면 미쳐버릴까 봐 두려운 지경에 이를 정도로 좌절하는 일이 흔하다고 말했다. 아프리카에서 보낸 연구 기간은 힘들었고, 때때로 과중한 업무에 개인적 비극이 겹치기도 했다. 그는 그곳에서 본, 자식 잃은 어머니들 이야기를 하면서 자신도 딸을 잃었을 때 느껴봤기에 그들의 고통을 잘 안다고 말했다.

앙네타도 이따금 이야기를 거들었다. 밖이 캄캄해졌을 무렵 대화의 속도가 느려지기 시작했다. 갑자기 한스의 목소리가 갈라졌다. 눈물이 그의 뺨을 타고 흘러내렸다. 앙네타도 그와 함께 울었다. 그들은 진정한 다음 울음을 그치고 소파에 나란히 앉았다.

"이런 이야기를 하는 게 참 오랜만이군요." 한스가 말했다.

나는 그날 저녁 늦게 한스로부터 첫 이메일을 받았다. 그는 투병 중임에도 불구하고 다시 불이 붙은 기분이라고 말했다. 그 이후로 우리는 이메일 또는 전화로 거의 날마다 연락을 주고받았다. 여행 갈 때는 대화를 녹음한 테이프와 테이프 플레이어를 챙겼다. 나는 항상 우리의 대화를 녹음했다.

어느 날 오후 그는 "건강해 보이고 싶을 때 좋은 포즈"라는 설명을 붙인 사진 한 장을 보냈다. 크로스컨트리 스키 코스에서 포즈를 취하며 찍은 스냅사진이었다.

우리가 만날 때 한스는 건강하고 정신이 또렷해 보였다. 그런 상태로 대개 몇 시간을 버텼다. 만나서 이야기를 나누는 게 우리의 일상이 되었다. 아침에 시작해 정오 휴식 시간까지, 그리고 다시 오후 내내 이야기를 나누었다. 전화 통화를 할 때 한스의 목소리는 항상 열의에 넘쳤다.

"처음부터 다시 시작하죠." 우리가 주제와 무관한 이야기로 빠졌다고 생각할 때 그는 보통 이렇게 말했다.

한스가 회고록의 새로운 부분을 쓰는 동안 나는 이미 쓴 내용을 검토하면서 크게 손보거나 다시 쓰고 싶은 문단을 찾았다. 나는 항상 그에게 어떻게 생각하는지 물었는데, 그는 내게 자신과 자신의 배경을 이해시키려고 했을 뿐 아니라 자신이 세계를 어떻게 바라보는지에 대해서도 말하고 싶어 했다.

"이건 당신에게 세계 발전에 대해 공부하는 일종의 속성 과정이 될 거예요, 파니." 그는 이렇게 말하곤 했다. 그에게 백신 가용성이라든지, 표현의 자유와 경제 발전의 관계에 대한 추가 질문을 할 때면 나는 그가 전화기 반대편에서 만족스럽게 웃는 모습을 상상하곤 했다.

우리는 책의 방향에 대해 여러 번, 그리고 아주 자세히 논의했다. 그는 결론을 추구하는 경향이 있어 "독자가 이 장을 읽으면서 뭘 배울까요?" 같은 질문을 던지며 타고난 교육자처럼 논쟁했다. 내 입장에서는 그의 과거 경험에 대해, 그리고 그가 여러 가지 사건으로부터 개인적으로 어떤 영향을 받았는지 알아내려고 항상 시도했지만, 그가 특정 순간에 초점을 맞추게끔 하는 건 생각보다 어려운 일이었다.

하지만 그는 마음을 열 때면 무방비 상태로 아무런 주저함이 없었다. 우리가 웁살라에서 첫 대면한 날 즉흥적으로 눈물을 흘렸듯이 예전에 일어난 다른 일들과 자신이 만난 사람들을 떠올릴 때도 그는 울컥했다.

한스는 자신의 인생이, 그리고 자신의 사회적 배경이 어떤 의미를 갖는지에 대한 자신의 생각이 충분히 흥미롭지 못할까 봐 걱정했다. 또 시간이 별로 없을까 봐 걱정하기도 했다.

"하고 싶은 이야기가 너무 많아요." 그는 자주 이렇게 말했다.

첫 번째 걱정은 근거 없는 것이라고 설득했지만 소용이 없었다. 두 번째는 나도 걱정이 되었다. 시간이 별로 없었다.

우리는 결국 해내지 못했다.

"다시 이야기할 수 있는 상태가 되면 연락할게요." 이것이 그가 내게 보낸 마지막 문자메시지였고, 사흘 뒤 그는 세상을 떠났다.

내가 이 회고록을 완성할 수 있었던 건 2017년 1월부터 2월 초까지 녹음한 인터뷰 덕분이었다. 나는 한스가 자필로 쓴 많은 글, 모든 기사, 강의 노트, 인터뷰 녹취록을 읽었다. 이야기를 완성하고 빈틈을 메우기 위해 한스를 사적으로 아는 사람들뿐만 아니라, 직업적으로 아는 사람들과도 추가 인터뷰를 진행했다.

앙네타와의 면담은 이 책을 준비하는 데 특별한 부분을 차지했다. 그녀는 여행하거나 일할 때 찍은 사진뿐 아니라 한스와 함께한 일상 속에서 찍은 사진을 보여주며 이야기를 들려주었다. 그는 아버지이자 배우자이기도 했는데, 이러한 측면에 대해서는 한스에게서 별로 알아내지 못했지만 그의 사후 앙네타와 자녀들이 들려준 이야기를 통해 알게 되었다.

∽

앙네타와 나는 2017년 여름, 남부 지방의 스코네|Skåne에서 함께 며칠을 보냈다. 우리는 앙네타가 상속받은 회반죽을 바

른 작은 집에 머물렀는데, 2층 층계참 벽에 걸려 있는 줄무늬 테리 가운terry-gown을 걸친 채 바람이 세고 모래가 따뜻한 해변으로 내려갔다. 앙네타의 집안은 대대로 여름마다 이 전통적인 오두막에 와서 머물곤 했다.

그해 여름은 서늘한 편이었다. 하지만 그럼에도 불구하고 앙네타는 아침마다 좁은 길을 따라 바다로 내려가서 수온이 섭씨 13도 아래로 내려가지 않으면 물에 들어가 수영을 했다. 그녀와 한스는 이곳에 자주 왔고, 마지막 몇 년 동안은 아예 여기로 이사 오자는 이야기도 했다. 한스는 해변을 좋아했지만, 앙네타와 달리 물속에 들어가는 걸 그다지 좋아하지 않았다. 그는 셔츠, 바지, 양말, 샌들까지 모두 착용한 채 바다와 모래가 만나는 해변을 따라 걷는 걸 엄청나게 좋아했다.

"그래도 제가 저 방파제까지는 헤엄치게 했죠." 앙네타가 저 멀리 보이는, 다이빙을 할 수 있는 작은 방파제를 가리키며 말했다.

우리 근처에서 물줄기가 바다로 구불구불 흘러가며 모래에 물웅덩이를 남겼다. 작은 아이들이 얕은 웅덩이에서 물놀이를 했다.

여름마다 한스는 그 물줄기에 댐을 만들었다. 그는 이 여름 프로젝트를 고대했지만, 그저 재미였을 뿐 특별한 목적은 없었다. 목표는 열심히 퍼낸 돌맹이와 모래로 댐을 쌓아 물줄기의 방향을 바꾸는 것이었다. 그는 식구뿐 아니라 낯선 사람들

스바르테에서 댐을 만드는 한스.

까지 돌을 퍼 나르는 일꾼으로 부려먹었다. 그의 일은 새로운 하구를 설계하는 것이었고, 바람이 도울 경우 매우 기뻐했다. 운이 정말 좋은 날에는 바람의 방향이 바뀌어 물줄기가 자연적으로 위치를 바꾸었다.

한스는 마지막 여름 동안 항암 치료를 받았지만 비교적 잘 지냈다. 평소보다 숨이 좀 가쁘긴 해도 이따금 기꺼이 수영하러 갈 정도였다. 두 사람은 날마다 산책을 하고 손질하지 않은 정원에서 아침으로 치즈 샌드위치를 먹으며 하루를 시작하는 등 가능한 한 평소처럼 지내기로 했다.

집 안에는 방마다 한스가 조용히 시간을 보낼 수 있도록 책상을 준비해놓았다. 그는 사과나무가 보이는 2층 방에서 글 쓰는 걸 좋아했다.

"그는 정리할 때가 왔다는 걸 알았죠. 미래의 일을 생각하기보다는 이미 일어난 일에 집중할 시간이." 앙네타가 말했다.

이전에는 그가 시간을 내어 하지 않던 일이었다. 그는 '정리하는' 과정에 몰입했지만, 앙네타는 되도록 그가 책상에서 일어나 움직이게 하고, 식사를 하러 아래층으로 내려오게 하려고 애썼다. 그녀가 강요하지 않았다면 그는 둘 다 하지 않았을 것이다.

"누가 이끄는 대로 하는 사람이 아니었어요." 앙네타가 웃으며 말했다. 그녀는 그를 이끌었지만 자신의 인생도 적극적으로 운전했다. "한스의 여행에 단순히 동행하는 것에는 절대 동의하지 않았어요. 함께 가는 조건은 그 계획에 제가 할 부분이 있어야 한다는 거였죠."

그들은 같은 이상과 기본적인 가치를 공유했다. 앙네타가 한스의 끈질긴 고집을 어떻게 견뎌냈는지 많은 사람이 궁금하게 여겼다. 하지만 그들은 실제로는 닮은꼴이었다.

스코네에서 보낸 마지막 여름 동안 그들은 감사할 일에 대해 자주 이야기했다. "우리는 감사할 게 아주 많았어요. 우리 인생이 얼마나 풍요로웠는지 잘 알았죠. 그리고 우리는 함께 세계의 많은 곳을 볼 기회를 누렸어요."

암 때문에 쇠약해지는 중에도 한스의 이야기하는 재능과 이야기하고 싶은 열정은 사그라지지 않았다.

"그는 아침에 눈을 뜨자마자 말하기 시작했어요. 누구에게
도 먼저 말을 꺼낼 기회를 주지 않았죠. 말을 끊으려고 시도해
봤자 소용이 없었어요. 다른 각도에서 치고 나오며 계속했으
니까요." 앙네타는 이렇게 기억했다.

그녀는 바다를 바라보며 멍하니 웃었다.

한스는 가족과 함께 저녁을 먹는 자리에서도 강연 모드로
빠져들기 일쑤였고, 한번 논쟁에 발을 들이면 뷔페 테이블 앞
에서도 비키지 않고 계속하는 바람에 모두가 음식을 가져오지
못했다.

자녀들과 함께 사는 동안에는 당번을 정해 집안일을 했다.
한스가 당번일 때는 확실히 티가 났다. 그건 로슬링가家의 부
엌 싱크대가 항상 깨끗하지는 않았다는 뜻이다. 하지만 아무
래도 괜찮았다. 앙네타는 식구들이 집안일을 똑같이 잘하길
기대하지 않았다.

앙네타는 한스의 육아휴직 기간에도 그만큼이나 관대했다.
큰딸 안나를 돌보기 위해 집에 있을 때 그는 러시아 작가 알렉
산드르 솔제니친의 책을 읽었다. 안나는 비스킷과 기어 다니
기를 좋아했고, 그래서 한스는 비스킷을 방 여기저기에 던져
놓고 안나가 거기에 정신을 빼앗기게 두었다. 안나가 다음 비
스킷을 찾으러 기어가는 동안 그는 몇 줄을 더 읽을 수 있었
다. 막내아들 망누스를 돌볼 때도 마찬가지였다. 망누스는 쓰
레기통의 내용물에 눈독을 들였다. 한스는 망누스를 즐겁게

하기 위해 쓰레기통 안의 구겨진 종이를 바닥에 쏟아 놓고 그동안 논문을 계속 썼다.

앙네타는 이런 일화를 떠올릴 때 아무렇지도 않은 듯 어깨를 으쓱하며 말했다. "어쨌거나 한스와 아이들 모두에게 효과가 있었죠."

한스가 아이들의 주식을 오트밀로 결정한 것도 이 시기였다. 그는 아이들이 매일 오후 5시쯤에 뭔가를 먹어야 한다는 사실을 받아들였다. 오트밀은 만들기 쉬웠고, 그는 모두를 즐겁게 하기 위해 오트밀에 멋있는 이름을 붙였다. '오트밀 플레이크 수플레'. 오트밀은 네 종류로 준비했다. 일반, 구운 것, 가염, 무염. 아이들은 그가 소금을 깜빡하지 않는 한 군말 없이 잘 먹었다.

한스는 옷가지를 자주 잃어버렸다. 해마다 한 번 이상 외출복을 잃어버렸다. 앙네타의 대처법은 털모자와 장갑을 온 가족이 사용할 수 있는 초대형 패키지로 구매하는 것이었다. 한 번은 정부 보안 기관 본부에서 무거운 아웃도어 신발을 찾아온 적도 있었다. 한스가 총리 관저에서 열린 회의에 참석했다가 장화를 깜빡하고 자신이 좋아하는 실내화를 신은 채 집에 온 것이다. 장화를 찾으러 갈 짬을 내기까지는 1년이란 시간이 걸렸다.

가정주부로서 그는 있으나 마나였다. 자신의 관심사에 사로잡혀 있을 때 냉장고에는 아이스크림이 떨어지기 일쑤였다.

초등학교에 다니던 올라와 안나가 집에 돌아와 아이스크림을 달라고 했을 때도 그랬다. "알았어." 한스는 쓰고 있던 글에 열중한 채 건성으로 대답했다. 잠시 후 아이들이 다시 나타나 아이스크림을 달라고 했지만 대답은 같았다. 아이스크림이 떨어졌다는 말을 들을 때까지 이 상황이 되풀이되었다. 그는 당황해서 어쩔 줄을 몰랐다.

한스는 허기를 느끼는 법이 없었지만, 밤늦도록 글을 읽기 위해 에너지 공급이 필요하다고 생각하면 봉지에서 알갱이 설탕을 꺼내 먹었다.

그가 무엇에도 끄떡없는 것처럼 보일 수 있었던 것은 타인들의 의견에 상처받지 않았기 때문이다. 그는 누군가의 기분을 상하게 할까 봐 염려하지 않았다. 그의 자기중심적인 면이 자주 주목을 끌기는 했지만, 그는 사람들의 요구를 이해하는 데도 깊고 섬세한 관심을 보였다.

한스의 생애 마지막 여름이 끝나갈 무렵, 딸 안나가 자신의 가족과 함께 미국으로 이주할 계획을 세우고 있었다. 이미 몸이 좋지 않은 아버지를 보고 안나는 고심했다. 떠날 것인가, 머물 것인가? 결정하기 어려웠다. 안나는 그래도 가는 게 최선일지 모른다고 생각했고, 아버지와 마주 앉아 두 가지 선택지의 장단점을 나열하며 그 문제를 의논했다.

한스는 그 순간 충동적으로 곁에 있어달라고 부탁하고 싶은 충동을 느꼈지만 그것을 무시하기로 했다. 그는 곰곰이 생각한 후 딸에게 당연히 가야 한다고 말했다. 아버지가 죽기를 기다리며 스웨덴에서 허송세월을 보내는 건 안 될 일이었다.

"한스는 본능적으로 신중한 사람이었어요. 그가 무모한 사람이라고 생각할지도 모르겠지만, 전혀 그렇지 않았답니다. 그는 상황을 파악한 후 사려 깊은 결론을 내렸죠." 앙네타가 난로에 넣은 장작을 뒤적이며 말했다.

한스를 두렵게 하는 일이 딱 한 가지 있었는데, 자식이나 손자가 다치는 것이었다.

"어딘가에 오토바이를 타고 갈 생각이라면 다시 생각해봐라. 택시를 타렴. 내가 차액을 지불하마." 그는 고등학교 졸업 후 베이징에 1년간 공부하러 가는 망누스에게 당부했다. 오토바이 운전은 금지였다. 또한 이런 말도 했을 것이다. "술 마시고 도시 거리를 돌아다니지 마라. 노상강도를 당할지도 모르니까."

한스는 규율을 거의 정하지 않았지만, 당부할 말이 있을 때는 단도직입적으로 말했다. 에둘러 말하는 것은 그의 스타일이 아니었다. 10대 초반이던 안나가 유스호스텔에서 하룻밤을 보내고 싶다고 말했을 때 그는 딸에게 자신의 '사무실'에서 얘기 좀 하자고 말했다. 그의 사무실이란 원래 지하실에 사우나용으로 만든 작은 방인데, 책상 하나와 의자 하나도 겨우 들어가는 공간이었다. 한스는 의자에 비집고 들어갈 수 있도록 의자 팔걸이를 떼버렸다. 그 비좁은 사무실에서 안나는 안전한 섹스에 대한 강의를 들었다. 그러고 나서 한스는 몇 마디 안심시키는 말을 덧붙였다. 혹시 임신하게 된다면 공부를 마칠 수 있도록 아기를 돌봐주겠다고. 아기는 문제가 되지 않았다. 그가 걱정한 건 에이즈 감염이었다.

안나는 어색하고 민망해서, 그냥 친구들과 모여 몬티 파이튼 영화를 보고 핫도그를 먹으려는 것뿐이라고 설명했다.

아이들이 10대였을 때 한스는 아이들과 거래를 하나 했다. 누군가 데리러 와야 할 상황이라면 주저하지 말고 자신에게 전화하라고 하면서 차를 가지고 가겠다고 약속했고, 그 대신 아이들은 한스가 요양원에 가게 되는 날이 오면 그를 보러 오겠다고 약속해야 했다.

안나가 중학교와 고등학교를 다니는 동안 한스는 토요일과 일요일에는 대부분 안나와 친구들을 위한 운전기사 노릇을 했다. 그는 술을 마시지 않았고 대체로 깨어 있어서 언제든 나갈 수 있었기 때문이다. 그는 취할 필요를 별로 느끼지 않았고, 대개 늦게까지 잠을 자지 않고 일하거나 비행 시뮬레이션 프로그램을 가지고 놀았다. 게다가 안나와 친구들을 가족 차량인 흰색 볼보에 빈자리 없이 태우는 것을 즐겼다. 그러고는 아이들의 운전기사가 되어 조용히 입 다물고 그곳에 없는 사람인 척했다. 그는 저녁에 뭘 할지 의논하는 소녀들의 이야기, 그리고 인생과 온갖 것에 대한 청춘들의 생각을 듣는 것이 좋았다.

망누스가 시내에서 광란의 밤을 보낸 어느 날, 한스는 훈

계는커녕 보온병에 커피를 담아 가지고 가서 망누스를 실어
왔다.

로슬링가의 문은 항상 열려 있었다. 그곳은 대개 방문객으
로 북적거렸다. 아이들의 친구들은 자유롭게 드나들며 로슬링
가 식구들과 함께 밥을 먹고 잠을 잤다. 그곳에 오는 아이들은
모두 식탁에서 한스가 내는 퀴즈를 풀어야 했는데, 그의 호기
심은 직장에서뿐만 아니라 일상에서도 언제나 왕성했다. 젊은
이들은 그의 호기심을 불러일으켰다. 그는 그들이 어디 출신
인지 무슨 생각을 하는지 알고 싶었다. 아프리카에서 온 박사
후연구원 제자들은 크리스마스, 연회, 생일 파티를 포함해 1년
내내 수시로 초대를 받았다. 한스는 학생들이 스웨덴의 가정
생활을 흥미롭게 여길 것이라고 생각해 그들을 초대했다고 말
했다. 그 대신 자신이 유럽의 다른 곳에서 일할 때는 학생들을
찾아다녔다. 로슬링 가족이 여름에 연례 캠핑 휴가를 떠날 때
면 그는 학생들을 방문할 계획을 짰다.

한스, 앙네타, 그리고 아이들은 그들의 흰색 볼보를 타고 유
럽 대륙을 돌아다녔다. 천장까지 짐을 가득 싣고 차 위에는 루
프 박스를 얹었다. 한스는 항상 읽지 않은 학술 논문을 채워
넣은 슈트케이스를 한 개 이상 가져왔지만, 대개 두툼한 소설
에 빠져 지냈다. 그들은 날마다 장소를 바꿔가며 야영을 했고,
광고를 보고 구입한 녹색 텐트에서 잠을 잤다. 그 텐트는 "동
유럽 최악"으로 꼽혀 "더 이상 아무도 사용하지 않는 종류의

스키를 신고.

텐트"였다고 앙네타는 말했다.

한스는 온갖 나라를 섭렵했다. 목록에 있는 큰 나라들에 모두 체크 표시를 한 후에는 안도라와 모나코 같은 더 작고 먼 나라로 갔다. 그곳에서 뭔가를 먹기 전까지는 그 나라에 체크 표시를 할 수 없다는 게 그들의 규칙이었다. 그들은 캠핑용 가스스토브를 가지고 다녔지만, 로슬링 가족에게 끼니는 대단한 일이 아니었다. 식사는 몸을 계속 움직이기 위한 연료 충전 같은 것이라서 빵이면 족했다. 앙네타는 자동차 트렁크에서 인스턴트커피를 타 먹었다. 한스가 스토브를 깜빡했던 해만 빼고는. 하지만 한스는 그때도 휴대용 팩스는 챙겨왔다.

"그는 항상 가족의 짐보다 자신의 서류가 먼저였어요." 앙네타가 말했다.

비 온 뒤라 풀이 아직 축축했지만 정원의 소파와 의자는 말라 있었다. 앙네타와 나는 그녀가 '노인 인큐베이터'라고 부르는 곳에 함께 앉았다. 나무와 유리로 만든 구조물이었다. 알록달록한 종이 랜턴이 천장에 매달려 있고, 플로어 스탠드가 전선에 감긴 채 구석에 비딱하게 놓여 있었다. 앙네타가 알록달록한 찻잔과 다이제스티브 비스킷 깡통을 테이블 위에 놓았다. 그러고 나서 안경을 쓰더니 노트북을 열어 방대한 분량의 사진을 보여주었다.

"이건 나칼라에 있을 때예요." 그녀가 흑백사진 한 장을 자세히 보면서 말했다.

"이때 분명 비가 와서 정전이 되었을 텐데, 우리는 밖에서 불을 피우느라 바빴죠."

∾

2016년 가을, 한스는 강연 약속을 모두 취소했음에도 스케줄이 꽉 차 있었다. 무엇보다 올라 및 안나와 함께 작업한 《팩트풀니스》의 집필에 몰두하고 있었다. 회고록을 쓰기 위해 서류와 오래된 사진을 정리하는 데도 시간이 꽤 걸렸다. 그는 몸이 괜찮은 날에는 책을 쓰고, 이름과 장소가 정확한지 확인하며 온종일 일했다. 이따금 향수에 젖기도 했지만 자기 파괴적일 정도로 감정에 치우치는 일은 없었다. 다락에서 편지와 메모가 든 상자를 뒤적이다 보면 시간 가는 줄 몰랐다. 그는 모든 것을 모아두었고, 과거 사건들의 순서를 상기하는 게 얼마나 어려운지 가족들에게 이야기하곤 했다.

그는 또한 자신이 앓고 있는 암에 대해 열심히 조사하면서 앙네타에게 최근에 읽은 내용을 알려주곤 했다. 한스는 늘 그랬듯 이 새로운 주제에 완전히 빠져들어 경우에 따라서는 자신을 돌보는 의사들보다 더 많은 것을 알았다. 그와 앙네타는 포기하지 않고 마치 치료 방법이 있는 것처럼 살기로 했다. 앙네타는 한스가 어떤 상황에서도 잘 먹고 즐겁게 생활하도록 온 힘을 다했다.

한스는 평생 동안 먹는 것만큼이나 휴식에도 신경을 쓰지 않았던 것 같다. 그는 소파에 눕는 일이 결코 없었다. 마지막 해에는 그렇게 하는 법을 배워야 했을 정도로. 그는 마지막 순간까지 휴대폰의 걸음 계수기 체크하는 걸 멈추지 않았다. "이제 몇 바퀴 도는 게 좋겠어." 그는 이렇게 말하고 현관 복도와 부엌을 몇 바퀴 걸었다.

◌2

그날 저녁 늦게 우리는 차를 타고 작은 어촌인 아베코스Abbekås로 출발했다. 항구의 선술집에서 저녁을 먹기 위해서였다. 차를 몰고 드넓은 스코네 평야와 바다 사이를 달리는 동안 파도가 백색 산마루를 만들고 하늘이 먹구름으로 뒤덮였다. 항구의 선술집은 거의 만석이었다. 두 남자가 기타를 치며 노래를 불렀다.

앙네타와 한스는 저녁을 먹으러 이곳을 자주 찾았다. 그들이 항상 앉던 작은 테이블은 벽 쪽이었고, 한스는 남들 눈에 띄지 않도록 사람들을 등지고 앉았다. 직원들에게 그들의 인생사에 대해 묻는 것조차 자제했다. 이곳은 아마 평화롭게 있고 싶은 바람 앞에 그의 호기심이 누그러지는 유일한 장소였을 것이다.

그 밖의 모든 순간에 한스는 자신이 만나는 사람들에게 말을 걸었다. 그곳이 스바르테Svarte의 해변이든, 다보스의 세계경제포럼이든, 나칼라의 병원이든. 그는 사람들이 어떻게 느끼고 생각하는지, 세상만사가 어떻게 작동하는지 이해하고 싶은 욕구에 이끌렸다. 그리고 이해했다고 생각할 때까지 절대 굴복하지 않았다. 변화 의지는 이해의 깊이에 달려 있다. 이는 그가 평생 자신의 일에 어떻게 접근했는지를 요약해 보여주는 문구이다.

∽

앙네타는 모잠비크에서 있었던 이야기 하나를 들려주었다. 그 이야기는 근처에 살던 부부가 그들의 집 문을 두드리는 것으로 시작했다. 이웃은 가난했다. 길 아래쪽에 있는 그들의 집은 삼면에 벽을 세우고 지붕을 덮은 단순한 헛간이었다. 그 집 아내가 얼마 전 출산을 했고, 그 후로 그들 부부는 한스 부부와 계속 연락을 했는데, 두 사람은 부인에게 피임약을 먹으라고 조언하면서 피임약은 무료라고 알려주었다.

그런데 한스의 말은 사실과 달랐고, 그래서 부부는 한스에게 그 사실을 말하러 찾아온 것이었다. 피임약은 무료가 아니었고, 부부에게는 약값이 없었기 때문이다. 약사가 돈을 원했다고 그들은 말했다. 아마 나칼라의 그 약사는 피임약을 암거래하고 있었을 것이다. 한스는 즉시 조사를 시작했는데, 알고 보니 그 약사가 환자들의 돈으로 자기 주머니를 채우고 있다는 소문을 병원의 몇몇 직원도 들은 적이 있었다.

약사를 믿은 한스는 이 거래를 중단시키기 위한 긴 여정에 돌입했다. 공공 보건 조치를 방해하는 것만큼 그를 화나게 하는 범죄는 좀처럼 없었다. 앙네타는 한스가 어느 날 저녁 집에 와서 '그 사기꾼'을 저주하며 그를 감옥에 처넣고 말겠다고 맹세한 일을 기억했다. 결국 그가 원하는 대로 되었다. 경찰이 그 약사를 체포해 감옥에 넣은 것이다.

앙네타와 한스는 나중에 이 비참한 사건을 떠올리며 웃었지만 그 당시 한스는 한숨을 쉬며 낙담했을지도 모른다.

그래도 한스는 마음속으로는 절대 포기하지 않았다.

일이 많을 때 그는 주변 사람들을 재촉했다. "밤늦도록 계속합시다!"

하지만 진전될 가망이 없어 보이면 웃으며 이렇게 말하곤 했다. "포기하기에 늦은 때란 없습니다. 다른 날 다시 하는 게 좋겠어요."

파니 헤르게스탐

부록: 카사바에 대하여

한스 로슬링이 그의 분야에서 이룬 가장 중요한 발견은 하지 마비가 주요 증상인 질환, 콘조를 설명한 일일 것이다. 그는 이 병이 심각한 영양실조를 겪는 지역에서 발생하며, 제대로 가공하지 않은 카사바에 의존하는 단조로운 식생활이 원인임을 밝혀냈다.

한스 로슬링의 지도 아래 박사 학위 연구를 한 린레이 치워나카를툰Linley Chiwona-Karltun이 그 작물의 영향을 이해하는 데 중요한 측면들을 설명해주었다.

카사바는 마니옥manioc 등 여러 가지 다른 이름들로 불리고 있다. 그것은 가뭄에 잘 견디는 뿌리 작물로, 척박한 토양에서도 잘 자란다. 사하라 사막 이남 아프리카에 사는 사람들에게는 탄수화물의 주요 공급원이다. 남아메리카가 원산지로, 그곳에서 처음 경작되었다. 16세기에 포르투갈 탐험가들에 의해 카사바가 서아프리카로 들어왔고, 20세기에 이르러 널리 퍼졌다.

녹말이 풍부한 카사바 뿌리는 다른 어떤 작물보다 헥타르당 많은 탄수화물을 저장한다. 잎은 끓여 먹을 수 있고, 단백질과 비타민 그리고 무기질의 중요한 공급원이다.

카사바는 '단 종류sweet-cool'와 '쓴 종류bitter'로 분류된다. 쓴 종류는 독성이 있는 반면, 단 종류는 독성이 덜하고 조리하지 않고도 먹을 수 있다. 쓴 종류는 시안 발생성 배당체의 함량이 단 종류보다 높은데, 건조한 환경에서는 이 물질이 더욱 농축된다. 카사바에는 이 배당체를 분해해 자유시안화물(시안화수소)을 생성할 수 있는 효소도 들어 있다. 쓴 종류의 카사바는 먹기 전에 반드시 주의 깊게 가공해야 하는데, 그 효소가 작용하려면 시간이 필요하기 때문이다. 그 후 시안화수소를 씻어내야 한다. 실제로 요리하기 전 카사바 뿌리를 물에 적셨다가 강판에 갈거나 발효시킨 다음, 햇빛에 널어 말리거나 볶는다. 해독 과정은 3~14일 정도 걸린다.

나칼라 근처의 모잠비크 고원 같은 건조한 지역에서는 물이 부족하기 때문에 햇빛에 건조하는 것이 유일한 방법인데, 이런 식의 처리 과정은 여러 주가 걸린다.

카사바가 가장 중요한 에너지원이 될 때, 재배자들은 보통 독성 있는 종류를 재배하길 선호하는데, 그 이유는 면적당 수확량이 더 많고 척박한 토양이나 적은 강수량에도 잘 견디기 때문이다. 독은 원숭이와 도둑으로부터 작물을 보호하는 역할도 한다. 재배자들은 대개 여성인데, 이들은 독성이 높은 식물과 낮은 식물을 구별하는 방법을 배워서 알고 있으며, 보통 단 종류의 카사바밭 주위에 쓴 종류를 여러 줄 심는다.

말라위에서 현지 연구를 하는 동안 한스와 나는 서로 다른 카사바 종류에 대한 이 여성들의 지식을 배웠다. 우리가 카사바가 얼마나 쓰고 얼마나 독성이 있는지 물으면, 그 여성들은 뿌리를 손가락으로 가리키며 어디까지 먹으면 병에 걸리지 않는지 보여주었다. 우리는 나중에 실험실에서 그들이 정확하게 알고 있다는 걸 증명할 수 있었다.

린레이 치워나카를툰